星へ行く船シリーズ 5

A Ship to the Stars series

そして、星へ行く船

★★★★★

新井素子

Motoko Arai

出版芸術社

目次

装画　大槻香奈
装幀　名和田耕平デザイン事務所

そして、星へ行く船

OPENING

ひたひたと

そこは、広い部屋だった。広くて、何だかやたらと人工的なにおいが鼻につく（ま、つっても、天然の部屋っていうのは聞いたことがないけどね）、とても豪華でありながら、どことなし、冷たい感覚の残る部屋。

「ね、どうぞお坐りになって、あゆみちゃん」

先刻《さっき》っからずっとあたしの目の前に立っている美人――レイディは、こう言うと目であたしの右横のソファを指す。これはもう何回となく繰り返された動作で、やっているレイディもすでに半ばうんざりしているみたいだし、何回も言われ続けたあたしにしてみれば、すでにうんざりって域を出てしまっている。

「お願い。かけてちょうだい。いい加減わたしも坐りたいのよ」

この部屋に入ってから、すでに七分が経過している。で、その七分間、レイディはずっとあたしに椅子をすすめ続けているんだから、彼女がいい加減腰をおろしたくなっているのも無理はない話だし、一応、彼女がこの部屋の主人役なんだから、客のあたしが坐ってあげなきゃ、ホステス役の彼女は坐るに坐れないって判っていても――それでもあたしは、彼女のすすめを無視し続けていた。

「あゆみちゃん――お願い」

レイディは、こころもち首をかしげて、まっすぐあたしの瞳《ひとみ》をみつめながら、こう言う。でも――申し訳ないけどあたし、それも無視。ひたすら自分に、『あたしは石なんだ、あたしは石なんだ』って言い続け、レイディのすべての言動を無視する。そういう行動って、あたし本人にとっても、もの凄く辛い、あと味の悪いものではあったんだけど――でも、これだけは、絶対、まげる訳にはいかない。いくらこうやってレイディの台詞《せりふ》を無視し続けるのが辛いことだからって――レイディのすすめにのっちゃったり、彼女の台詞に相槌《あいづち》うっちゃったりしたらいけないんだ。

何故って。

あたし、レイディが好きなんだもん。あ、ううん、言い直そう。少なくとも、信乃《しの》さんを使ってあんな一連の行動をとる前のレイディが、好きだったんだもん。それもたとえば、『どっちかっていうと好き』とか、『好ましい人物だと思っている』なんてもんじゃなくて――

レイディは、あたしにとって、まさに理想の自分、憧れずにはいられない、最愛の女性だったんだもん。だから——レイディが、何故あたしにあんなことをしたのか、何故あたしを今、こんな処《ところ》に拉致《らち》したのか、それについて、レイディから自発的に説明してくれない限り、そしてそれが納得のゆくものでない限り、絶対に、絶対に、口をきいてやるもんかって思っているの。じゃないと、なまじレイディがあたしの理想の女性であるが故に——下手に口をきいちゃうと、簡単にレイディに丸め込まれてしまいそうな気がして。

ううん、これも少し違う。

あたしってば、本当のこと言って、レイディに丸め込まれたいのだ。レイディが、あたしにあんなことをしただなんて思いたくないのだ。何でもいい、どんな無茶苦茶な理屈でもいい、レイディがあたしにあんなことをした理由を説明して貰えれば、たとえそれがどんなに筋の通らないことであっても、それを信じたいのだ。だから——自分でそれが判っているから、余計——レイディの言うこと、レイディの一挙手一投足《いっきょしゅいっとうそく》を、疑ってかからなきゃいけないんだ。

レイディ。

あたし、あなたのことが好きだったのに。

好きだった——こんな言葉を思い浮かべただけで、『好きだ』って現在形で言っていないっていうだけで、どうしようもなくとり乱してしまう程、あなたのことが好きだったのに——だから、余計、気をつけてあなたに丸め込まれないようにしなきゃいけないだなんて——こんなのって、ひどすぎるよ。辛すぎるよ。

何でこんなことになっちゃったの!!

☆

レイディこと木《き》谷《たに》真《ま》樹《き》子《こ》があたしにどんなことをしたのかは、『逆恨みのネメシス』事件を読んでもらいたい。

で、あのあと――信乃さんを狙っていたレイ・ガンの主をレイディが撃った処から、今、あたしがこの広い部屋にいるに至った経緯を説明しておくと。

当然のことながら、撃ち合いが一段落した処で、まず、あたし、レイディに事情説明を要求したんだよね。けど、あの時はみんな殺気だっていたし、第二陣に襲われる前に安全な処へ移動するのが先決だの何だのって話になって――とにかく、有無を言わさず、あたし、車におしこまれちゃったの。

その上、車の中は中で、とても悠長に質問なんてしていられる雰囲気じゃなく、結局、やっと、今あたしがいるビルについて、レイディ達、一息つけたらしいのね。んでもって、一息ついたと思うや否《いな》や、あたし、レイディと二人っきりでエレベータにおしこまれてしまって。エレベータの中は、一応二人っきりだったから、ここで事情説明を求めようかとも思ったんだけど、何か、その頃になったら、むらむらと怒りがこみあげてきちゃって。ここまで理不尽なことをされたんだもの、レイディ側から自発的に、今回の件に関する事情説明があるまで、口をきくもんかって気分になっちゃって。

で、何十階か昇って、エレベータがとまり、エレベータがとまったものだから、しょうがなくあたしが下りると、レイディはあたしを、今あたし達がいる部屋に通し——そして、七分間の沈黙になった訳。

☆

「……哀しいけどあたり前よね」

七分間の沈黙のあと、更《さら》に三分間の沈黙を経て。

レイディ、ようやくあたしにソファをすすめるのをあきらめ、ため息とともにこんな台詞を吐く。

「あゆみちゃんにしてみれば、わたしが何でこんなことをやったのか、満足のゆく説明をしなきゃ、わたしのことを信用できない訳よね」

「……」

はい、とでも、ええ、とでも、本来ならあたし、ここで肯定の台詞を言うべきだった。でも……言えない。言う気になんか、なれない。ここで肯定の台詞を言ったら、あたし、レイディを信用してないことになっちゃう。そんな哀しいこと――できる訳がない。

でも。

でも、『いいえ』とか『そんなことありません』とか、否定の台詞を言う訳にもいかないんだ。だってあたし……やっぱり、どんなにレイディが好きでも、納得のゆく説明をしてもらえない限り、今のレイディの台詞を信用できないんだもの。

「ああ……肯定も否定もできないの」

こう言うとレイディ、半ば崩れるようにして椅子の中にしずみこむ。そしてそのまま顔を伏せ、テーブルの上に肘《ひじ》をつくと掌《てのひら》の中に顔をうずめてしまう。

「そうね……そうよ。……ごめんなさい」

それは、聞いていたくない声だった。何だか、レイディに裏切られた筈のあたしより、更に更に深い苦悩と絶望を秘めているような声。

「こうなるだろうっていうことは判っていた――判っていた筈なんだけど、いざ、あゆみちゃん、あなたに信じてもらえなくなると……辛いわね」

「……！」

レイディ！　あたしがあなたを信じていないだなんて、どうかそんなこと言わないで。あなたはあたしの理想、あたしがあなたを信じなくなるだなんて、そんなことがある筈ないんだから！

……と、あたしは叫ぼうとして……そのまま、何一つ、口に出せずに終わる。何故って、確かに心情的にはそう言いたいんだけど――理性的に考えると、もうあたしはレイディを無条件に信じられなくなっているのだから。

「……なんて、ね。ここでわたしが悩んでいてもしょうがないし……」

こう言うとレイディ、ふいにいきおいよく、顔を上げた。

「話自体は充分ビジネスライクなものなんだから、ここはひとつ、ビジネスライクにやってみましょうか」

レイディの言葉づかいも言葉の調子も、今までとはうって変わって明るいものになっていて――なまじ、変化が大きすぎるものだから、あたしにはレイディがどうにも無理をしているように見えてしょうがなかった。

「えーと、まず、説明をこころみてみるわね」

でも。

掌の中から顔をあげ、ついでにこころもち顎《あご》をひいてあたしを見据えたレイディの瞳の中には、無理をして明るくふるまっているような様子なんてまるで見えず――それはレイディの類《たぐい》稀《まれ》な精神力のせいだってことは判っていても、なにがしあたしは取り残されたような気分になる。

「話はすごく簡単なの。あのね、あゆみちゃん、わたし、トラブル・シューターとしてのあなたに依頼したい件があるんだわ」

こう言った時のレイディには、もはや先程までの苦悩の影は何一つなかった。完全にあっけらかんとした、単なる依頼人としての口調。

「は？ ……はあ？ あの、でも……」

でもって。レイディがあっけらかんとすればする程、あたしの方としては茫然とせざるを得ない訳で……。

だって。言っちゃ何ですが、あたしの仕事って、やっかいごとよろず引き受け業な訳で、レイディがあたしに、やっかいごとの処理を依頼する気なら、何もこんなことする必要なんて、まるでない訳じゃない。最初から素直に事務所に来て言ってくれれば、何たって依頼人がレイディなんだもの、どんなにむずかしい事件だって、あたし、多分、二つ返事で引き受けた筈。

（凄く変なたとえだけど、レイディのやったことって、たとえば魚屋さんを誘拐して、で、解放の条件として魚を売ってくれって言ってるようなものじゃない？）

「あ、まず、誤解がないように言っとくと……わたしは、水沢《みずさわ》事務所に依頼したいことがあるって訳じゃないの。森村《もりむら》あゆみさん、あなたに個人的に依頼したいことがあるの。だから、事務所を通す訳にはいかなかった」

かと言って。事務所を通す訳にはいかないって理由で事務所をぶっ壊してしまう依頼人がいることは思えない。

「それに……」

それからレイディ、何か言おうとしてはつばを飲み込むっていう動作を、二、三回繰り返す。

「それに……この依頼には、いい条件と悪い条件の二つがあるんだけど……あゆみちゃん、どっちを先に聞きたい？」

「じゃ、まず、いい方を」

いつとはなし、レイディと向かい合う形でソファに腰をおろしてしまったあたし、こう言う。昔っから御飯の時、好きなおかずと嫌いなおかずがあったら、まず好きなおかずだけ重点的に食べてたもんなあ。こういう時にもそういう性格が表れるんだわ。

「じゃあ……まずね、この件にかんだ時から——わたしの依頼の具体的な内容を聞いた時から——あゆみちゃん、あなたには、着手金が払われます」

つって、その着手金の額が、あたしの月給のほぼ二百倍！

「えーと、ついで、この件に取り組んでいる間のあなたの衣食住は、わたしが責任もって保証します。……銀河系平均レベルより、ずっと上の筈よ」

……。

「更にその間、勿論《もちろん》あなたにはサラリーが出ます。年収にして大体」

で、また、このサラリーが、地球の大臣クラスのものなんだよね。

「えーと、おまけに、もし、この依頼が成功した場合、年金も出る筈」

この年金の額があたしの年収の十五倍あった場合、何に使えばいいんだ！

「年金は、勿論あゆみちゃん、あなたが死ぬまで出続けます。それと、あなたには地球名誉市民の称号が与えられて」

地球名誉市民！

正直言ってぶっとびましたね、あたしは。地球名誉市民の称号っていったら、十年に一人貰えるか貰えないかっていう無茶苦茶名誉な称号の筈で……。

「それに、そういう実利的なものだけじゃなくて——もし、この依頼をあなたが無事に果たしてくれた場合、まず間違いない、あなた、全宇宙の英雄になるでしょう。間違いなく宇宙史に名前は残るし……中学校の教科書に、名前がのるわよ」

……お金のことは、まだいいんだ。変な話だけど、まだ、判るんだ。レイディ、あたしなんかじゃちょっと考えられない大金持ちなんだから、事情によっては、あたしがひっくり返るような大金をぽんと出すかも知れない。

でも。

地球名誉市民だの、宇宙史に名前が残るだの、話がここまで大きくなっちゃうと。そんなことって、レイディの一存《いちぞん》でできることじゃない筈だし、大体、全宇宙の英雄なんて、誰かが作ろうと思ってできるものじゃないじゃない。

「と、まあ、ここまでが、外的条件としての、いい話ね。一応、わたしの心づもりとしては、ここから先が、本当にいい話なの。……この件を、もしあなたが何とかすることができたら……おそらくその時はあゆみちゃん、あなた、人生で最大の精神的な満足を得ることができると思う。それに、結果として挫折したとしても、絶対、やりがいのある仕事よ。大袈裟《おおげさ》じゃなくて、人類にとって本当に役にたつ、意味のある仕事だし……それに何より、あなたはこの件の関係者に、心底期待されているの。あなたがこの件にかかわってくれることを、関係者一同、望むというより祈ってる」

本当にやりがいと意義があり、人様の役にたつ仕事で、やりおえたらきっともの凄い満足感を覚え、周囲の人に期待されている。レイディの言うことが、もし半分でも、三分の一でも本当なら、それってぜひやってみたい、まさにあたしの天職のような仕事なんだろうけど――でも、どう考えたって、そんな恵まれた仕事があるとは思えない。

「こら。まるっきりわたしの言うこと、信じてないわね」

あたしが、茫然というよりあっけにとられて何一つ相槌をうたずにいると。レイディ、ちょっと微笑んで、いたずらめいた感じのウインクをあたしによこす。それから――表情は同じまま、レイディの顔から、すっと血の気がひくように温か味がひいていって。

「じゃ、次に悪い方の条件。この条件聞けば、あゆみちゃんもさっきわたしが言ったことを信じるかも知れない。これだけ悪い条件がかさなった仕事なら、成程《なるほど》他の条件をひたすらよくしておかないと、やり手がいないんだろうなって」

ごくっ。あたし、無意識のうちに口中のつばをのみこんでいた。衣食住が保証されてて、やりがいもあり、関係者があたしに期待していてくれるような仕事環境で悪条件っていったら、やっぱりあれかな、命の保証はできないっていう奴。けど、もしそれが悪条件だっていうなら、レイディもちょっとどうかしてる。今の仕事をしている以上、そんなのってあたしにとって、何の悪条件でもないんだもの。

「まず、常識的に、命の保証はできかねるわ。この辺までは想像してたでしょ？」

おっとっと。いくらあたしが命の保証ができないだなんて何の悪条件でもないと思っていても、こう簡単に、『まず常識的に』って言われると、さすがにこたえますわな。

「それから……この件の解決まで、依頼内容を絶対誰にも言ってはいけない。両親や友達は勿論……たとえ、太一郎《たいちろう》にでも」

……これは確かにちょっと辛かろう。何たってあたし、根がおしゃべりだもん、解決まで一ヵ月もかかった日には、きっとしゃべりたくてしゃべりたくてノイローゼっぽくなっちゃうだろうな。

「……あゆみちゃん」

と、そんなことを考えているあたしの顔をのぞきこんで、レイディ、少し哀し気な顔になる。

「違うの。依頼内容を誰にも言ってはいけないっていうの、単に、おしゃべりをしなければそれでいいっていうレベルの問題じゃないのよ。依頼内容を人に推察されたり、依頼の中身のヒントになるような情報を与えたりしてもいけないのよ。……あなたへの依頼内容って、銀河連邦のスペシャル・シークレットなんだから」

……銀河連邦のスペシャル・シークレット。大仰《おおぎょう》さもここまでくると、頂点をきわめたような気もするなあ。それに、依頼内容を黙っていろっていうんならともかく、人に推察されてもいけないだなんて……そんなこと、そもそも人間に可能なんだろうか？

「不可能よ、そういうことって、普通の人には。ましてあゆみちゃん、あなたのまわりの人ったら、水沢さんだの太一郎だの、カンと推理能力のかたまりみたいな人ばっかりじゃない。たとえあなたがどれだけ誠心誠意努力をしてくれたって、あなたが彼らと一緒にいる以上、今、あなたが何をやっているか、遠からず必ず気がつかれてしまう」

と、レイディ、何故か更に哀しそうな顔になり、あたしの心の中にうかんだ疑問にこたえてくれる。

「だから……依頼内容をあなたに告げる時には、もうあなたは、誰も知り合いがいない場所にいることになっているの」

「は？ それ……どういう意味、ですか？」

一瞬――ううん、かなり考えても。あたしには、レイディの台詞の意味が判らなかった。誰も知り合いがいない場所って……。

「てっとりばやく言っちゃえば、この件にかんだらすぐに、あなたはとある場所に送られることになっているの。で、そこである種の訓練をうけて、充分訓練をつんだと思われる頃にやっと、あなたに依頼内容が告げられる。それからあなたは真の目的地へむかい、そこで依頼内容にとりかかる……。これなら、あなたが訓練所へむかった瞬間から、あなたのまわりには関係者しかいなくなる訳で……情報のもれようがないでしょう」

確かに、情報のもれようは、ないだろう。でも……でも、そんな無茶苦茶な話ってないっ！　だって、その条件をのんだら、その何だか判らない依頼を解決するまで数週間、あたしったらまるで、軟禁《なんきん》されているようなものじゃない。あ、ううん、レイディったら、〝ある場所で訓練をつんで〟って言ったっけ。わざわざその為に訓練をつんで、しかるのちにとりかかるような依頼内容だったら、下手すると数週間どころか、数ヵ月もあたし、軟禁状態になるってことになる。

「それに……正直言って、その依頼って、一年や二年でかたがつくものだとは思えないの。下手すると数十年――ううん、ひょっとすると、あゆみちゃん、あなたの寿命が尽きても、まだかたがつかない可能性の方が、高いかも知れない」

「うまくいって一年や二年、下手すれば死ぬまでかかる依頼ですって⁉」

「死んでもまだ終わらない依頼よ」

あたしの、ほとんど悲鳴のような反問に、レイディ、丁寧に訂正をいれてくれる。ということは、レイディの依頼を引き受けたが最後、うまくいって二十代半ば、下手すれば三十代四十代、もっと下手をすると死ぬまで、あたしに太一郎さんと会うなっていうの？　そんな条件、たとえどんなにいい仕事であっても、まさにあたしの天職みたいな仕事であっても、あたしが引き受ける訳ないじゃないのお！

「それに……何て言っても、銀河連邦のスペシャル・シークレットでしょ、この件にかかわっている間は、友人や家族に、電話をかけたり手紙を出したりしてもいけないの。いつ、どこから、どういうルートで情報がもれるか判らないから。ということは……」

「ということは、あたし、レイディの依頼をうけたら最後、下手すると死ぬまで、みんなの前から消息をたつことになっちゃうじゃないですか！」

「そうなの」

　つかみかからんばかりのいきおいでレイディにむけてあげた抗議の声、レイディのいとも簡単な肯定の言葉により、その行き場をなくしてしまう。

「だから……この依頼の悪い方の条件を聞いたら、あれだけいい条件が目白《めじろ》おしになっているのも納得できたでしょ」

　納得、できた。

　確かに、凄まじいばかりの好条件でつらなきゃ、こんな依頼を引き受ける人間がいるとは思えない。ちなみにあたしは、こんな依頼、どんなにいい条件であっても、たとえレイディが依頼人であっても、引き受ける気は、ない。太一郎さんをはじめ、自分の友人、知人に、寿命で死ぬまで二度と会えなくなるような仕事に手を出すような人がいるとは思えない。

「おまけに……」

ここまでひどい条件をならべておきながら、更に哀しそうな表情になって、レイディ、しゃべり続ける。更に哀しそうな顔をするっていうことは、更に悪い条件があるってことなんだろうか。まさか、ね。今までに聞いた条件以上に悪い条件なんて、あたしには想像もつかないし、そもそもあるとも思えない。

「おまけに……こういうことを言うのは、本当に心苦しいんだけれど……あゆみちゃん、あなたには、この依頼を断る自由はないの」

「は……あ？」

断る自由がないってことは、それって、それって、〝依頼〟じゃなくて、正しい日本語では、〝強制〟って言うんじゃないの？

「そんな莫迦な話ってありますかって言いたいでしょう」

と、毎度のことながら実にタイミングよく、レイディ、あたしの言いたかった台詞を口にしてくれる。

「たとえわたしのうしろに地球政府がついていようが銀河連邦がひかえていようが、平凡な一市民に、おそらくは死ぬまで知人友人から消息をたたなきゃいけない仕事を強制する権利はないって」

がくがくがく。あたし、首の骨がどうかしちゃったようないきおいで、何度も何度もうなずく。

「確かに、そんな権利はないわ。だから、わたし、あなたにこの仕事を絶対引き受けろって強制することはできない。でも……わたしは、あなたに、こう忠告することはできるわ。わたしが、あなたにこの件を依頼するって決めた以上、それを断ると、あなたの命が危ないのよ。危ないーーっていうか、もうちょっと積極的に、あなたの命は、確実に、なくなるでしょう」

☆

うちのめされた。

生まれてはじめて、あたし、完膚《かんぷ》なきまでに、うちのめされた。信乃さんに意地悪され、信乃さん側の動機が判った時も、あたし、うちのめされたような気がしたんだ。でも、今、判った。ーー本当にうちのめされるっていうのは、こういうことなんだ。

見知らぬ人から理不尽に嫌われるのは辛い。逆恨みされるのだって、とっても、辛い。でもーー自分がよく知っていたつもりの、自分が好意を持っていた人に裏切られるのって、そんなもんの比じゃないくらい辛くて、うちのめされるんだよお！

レイディ。

あたし、この部屋につれこまれたあとも、あなたのことを信じていた。確かにあなたのやったことは無茶苦茶だし、ひどいことだったけれど——でも、あたしの愛したレイディのやることだもの、どんなに無茶苦茶に見えても、きっと、きっと、何か隠された理由があるんだと思ってた。そう思いたかった。

なのにレイディったら——レイディみずから、そんなあたしの想いをうち砕いたんだ！

強制する権利がないから忠告する。あなたの命は確実になくなるでしょう。

内容が内容なんだから、そんな風に言葉を飾らず、もっと素直に言えばいいじゃない！

強制する権利はないけど、でも、強制させてもらうわ。言うことをきかないと、殺すわよ。

そういう風に、素直に言えばいいじゃないよお！

あたしは、レイディ、あなたのことを友達だと思ってた。友達だと思っていたから、あなたの出した無茶苦茶な条件はのめないけど、でも、たとえ頼まれなくったって、あなたの為にあたしができることは、なるたけやってあげようと思ってた。あたし達って、そういう、友情だとか愛情だとかっていうものを間にはさんだ、いわばプラスの人間関係を形成してたと思ってた。なのに——なのに！

なのにあなたったら、あたしのことを脅迫《きょうはく》するのね。言うことをきかないと殺すって——そんな最低の脅しで、あたしに命令しようっていうのね。脅迫だなんて——脅迫だなんて、およそ、発生し得る、最大のマイナスの人間関係に、あたし達の間柄《あいだがら》を転換させようっていうのね！

レイディの最後の台詞を聞いてから。

あたしは、耳も聞こえず、口もきけないような状態になって、心の奥底からつきあげてくる、感情の洪水に耐えていた。いつの間にか、ぎゅっと目をつむってしまっており――あまりにきつく目をつむりすぎたせいか、耳の奥できーんっていう音が聞こえてくるような気まで、してきた。

そして――そして、何と。何とも情けないことに、あたしの心の奥底からわいてきた感情の洪水は、心の表層に浮かんでくるにつれ、段々、段々、怒りから哀しみへと変わっていったのだ。

哀しみ。

そうよ、あなた、莫迦よ、レイディ。

あたしに言うことをきかせたいんなら、レイディ、あなたどうしてあたしを脅迫したりするの。どうしてお友達として、あたしの情けに訴えないの。もし、友達として、誠心誠意、あたしにものを頼んでくれたら、十のうち五しかあたしにできないことであっても、あたしは何とか、六くらいまで、無理に無理をかさねてでも、きっと努力をしただろう。けど。あなたが脅迫って方法を選ぶのなら。あたしは意地でも、びたの一つもあなたの願いなんて叶えてあげない。あたしを拷問でも何でもして、無理矢理その仕事に従事させたって、もともと嫌々やっているものだもの、五の実力だったら三くらいしか発揮できっこないじゃない。

そうよ、レイディ、あなた、莫迦よ。どうしてそんなことすら判らないの？　昔のあなたは、『通りすがりのレイディ』事件であたしと知り合った時のあなたは、そんな莫迦じゃなかった筈。もっと人情ってものを判っていた筈。一体全体どんなことがあって、どんな事情があって、レイディ、あなたが変わってしまったのか知らないけど——あたしは、レイディ、あなたがこんな風に変わってしまったことが哀しい。

そうよね、レイディ、あなたは変わってしまったんだ。昔のあなただったら、あたしが好きだったあなただったら、そもそもこんなことしなかった筈。昔のあなたが好きだったから、だからレイディ、あたしはあなたが変わってしまったことが哀しい。

哀しい——哀しいんだよ、レイディ。

あなたに裏切られて、あたしは哀しくって——怒れなくて哀しくなってしまって——怒るよりも哀しくなってしまう程、レイディ、あたしはあなたが好きだったんだよ。今でも怒れず、今でもあなたが変わってしまったって思うだけで泣けてくる程、今でもレイディ、あなたのことが好きなんだよ。

今でもレイディ、あなたのことが好きなんだよ。なのに……。

時間の流れの感覚が、あきらかに、おかしかった。

レイディが、『あなたの命は、確実に、なくなるでしょう』って言った時から、客観的には、まだ十秒たっていないのだろうと思う。時計も、レイディとあたしの会話の間《ま》も、それを証明してくれていて——でも。

でも、主観的には、あたし、どっぷり十分近く、目をきつくつむり、耳は何も聞こえず、口もきけないような状態にひたりこんでいた気がする。

これって、ちょうど、水沢事務所で鳥居《とりい》さんに土下座され、心の中で、何とも言いにくい、無茶苦茶強力な、〝その感じ〟が育っていった時の感覚にとってもよく似ていて——たった一つの、差異は。

水沢事務所では、信乃さんの突然の介入《かいにゅう》ではばまれた、あたしの心の中で育っていたものが……育ちきってしまったのである。

☆　☆

それは、突然だった。

電気にうたれたような気がした。

あたしは、自分でもそれと意識しないうちにびくっと体をふるわせ、テーブルの上にあった手はびくっと痙攣《けいれん》するとあたしのひざの上に戻り、うつむいていた顔が同時にまっ正面――レイディの顔――の方を向き……。

何か、判らなかった。

また、何故だか判らなかった。

でも、あたしの中には、何だかとりとめのないパワーが感じられ、あたしは、レイディに、どうしてもそれを判って欲しくなったのだ。

あたしは、レイディ、あなたのことが好きだったんだよ。だから、脅迫なんて、間違ってもして欲しくなかった。

あたしは、レイディ、あなたのことが今でも好きなんだよ。だから、レイディ、脅迫なんかしたあなたが哀しい。哀しくなる程、今でも、レイディ、あなたのことが好きなんだよ。

レイディが、そんなあたしの感情を判ってくれたからって、何かいいことがあるとは思えなかった。でも、あたしはレイディにそれを判ってもらわずにはいられなかったし――また、心のどこかで、それさえ判ってもらえれば、きっと、何かが変わってくるに違いないっていう確信も、あったのだ。

でも。あたしはそれを、舌にのせて、言葉にしてレイディに送りつけることができなかった。何故かあたしの舌は、まだこおりついていて言葉を紡《つむ》ぎだしてはくれず……かわりに、万感をこめて、レイディをみつめて。

と——と！

あたしが、それこそみつめた処が焦げる程の思いをこめてレイディの瞳をみつめると、レイディの方にも、ふいに、反応が現れたのだ。それまで、どんな言葉を言う時でも、自信に満ちて前方をみつめていたレイディの視線が揺れ、レイディ、まずかすかにあたしの顔から視線を外そうとし、それから、まるで渾身《こんしん》の力をふりしぼっているかのようにして、まぶたを閉じた。

そして。

「……」

それまでの、落ち着き払った言動からすると、実に異常なことに、もの凄いいきおいで立ち上がるとドアを開け、ふいに出ていってしまったのだ。出てゆきしなに、何か、言葉にならなかった言葉を残して。

その言葉にならなかった言葉が、『ごめんなさい、あゆみちゃん』であったと、あたしは、何故か、思った。

……ふと気がつくと、腕にも足にも——全身に、とり肌がたっていた。

PART Ⅰ

一旦休止

あたしは、一人で、ずっとそこに坐っていた。

目の前から激情の対象――レイディがいなくなってしまうと、不思議な程あっさりとあたしの心の中にわきあがった興奮はおさまり、かわりに、あたしの心を今占めているのは、何だか狐《きつね》につつまれたような思い。

一体全体、今のは何だったんだろう。何であたしがみつめたからって、レイディがあんなに唐突にこの部屋から駆け出してゆくことになったんだろう。あたしがレイディをなじり、責めたんなら、確かにレイディとしても居心地は悪かったかも知れないけど――あたし、ただ、レイディをみつめてただけだよ？

と、かすかにノックの音がして、一拍おき、ドアが開いた。何だか身構えるような格好でドアを開けたのは、信乃さん。

「あ、信乃さん……」

信乃さんは、何故かおよび腰になってあたしの方をみつめ、それからゆっくりと口を開いた。

「あの……あんた、今、落ち着いてる……ね？」

「は？」

「今、取り乱してないよね？」

「……うん」

何なんだ、一体。ひょっとしてひょっとすると、さっき、あたしは激情にかられた余り、本人も意識しないうちに暴れ出しでもしたんだろうか。あたしがあたしの左手をつけて暴れれば、そりゃ、かなりの破壊力だろうから、それで泡くってレイディが退出したのかな。そうとでも解釈しないと、この信乃さんの台詞、意味が判んないや。

「ま、別にあんたが暴れたり大立ち回りを演じたって訳じゃないから安心してよ。……似たようなものって言えば、似たようなもんだったけどさ」

「……？」

あたしがなおも不得要領《ふとくようりょう》な顔をしていると、信乃さん、さっきまでレイディが坐っていた処に、ちょこんと腰をおろす。

「見てた限りじゃ、木谷さんが顔を出すとまた一騒動おこりそうな雲行きだったから、あたしから話すわ。あんた、誤解してる。木谷さんが、『あなたの命は、確実に、なくなるでしょう』って言ったの、木谷さんがあんたを殺すって意味の脅しじゃないわよ」

あたしの表情がいくら読みやすいからって、これじゃまるでテレパスの所業《しょぎょう》だわ――って、信乃さん、見てた限りじゃやって、言った？ てことはこの部屋、カメラとか何かで覗かれてるの？

「プライバシーがどうとかこうとか言い出さないでよ、うっとおしいから。それより先に、問題点を明確にしておくわ。木谷さんの言ったことは、決して脅しでも何でもない、事実よ。あんた、もう忘れたの？ あたしとあの無口男があんたにコンタクトとった瞬間から、訳判んない連中に、あんた命を狙われだしたじゃない」

そういえば、無謀《むぼう》なレイ・ガン連中って問題もあったんだっけ。

「木谷さんが言ったのは、そのことよ。木谷さんの依頼をあんたが引き受ければ、あたし達は全力をあげてあんたの生命を守る。それに、ま、あんたが目的地へ行ってくれれば、ガードもずっと楽になるしね。けど、あんたが木谷さんの依頼をけって、ずっと火星にとどまれば……いくら木谷さんだって、あたし達だって、一介《いっかい》の民間人を、死ぬまで完全に守ることは不可能だもん」

「でも……じゃ、その論法でいけば、あたしが依頼を引き受けたからって、死ぬまで完全にあたしを守ることは不可能じゃないの……？」

「だから、目的地につきさえすれば、あとはずっと楽なんだってば。それに、あんたさえ目的地につけば、あんたの命を狙う連中もあんたを殺そうっていう意欲がぐっと低下するだろうし、あんたの任務が完了すれば、誰もあんたを殺そうだなんて思わなくなるわよ」

「……？」

肝心《かんじん》の処をぼかしているせいか、信乃さんの話は、まるで何が何だか判らなかった。すごろくみたいなゲームじゃあるまいし、ゴールについたら安全だなんてこと、あるんだろうか。それに、あるとしたらどんな状況なんだろうか、それって。

「真剣に鈍《にぶ》いわね、もう」

真剣って単語を、苛々《いらいら》と、『しんっけん』って発音すると、信乃さん、あたしを軽く睨《にら》む。

「まったく自分の価値が判ってないんだから！　あんたはね、銀河連邦の最後の切り札なのよ。人類はトランプと違うから、五十三人しかいないって訳じゃない、だから、ひょっとするとジョーカーもあんた以外に存在するのかも知れない、けど、今の処、銀河連邦がみつけた、たった一枚のジョーカー、それがあんたなのよ！　だからあたし達は、何が何でもあんたを──ジョーカーを──トランプの勝負、まっただ中に投入したい。邪魔する連中は、何が何でもジョーカーに勝負に参加して欲しくない」

……あたしが、切り札？　それも、今の処銀河連邦がみつけたたった一枚の切り札？　レイディの言うこともあまりに大袈裟だったけど、この台詞に到っては。今時、誇大妄想狂《こだいもうそうきょう》だってここまで大袈裟なことは言わないわよ。

「だから、あんたがいくらあんたを殺そうとしている連中に、『あたしはそんな仕事やりません』って言ったって、無駄なの。連中にしてみれば、ジョーカーの存在、それ自体が目ざわりなんだから。たとえジョーカーがいくら口では勝負に参加しないって言ったって、現実にジョーカーが存在する以上、いつ気を変えるか判らないじゃない？　故に、森村あゆみ、あんたを狙っている連中は、何が何でもあんたの存在、それ自体を抹殺《まっさつ》するまであんたを狙うのをやめないわ」

「……」

「けど、あんたが目的地に――トランプの勝負、それ自体に――参加してくれれば、あんたの命は、かなりのセンで守ることができる。ジョーカーが勝負に加わって、もし、銀河連邦が思っているとおりの強さを発揮してくれたら、その時はこっちの勝ちだもん、あんたを狙う連中はなくなる。それに、もし、あんたが期待にそわない弱いジョーカーだったら――切り札だと思えばこそ、連中だってあんたを狙っているんだもん、何の役にもたたないような弱い札なら、狙われる心配はなくなる訳よ」

「あの……」

信乃さん。どういう訳だか、ずいぶん詳しいみたいじゃない、今のあたしをとりまいている状況について。この感じだと、まず間違いない、信乃さん、レイディのあたしへの依頼内容、知ってるんじゃないかしら。

「信乃さん……あたしへの依頼って、知ってるの？　ううん、知ってるよね。なら……お願い、内容、少しでも教えて。レイディの話って、まったく何が何だか判らなくって――あれじゃ、依頼を引き受けるも何もないんだもの」

自分でも、いい加減なものだと思う。レイディの話を聞いた時は、あたし、たとえ内容がどんなものであろうとも、この先ずっと太一郎さんに会えなくなるかも知れない依頼なんて、絶対引き受ける気になれなかった。勿論、今だって、引き受ける気は、ない。でも……銀河連邦の切り札だなんて言われると……少しは中身、知りたくなってきちゃうじゃない。それに、レイディがあたしを脅迫したんじゃない、むしろあたしを守ろうとしてくれてるんだって判るや否や、あたし、レイディのだした条件はのめなくても、でも、自分でできるだけのことはしてあげたいっていう気分になってきちゃって……。

「あんたがこの件を引き受けてくれるなら、すぐにでも話すけど……」

信乃さん、こう言うと肩をすくめる。あたし、慌てて。

「でも信乃さん、あなたは聞いたんでしょ？」

「うん」

「じゃ、当事者のあたしだって」

「だから引き受けてくれれば……あ！　あんた、あたしがこの件を引き受けてないと思った？」

え？　違うの？　信乃さん、こんな、成功するまでは知人の誰とも会えないだなんて無茶苦茶な条件、のんだの？

「あたしは……おじいちゃんさえ元気でいることが確認できれば、他には連絡をとりたい人なんていないもん」

いくぶん自嘲的に、信乃さん、言う。

「だから前に言ったでしょ。あたしの条件はおじいちゃんの保護だって。おじいちゃんさえ元気でいてくれれば、誰に連絡できなくっても……」

……信乃さん。

ごく普通の、高校生だった、信乃さん。

あんなことがあるまでは、勿論、友達やボーイフレンドがいたに違いない信乃さん。

その信乃さんが——鳥居さんさえ無事なら、成就のあかつきまでは、知人にも友人にも誰にも会えない、連絡もとれないっていう条件をのんだ。いや——条件をのむも何も、そもそも知人の誰とも楽しく会えないような境遇に陥ってしまってるんだ、すでに。そして——それはすべて、あたしが悪い訳じゃないんだけれど、でも、あたしのせいって言えばあたしのせいなんだ。あたしのせいで信乃さんはそんな条件がすいすいのめるような状態になっちゃって……なのにあたしは、太一郎さんに会えなくなるのが嫌だって理由でごねていて……。

「やめてよ、本当にもう。あんたのせいじゃないって言ってるでしょうが。何であんたがこんな処で暗くなるのよ」

あたしが沈みこむのを見て、信乃さん、何回目かのうんざりって表情を作る。それから、口で何をどう言ってもあたしが気分を変えそうにないと思ったのか、肩をすくめて立ちあがって。

「大体何だってあたしがあんたなんかはげまさなきゃいけないのよ。あたし、しめっぽいの嫌いなんだから、本当、いい加減にして欲しいわ」

「ごめ」

「謝ったら殴るわよってば！　何だって悪くない人間が謝るのよ！」

「……あの……」

でも、こういう局面で謝らせてもらえないと、他にどうしていいのか判らないじゃないかあ。

と、信乃さんも、どうやらそう思ったらしくて。

「暗くなるんなら、いくらでもここで一人で暗い世界にひたってなさいよね。で、ある程度時間がたって、気分が浮上したら、あたしか木谷さんを呼べばいいわ。暗くならないんなら、つきあってあげるから」

「呼べばいいって……」

「この部屋の中で普通の音量で呼べばすぐ連絡つくわよ。あ、だから、脱走しようだなんて考えないことね。大体この部屋の鍵《かぎ》は、指紋を登録してある人間じゃないと解除できないし、この建物の中だったらどこだって、あんたの一挙手一投足《いっきょしゅいっとうそく》、まる見えだからね。あ、ついでに言っとくと、ここは九十七階だから、どうか窓や壁やぶってこの建物の外に出ようだなんて莫迦なこと、考えないでよ」

「……」

成程、なまなかなことじゃ、脱出できそうにない。

「とにかく一人で暗い世界にひたりつつ、考えてみなさいね。あんたに選択の余地は、現実問題として、ないんだから」

☆

信乃さんが出ていったあと、信乃さんの言葉どおり、一人で暗い世界にひたっていたら。本当に物理的に、世界が暗くなってしまった。これって、やっぱしあれかな、停電？

まっ暗な中で三十秒程待ち、それからあたし、少しあきれる。この建物の設計者って、どっかおかしいんじゃないだろうか。カメラなんかどこにあるのか判らない、そういう意味じゃ実に見事な監視用のこんな部屋作っておいて、自家発電だの何だの、電気系のバックアップシステム、用意しとかなかったんだろうか。そんな杜撰《ずさん》な神経、ちょっと信じられない。

でも。信じられる、信じられないは別にして、これってそれこそ信じられない程の幸運なんじゃないかしら。少なくとも今なら、電気関係の機械はみんな死んでいる筈だし、仮に電気を使わない監視装置があるとしたって、平生《へいぜい》の何倍も脱出しやすい筈。

　そう思って、あたしがそろそろドアのある方へ近付くと。ふいにドアが、むこうからあいた。ちぇっ、やっぱし人生ってそんなに甘くはできていないんだ、突然の停電であたしが逃げようとしていないかどうか、まず確かめる為に人が来たのか。

　ところが。はいってきた人影は、ハンドライトだの何だのをどうやら一切《いっさい》持っていないらしく、その上、何故か、声もたてずに部屋の中へはいってくると、そっとドアを閉めたのだ。

「あゆみちゃん……しー……声をたてないで」

　まっ暗なんで、勿論見える訳ないんだけれど、何だか人差し指をたてて唇にあてているような気配の声の主は――レイディ。

「レイディ……どうしたんです」

　何だってレイディが、こんなに人目をはばかるかの如き格好をしているんだろう。そんなことを思いながらも、ついつい釣られて、あたしも声をひそめてしまう。

「お願いがあるの。……あなたに、どうしても、こっそりお願いしたいことがあって、わたしがこの停電、おこしたの」

「……！」

　だって……レイディって、この建物の所有者か、少なくとも所有者側の人じゃなかったの？何だってそんな立場のレイディが、そんなことをする訳？

「バックアップシステムの方も壊してきたから、あと数分は大丈夫だろうけど……でも、いそがなきゃいけないわ。あゆみちゃん、お願い、これを飲んでもらえないかしら」

その台詞と同時にあたしは右手をつかまれていて、右掌に、何やら粒を三つ程握らされた。

「何です、これ」

「睡眠薬――それも、結構強力な。三粒も飲めば、体質にもよるけど、大体一週間は眠り続ける筈」

「は？」

一体全体何だって、あたしを誘拐し、強制的に仕事をおしつけようとしている人が、自分の味方達にも内緒で、あたしを一週間も眠らせなきゃならんのか、正直言って、まったく訳が判らない。

「時間を稼がなきゃいけないのよ。どんな突貫《とっかん》工事だって、少なくとも一週間はかかるわ」

「は？」

工事って、一体何の？　でもっておまけに、何だってあたしはその工事中、眠っていなきゃいけない訳？

「お願い、判って。今はその事情を説明している時間はないの。でも――どうしてもあなたは、これから一週間、眠っててくれなきゃいけないのよ。……こんなことをしておいて、で、こんなこと今更言えた義理じゃないけど……これは、あなたの為《ため》なのよ」

「……は？」

「……お願い。今回の件をのぞいて、わたし、今までに一度でもあなたの為にならないことをしたことある？　ないでしょ？　だから……お願い。何も聞かずに、これを飲んでちょうだい」

レイディの口調も切迫《せっぱく》していたけれど、それ以上に、台詞の内容が切迫していた。レイディって、間違ってもこんな恩きせがましいしゃべり方をする人じゃなかったし、その彼女が、こういうしゃべり方をするってことは……本当に、切迫して、レイディ、あたしを眠らせたいんだわ。

「……ああ、お願い。もう少しできっとまた電気がついちゃう。わたし、あなたを眠らせたのがわたしだって、人に知られたくないのよ」

「……判りました、飲みます」

言わないで欲しい。判ってる、自分でも時々、こんな性格でよくこの歳まで生きてくることができたなって思うことあるんだけれど……でも、あたし、駄目なんだもん、こういうの。ここまで真剣に頼まれちゃうと、どうしても断るだなんてできなくなっちゃうの。

「あの……大丈夫？　お水なしでも」

でもって、こういう無理なお願いをきいてしまったあとでしばしばおこる反応として、頼んだ方のレイディが慌てちゃって。

「大丈夫です。あたし、薬だの何だのを水なしで飲むのって、得意ですから」

妙な処でサービス精神旺盛なあたしは、こういう状況下で、みせびらかすように水なしで薬を飲んでみせたりしちゃうんだ、これが。——もっとも、この暗さじゃ、あたしが本当に薬を飲んだかどうか、レイディに見えたとは思えないけど。

「ありがとう」

と、またレイディはレイディで、あたしが本当に薬を飲んだのかどうか判らないっていうのに、とっても真面目な声でお礼を言ってくれたりする。そして。

「じゃ……わたし、もう行くわね。いつまでもここにいて、カメラにうつる訳にもいかないし」

そして、ドアの開く気配。ドアを開けたあとも、しばらくレイディ、そこに立ちつくしていて。

「……ありがとう、あゆみちゃん、薬を飲んでくれて。おそらくは……これが、わたしがあなたにしてあげる、最後のいいことになると思うわ……」

この台詞と共にレイディは出てゆき——あたしは、ドアが閉まる音と同時に、たまらないねむ気を感じだした——。

☆

目がさめると目の前に――というより、寝ているあたしの顔におおいかぶさるようにして――信乃さんの顔があった。

「おーお、やっとお目ざめ」

信乃さん、鼻の頭にしわを寄せ、あからさまに不快そうな表情を作ると、ぱっとあたしから顔をひいた。

「本当にあんたって何を考えて生きてんの？　そのうちじっくりと教えてもらいたいもんだわ」

「……へ？」

覚醒《かくせい》したばかりの頭は、まだ完全にぼけていて、信乃さんの表情の意味も、そして台詞の意味も、よく判らない。

「へ、じゃないでしょ、へ、じゃ。……この手の商売している人の中には、時々いつも自殺用の薬をもちあるいている人がいるっていう話は聞いたことがあるけど、いつも莫迦みたいに強力な睡眠薬を携帯している人がいるだなんて、想像外よ、まったく」

「あ……ああ、睡眠薬」

ぼんやりと記憶が戻ってくる。そうか、ま、レイディのことだもの、最初っから失敗するとは思っていなかったけど、案の定、無事、薬をくれたのがレイディだってこと、ごまかせたんだ。でもって必然的に、あの睡眠薬は常時あたしが携帯しているものだってことになったのか。「ああ睡眠薬、じゃないわよ、まったく。まあ確かにあんたの身体検査をちゃんとやらなかったのはあたしの手落ちだけどさ……」

その時の信乃さんの口調プラスあたしが目をさました時の状況を思いあわせて。遅ればせながらに、あたしにとある想像がうかぶ。

停電のあと、おそらくは（ま、直接誘拐者《ゆうかいしゃ》の責任からか）まっ先にあたしの様子を確かめに来たのであろう信乃さん、その場に昏倒していたあたしをみつけて、相当ぎょっとしたんだ。一瞬、あたしが自殺用の薬を持っていたのかも知れない、なんて思っちゃって。けどまあ、あたしは単にぐうぐう寝てただけで、メディカル・チェックだの何だののをうけても、長期間持続する睡眠薬の存在だけが確認されて。

そんな状態のあたしを見て、単にあたしは眠っているだけだって言われても、信乃さんにしてみれば、心配してくれたに違いないんだ。自分が誘拐してきた人間が、突然意味もなく睡眠薬なんか飲んじゃって、いつまでたっても目をさまさないだなんて——一体何があったんだろ、ほんとにこの子は大丈夫なんだろうかって。なのにあたしったら、そんな信乃さんの思いも知らずに、ひたすらぐうぐう眠り続けて。

今も、なかなか目ざめないあたしを心配した信乃さんが、あたしの様子をうかがいに来た処で、あまりにもよく眠っているあたしを、信乃さんが心配の余りのぞきこんだ処で、偶然にもちょうどあたしが目をさましちゃった、そんな状況なんじゃないかな。んで、心配していた信乃さん、急にそれが恥ずかしくなり、慌てて顔をあげ、いかにも不機嫌そうな表情を作り、目をさましたあたしに文句を言った、と。

この想像、多分にあたしにとって都合のいいものではあるんだけれど、でも、おそらくそうひどくはずれてはいまい。何故か、あたしにはそんな確信があった。

「……ま、いいわ、そんなことはあとでも」

と、信乃さん、あたしの想像を裏付けるようにちょっと赤くなり、すっと脇むいて——それから。

「すぐ担当の先生が来るからさ、その前にちょっと聞いときたいんだけど……何だってあんた、睡眠薬なんか飲んだの」

「……」

……う。まずい。困った。

今の信乃さんの質問には、間違いなくあたしの精神状態に対する心配が含まれていて(だって、おいつめられた状況で、何の展望もなくとにかく睡眠薬飲んじゃうっていうの、まともな精神状態の人間のすることじゃないもんね。下手すると信乃さん、自分をとりまくいろいろな状況に絶望したあたしが、自殺をするつもりで薬を飲んだんだって誤解しているかも知れない）――それが判るから、適当なことを言ってごまかすこともできないし、かといって正直に答える訳にもいかない。

「しばらくの間、あんたとしては眠りに逃避できたかも知れないけれど、勿論、そんなことやってても現状はまったく好転しないんだよ」

信乃さんに言われるまでもなく、そんなことはあたしにだって判っている。でも……そんなこと判ってるもんって言ったら、じゃ、何故睡眠薬なんか飲んだんだって更に追及されそうだしなあ……。

「いろいろ嫌なことがあったし、とにかくゆっくり眠りたかったの」

で、もうしょうがないから、あたし、なるべく疲れたような声を出して、こう言ってみる。と――てきめんに信乃さんの顔色が変わった。まず、ちょっとあたしのことを軽蔑《けいべつ》したような色が浮かび、それから、同情と憐《あわ》れみがまざったようなものに、表情が変化する。

「ま……それだけあんたにとって木谷さんって特別な人だった訳よね」

そして、一拍おいてから、舌にのせられた台詞の声音《こわね》にひそむのは、ただ、憐れみの音だけ。

まずいな、これってまずいな、これだと信乃さん、あたしが睡眠薬飲んだの、レイディの仕打ちにあたしがあまりにも傷ついてしまったが故だと思っちゃうじゃないかあ。信乃さんがそんなこと思っちゃって、そのせいでこれから先、レイディと信乃さんの間が気まずくなったら、それって申し訳ないような気もするし……けど、あの睡眠薬をあたしが飲んだのは、実はレイディの意思だったっていうことを伏せる為には、他に言いようがないし……。

どうすればいいんだ、どう言うのが一番問題がないんだろうってあたしが混乱しているうちに、どうやらお医者様らしい人が看護師さんらしい人を連れてやってきて、お医者様と入れ違いに、信乃さん、部屋を出ていってしまった……。

☆

ここ、停電の時にあたしがいた部屋じゃないや。

かなり遅ればせながら、お医者様が来て、ようやっとあたし、気づく。あの部屋にはソファはあったけどベッドはなくて、今あたしがいる部屋は、ベッドが部屋の面積の半分程を占めていた。

「はい、次は口をあけて……あーんって……はい、そう。……じゃ、次はちょっと脈をみますから右手を」

しばらくの間、惰性でお医者様の言うことに従っていたあたし（だって、どういう状況におかれていようとも、医者がこうしろって言ったら、何となくそのとおりにしなきゃいけないって気分にならない？）、信乃さんがいなくなってしばらくして、突然、気づく。この人達って、お医者様って言えばきこえはいいけど、つまりはあたしを理不尽に誘拐した一味じゃないんだっけ？　だとすると……何だってあたし、こんなに素直にこの人達の言うことをきいている訳？

で、あたし、これもまたかなり遅ればせながら、反抗することにした。血圧をはかりますってお医者様にとられた右手を、かなり暴力的にふり払って。

「な、何をするんです」

と、また、いけしゃあしゃあとお医者様、患者たるあたしが反抗するのに驚いたりするんだ。

「ただ単に血圧をはかるっていうだけですよ？　落ち着いて下さい」

落ち着いたからこそ、あたしを誘拐した一味のされるがままになっていることはないって思えるようになったんじゃない。

あたし、そう言葉にして言うかわりに、ひたすらお医者様の手を避けて右手をぶんまわす。これが左手じゃなかったことを、どうか感謝していただきたい。

「そんなことをしていると血圧がはかれませんよ」

あたしの反抗が予想外のことだったのか、苛々と、お医者様、叫ぶ。

「それに、そんなことされたら、とても採血できない」

「採血？　何の為にそんなことするんですか」

採血って言葉がかなり刺激的だったので（だって、採血する為には、あたしの血管に針をさす必要があるんだもん。ここが敵の陣中だと思うと、採血っていう目的で注射されて――で、どんな薬を注入されないとも限らないもん）、あたし、更に暴れる。

「何の為って……血液全体像検査とか、白血球の」

「あゆみちゃん」

お医者様の台詞半ばで。ふいに舞台に登場した第三の人物――レイディ――が、暴れまわっているあたしに声をかける。

「落ち着いて。……お医者様は、お医者様よ。あなたはここの処ずっと眠ったきりだった」

レイディ、あなたの薬のせいよ――という台詞を、何とかあたしは飲み込む。

「ということは、あなたに害を加えたり、あなたに何か特殊な薬を投与しようとした場合、何も今じゃなくたって、お医者様にはずっとチャンスがあったのよ。……少なくとも、わたしがもしお医者様で、何かあなたに特殊なことをしたければ、あなたが眠っているうちにしたでしょうね」

「……」

ま、そりゃそうだ。レイディの言うことが、あまりにももっともだったので、何となし気が抜けたあたし、抵抗するのをやめる。そして、そのまま、血圧はかられて血をとられて……。

ひととおりの検査が済むと、お医者様は逃げるようにして部屋を出てゆき、その場にはあたしとレイディだけが取り残された。

「あの、レイディ……」

正気に戻ったら聞きたいことが、あたしには山のようにあったのだ。それに、あたし、あんな無茶苦茶な状況下で、レイディの差し出した薬を黙って飲むっていう、ま、その、レイディに恩をきせようと思えばきせられる行動をとったんだもん、今度はレイディがちょっとはあたしの無理をきいてくれたっていい番だと思う。

それに。

「なあに、あゆみちゃん」

そう言って微笑んだレイディの顔は、再会して以来初めてみる、心底から屈託なげな笑顔で――こんな表情見せられると、期待してしまうじゃない、あたしとしては。

「あのね、レイディ、あたし」

聞きたいことがあるんです。

その台詞を最後まで言わなくとも、きっとレイディには判ってもらえると思った。それに、何せ今までずっと眠っていたんだもん、あたしの頭の中では、いつの間にか現実と夢とが多少ごっちゃになってしまい、レイディが出したひどい条件、まるで夢の彼方《かなた》のものみたいな感じになっちゃってる。

「いろいろわたしに聞きたいことがあるんでしょ」

と、また、レイディはレイディで、うてばひびくような感じであたしの台詞をすくいあげてくれる。

「何たってあゆみちゃん、あなた、丸十日間も眠り続けていたんだもの……その間の周囲の状況なんてものに、期待を持っちゃうわよね」

丸十日間。これは——意外だった。レイディの薬をくれる時の台詞もあったし、あたし、ひょっとしてひょっとすると一週間も眠ったきりだったのかなって覚悟はしてたけど——一週間どころじゃない、十日間も眠っていたのか。

「でも……ごめんなさいね」

あたしの感慨も知らぬ気に、レイディ、こう言うとちろっと舌先を見せる。

「残念ながら、あなたの期待にそってあげられそうにないの」

「……？」

あたしには、残念ながら、レイディの今の台詞の意味が判らない。

「あなたはきっと、自分がある程度の時間、意識を失っていれば、その間にあなたの仲間があなたを助けるべく行動をおこしてくれるだろうって期待してたんだろうけど……その為に、あんな薬を飲んだんだろうけど……でも、それって無駄だったみたい」

「……？」

まだ、レイディの台詞の意味が判らな……あ……ちょっと、待って。

あたしがある程度の時間、意識を失っていれば、その間にあたしの仲間があたしを助けるべく行動をおこす……。

レイディの所属している、あたしを必要としている集団は、普段のまともなあたしを必要としているのだ。あたしに変な薬をうったり、心理操作を加えなかったことから、それってあきらかだと思う。連中が欲しているのは、自由意志で動き、なおかつ自由意志で連中に協力する、あたしなのだ。

その〝あたし〟が、意思も何もない、眠っているっていう状態に陥れば、必然的に、連中の、あたしへの交渉も、ストップしない訳にはいかない。

そして……そして、その間に生まれるのは、時間。何も知らないあたしの仲間——水沢事務所のみんな——が、あたしを捜しだし、あたしを守ろうとしてくれる、時間……。

レイディが、たとえどんな意図の許《もと》に連中の側についたとしても。

この瞬間、あたしはレイディに感謝した。たとえこの先、事態がどれだけあたしに不利になろうが、あたし、絶対、レイディを責めない。だってレイディは、あたしに、彼女ができる、おそらく最上のことをしてくれたんだもの。事務所のみんなが——太一郎さんが、あたしを捜しだしてくれる、時間を作ってくれたんだもの。

そして、また。

同時に、判っちゃったんだ。

レイディの、この様子。

レイディが、こんなに屈託なげに、『それって無駄だったみたい』って言うってことは、間違いない、それって無駄じゃなかったんだよ。事務所のみんなは、太一郎さんは、あたしが眠っている間に、何とかあたしの消息をつかんでくれたんだ！

「あゆみちゃん、あなたの思惑がはずれて残念かも知れないけれど、お願いだから興奮しないでね」

と、レイディ、一転して真面目な顔になり、こう念をおす。念をおされたあたし、慌てて口惜しそうな表情作って。そうだよね、この部屋もカメラか何かで覗かれている可能性大だもの、あたしが嬉しそうな顔をしているのってまずい。

そして、それからたっぷり五秒程間をおいて、あたしの表情が口惜しそうにゆがんだのを確認してから、レイディ、重々しく口を開く。

「さて……で、あゆみちゃん、どうなの？　たっぷり眠ったことだし、そろそろわたしの依頼、受けてくれる気になったかしら」

……そうだった。たとえレイディがこっそりあたしの為に何をしてくれようと、今の処、あたしとレイディの公的な関係は、これだったんだっけ。きわめて強制的な依頼人と、そんな仕事の話なんか聞きたくないやっかいごとよろず引き受け業者。

「実は……あなたが十日間も寝こんじゃったせいで、上の方からクレームがついたのよ。森村あゆみの意志なんかなまじ尊重するからこんなことになるんだ、どうせ最初っから森村あゆみには我々の依頼を断る自由はない、眠っているならその隙に船に乗せてしまい、誰にも邪魔されない目的地で彼女を説得すればいいって奴が」

まさか。まさか、今、あたしがいる処って、そのどこかも判らない目的地へむかう宇宙船の中なんてことないでしょうね？　もしそうだとしたら、いくら太一郎さんでも、手のだしようがないんじゃなかろうか？

なんてあたしがまっ青になっていると、レイディ、うすく笑って。

「勿論、ちょっとクレームがついたからって、すぐ上の人の言うことをほいほいきいちゃう程、わたしって腰の弱い人間じゃないつもりよ」

ほっ。

「この依頼は内容もデリケートだし……あゆみちゃん、あなたが心からわたし達に協力してくれる気にならなくちゃ、多分、無理なことだと思うの。だからわたし、あなたにそんな無理強いはしたくない。……でも……今の処、あなたの件はわたしが直接の責任者だからいいけれど……こんな状態をずるずる続けていたら、いつ、責任者が替わるか判らないのよ。……覚えておいて、あゆみちゃん、時間がないの。わたしが、あなたの為に作ってあげられる時間は、ほんのちょっとしか、ないの」

かといって。無理強いされるのが嫌だからって、そんな仕事、引き受ける気になれない。

「それに、実際問題として、これはとっても大切な仕事なのよ。この仕事が成功するか否かは……大袈裟じゃなくて、銀河連邦の――地球人類の――将来にかかわることなの。そして、あゆみちゃん、あなたは今の処、人類全体の、たった一枚の切り札なのよ」

ジョーカーのたとえは、信乃さんもしてたな。でも……たとえあたしがどんな重要人物だったとしても、依頼内容も判らずに、仕事なんか引き受けたくない。ましてその仕事が、下手をすると死ぬまで太一郎さんに会えなくなるような性質のものなら……依頼内容を知ったって、絶対、引き受けられない。

と――ふいに。

どこがどうって言える訳じゃないけれど、あたし達のいる部屋のまわりが、急にさわがしくなったような気がした。あたしのいる部屋のドアって、どうやら結構防音効果があるみたいで、外の声（それも、どうやら大声で叫んでいるような声）はほとんど聞こえないんだけど――でも――何だか。

何だか、ドアの外の状況、とっても切迫しているような気がする。

と、ふいに。

レイディが、あたしの耳に唇をよせて、それでも聞こえるかどうかって程度の声で、こう言った。

「お願い。覚えておいて。銀河連邦は――地球人類は――地球でできて宇宙のあちこちへ散らばっていった人々は――心底、あゆみちゃん、あなたを必要としているのよ。ぜひ、ぜひ、あなたの力をかして欲しいのよ」

とっても真剣な、懇願《こんがん》の口調。

「それと、もう一つ、覚えておいて。時間が、ないの。あの時の市街戦をもとにして、あなたを狙いそうな処には一応全部手はうっておいたけど……それでも、あなたがわたしの許をはなれて、無事でいられる時間って、一週間がぎりぎりだと思うの。可哀想だけど……可哀想だけど、どうか、時間内に、結論をだして」

あなたがわたしの許をはなれてって……レイディ、あたしを逃がしてくれるつもり？

「それから……次に会う時、わたしはあなたにひどいことを言うわ。下手をすると、あなたが二度と立ち直れなくなるくらい、ひどいことを。きっとあなたはわたしを恨むと思う。そんなこと、知らないでいた方が、ずっとよかったって思うだろうと思う。……でも、判って。お願い。わたし達人類には、あなたが必要なのよ。それも……自分が何であるのか、理解したあなたが」

あたしはあたし、森村あゆみ、ただの一介《いっかい》の女の子にすぎないんだけどなあ。別に身分を隠している訳でも、いざとなったら葵《あおい》の印籠《いんろう》をふりかざせる訳でも、背中に桜吹雪《ふぶき》しょってる実は北町奉行って訳でもないんだけど……レイディったら、何を言いたいんだろう……？

「それに、わたしは、信じているの。あなたは確かに自分のことを知った直後、もの凄いショックを受けるだろう、深い深い心の傷をおうだろうけど……必ず、必ず、立ち直れる筈。それに耐えられる筈。わたしは……そう、信じているわ」

……何か、段々、怖くなってきた。レイディ、何を言いたいんだろう。あたしには、自分は森村あゆみっていう、普通の女の子だって認識しかないんだけれど……レイディ、何かあたしに、極めて特殊な処、みいだしたのかしら。たとえば、極めて特殊なウイルスに感染している、とか、極めて特殊な遺伝子異常がある、とか……。そんでもって、地球人類全員の為にも、あたしが、ま、いわばモルモットとなって、実験だの検査だのにつきあうことが必要なのだとしたら……うわわわわ、嫌だ嫌だ、符節《ふせつ》があっちゃうじゃない。確かにそれって、地球人類全員の為になる、銀河連邦に期待されている仕事だわ。情報がもれないようにとある目的地まで行って云々《うんぬん》……っていうのは、あたしを傷つけない為の配慮で、実は他に感染する人がでない為の用心かも知れないし、あたしの寿命のうちに依頼がおわらないかも知れないっていうのは、要するに、今の処治療のメドがたっていない病気だってことだったりして……。

「さて……そろそろ……かしらね」

と、レイディ、そんなあたしの苦悩も知らぬ気に、うすく笑うとじっとドアをみつめだす。

「あの……レイディ……」

一方、あたしはと言えば、一旦ふくれあがってしまった、自分は病気なのかも知れないって疑惑を、どうにも収拾することができず、妙に強張《こわば》ったような表情になりながらも、レイディにこう聞いてみる。

「あたし……本当のことが知りたいんです。たとえどんなことを言われても……たとえ、あたしの病気が、現代の医学でなおしようがないものだとしても……あたし、何とかそれに耐えます」

「……？」

ところが。あたしが、それこそ決死の覚悟でこの台詞を言ったっていうのに、何故かレイディったら、きょとんとしてるのね。

「だから……教えて下さい。あたし……どんな病気なんですか」

それから、たっぷり一拍おいて。何故かレイディ、弾けるように笑いだしてしまったのだ。

「やあだ、あゆみちゃん、あなたったら……あなたったら……」

息もたえだえに笑ってる。

「あなたったら、自分の特別な性質、病気か何かだと思ったの？　違うわよ、あなたは病気じゃありません。むしろ、今時珍しいくらいの完全な健康体よ」

……あれ。レイディがこうも陽気に笑って否定するってことは、あたし、本当に病気じゃないのかなあ。でも……特殊な病気ってセンを捨ててしまうと、ほんとにあたしには特殊な処なんてないんだけれど。

と。

そんな折りも折り。

あたしのいた部屋のドアが、そのドアの線をなぞるようにして、ふいに溶けだした——言い換えれば、誰かが突然、ドアをレイ・ガンで焼き切りだした。のと、まったく同時に、レイディがあたしにとびつき、あたしをかかえたまま、ドアのない方の壁へ向かって、あたしごとごろごろ転がって。

「あの……」

これは一体どういうことなんだろうか、ひょっとしてひょっとすると、これって期待がもてる展開なんだろうかってあたしが思い悩んでいると、ふいにレイディ、軽く笑ってちっと舌打ちしてみせて。

「やあね。あのひとって、本当、人間を何だと思ってんのかしら。突然レイ・ガンなんて使っちゃって、もし誰かがドアにはりついていたら、一体全体どうするつもりなのかしらね」

そして、このレイディの台詞と、ほぼ同時に。ドアは見事に焼き切られ……定石どおり、内側に向かってどんって蹴倒されたドアの外に立っていたのは……。

太一郎さん！

☆

「こういう状況下で、おまえと会いたくはなかった」

ドアを蹴倒した太一郎さん、レイディにむかって、ただ一言こう言うと、それっきりレイディの存在を無視する。それから、あたしにむかって、あごをしゃくってみせて。

「あゆみ、来い、帰るぞ」

「あ、はい」

って言われた台詞があんまり自然なものだったから、ついついあたし、その台詞をうけてしまったんだけど……考えてみれば、今のあたしの状況って、『帰るぞ』『はい』って帰れるものなんだろうか。どう考えたってあたしが帰る為には、レイディと太一郎さんの間で一騒動ある訳で……げっ。

今の今まで、考えもしなかった、そして正直言うと考えたくもなかった疑問なんだけど——もし、本気で戦った場合、太一郎さんとレイディ、一体どっちが強いんだろう？　そして……どっちが強い場合でも、多分、相手に対して手加減ができる程度の強さでは、お互いに、ない筈。この二人が、本気で、手加減なしに戦ったら……負けた方、どうなるんだ？　太一郎さんに手加減なしにやられたら、レイディに手加減なしにやられたら……負けた方、五体満足でいられるだろうか。

「ホールド・アップするわね。だから、撃たないでいただきたいわ」

ところが。そんなあたしの混乱をよそに、レイディったら、何故か、まだ太一郎さんが何もしていないうちに、あたしの体からはなれ、両手をあげた。と、太一郎さん、そんなレイディの様子にまったくかまわず、もう一回あたしの方を見て。

「ほれ、何やってるあゆみ、帰るぞ」

「あ……うん」

　事態がこういう風になった以上、あたしがこのままこの部屋の床にねそべっている必要ってまったくない訳で、あたし、立ち上がる。ま、レイディと太一郎さんが争わなくて――両方とも、怪我をしないですんで――よかったって言えば勿論よかったんだけど、でも、なにがし、釈然としない思いを抱いて。

　だって、まず太一郎さんは、丸腰のレイディをレイ・ガンでおどした訳じゃないんだし……それに、レイディの方だって、もしレイ・ガンをつきつけられたら、あたしを盾《たて》にすればよかった訳で……。ま、勿論あたし、太一郎さんが丸腰の女性にレイ・ガンをつきつけるような卑怯なことする処なんて見たくなかったし、レイディがあたしを盾にする処なんかも見たくなかったので、これってとっても望ましい展開だって言えばそうなんだけど……でも、何だか、あまりにも都合がよすぎて、逆に気味悪いじゃない。

「じゃ、あの、レイディ……」

　あまりにこっちに都合よく話がすすみすぎたので、かなり落ち着きをなくしたあたし、その部屋を出てゆきぎわに、ついついレイディに声をかけちゃったりして。

「あの……どうも長いこと、お邪魔しまして」

……言われなくたって、判ってる。これって、全然、現状にそぐわない台詞だって。あたしが自分の意思でレイディの処に長居した訳では勿論ないんだし。でも……こういう時に、なかなか適切な挨拶って、ないじゃない。

「おまえ、何やってんだよ、本当に」

で、やっぱりあたし、太一郎さんに莫迦にされてしまった。でも——何故か、こう言うとあたしを莫迦にしたようにこづいた太一郎さんの表情、さえなくて。

「ほれ、行くぞ。油断するな」

でも。次の瞬間には、太一郎さんの表情、まったくいつもの彼のものに戻ってしまっていた——。

PART II
ゆるやかな再開

「とりあえず、コーヒーをどうぞ。モカにお砂糖一つ、ミルクたっぷり」

あたしがとらわれていた謎の建物からの脱出は、意外な程、簡単だった。

何だかあの建物、対攻撃者用に全自動のもの凄いシステムを採用しているらしく、逆に、一回そのシステムが壊れてしまったあとは、侵入も脱出も、驚く程簡単にできたのだ。あそこにいた人達も、どうやらほとんどの人が、銀河連邦の役員とか技術者みたいな人達で、攻撃能力を持っている人って、ほとんどいなかったみたいだし。(あたしが太一郎さんに連れられてあの建物から脱出する間、あたし達の邪魔をした人って、一人もいなかったのよ。)

で、とりあえず危地を脱したあたし、まず、水沢事務所へやってきて、今、麻子《あさこ》さんにコーヒーをいれてもらった処だったりするの。

ちょっと濃いめのモカに、お砂糖一つ、ミルクたっぷり。

さすが麻子さん、あたしの一番好きなタイプのコーヒーをいれてくれるなあって思いながら
——そして、そのコーヒーを飲みながら。

でもあたし、何だかちょっとした違和感を覚えずにはいられなかったのだ。

まず、人。ここにいるのは太一郎さんに所長、麻子さんに中谷《なかたに》君、そして熊《くま》さんっていう、事務所のいつものメンバー。うん、それに何の間違いもない。

ついで、場所。うん、ここは、間違いない、うちの事務所があった処だし、今でもある処だ。これも、間違いがない。

そして、三つめ。雰囲気。この雰囲気って、間違いない、うちの事務所のものだったし、他の何はおいても、麻子さんがいれてくれるコーヒーは、他の人がいれてくれたものと間違いようのないものだったから、ここって、間違いない、うちの事務所なんだろう……けど……実際……そうなんだけど……でも、何か、違うんだよね。言葉にしては言えないような処が、どこか、今までの事務所と違うような気がする。

「あ、やっぱり判るか」

と、あたしがコーヒー飲んでいる様子をみていた所長、何故か満足気にこう言ったりする。

「は？　あの……判るって……？」

「建て替えたんだよ、事務所を。……念には念をいれて、前の事務所とまったく同じにしたつ

もりなんだけど、やっぱり、もともとこの事務所にいた人間には判っちまうよなあ」

「……あ」

この違和感、建物がかもしだしているのかあ。言われてみれば確かに、白かった壁は妙に白すぎるし、壊された筈の窓はまったく壊される前の状態にしか見えなかったんだから……よくよく注意してみれば、その違いに気がついた筈なんだけど……そんなこと、言われるまで、判らなかった。

「……ま、で、さ」

と、所長、何だか妙にはぎれの悪い台詞を口にする。

「……ちょっと……あゆみちゃんにとっては思いだしたくないことだろうけど……もしよければ、真樹ちゃんとあの建物の中でどんな会話をしたのか、教えて欲しいんだ。……ま……大体、推測はついているんだけど……確認の為に、ね」

「え？　あ、あの、推測がついてるって、レイディの依頼の内容について、ですか？　あたしにだって、まったく推測がついていないのに……」

と、所長、あたしのこの台詞を聞いて、何故か、一瞬、辛そうな顔になる。そして。

「真樹ちゃんの依頼の内容、ね。御期待にそえず申し訳ないんだけど、それは、こっちも全然考えていなかった。ただ……真樹ちゃんが、あゆみちゃん、あんたに何かを依頼したとすると……俺の推測は、そう間違ってもいなかったんだな」

「え？　あの……」

「俺が推理した結論って、どうにも信じがたいことだったんだけど……あゆみちゃん、あんた、外見からではまったく判らないけれど、どうやら極めて特殊な人間であるらしいんだ。……そんなこと、真樹ちゃんに言われなかった？」

……言われた。でも……。

「結論は、一つだと思うね。あゆみちゃん、あんたは、自分ではまったく意識していないだろうけど……きっと、ある種の、超能力者なんだろうと思うよ」

★

超能力者！

ったってね！

あたしは――あたしには、そんな徴候、何一つ、まるっきり、ないんだから！

ま、超能力っていっても、いろいろとあるけど、まず。ＰＫ――サイコキネシスが、あたしにないことは、確かだと思う。あたしがどんなに動けって念じたって、ティッシュ一枚、動かせっこないだろうし。

ついで、念写《ねんしゃ》。これは、やってみたことは勿論、できるといいなって思ったことすらないから、正直言うとできないって断言はできないんだけど……でも、逆に言うと、本人がやってみようと思ったことすらない能力を、何でレイディが知ってるのよ。

それから、テレポーテーション。これは、絶対、できない。万一あたしにそんな能力があったなら、あたし、こんなに遅刻ばっかりしなくて済んだ筈。

それから、テレパシー。これだって、あたしにある訳ない。あたしってば、人の思考が読めるどころか、逆に、きわめて人に顔色を読まれやすいタイプの人間なんであって……まさか、逆テレパシーみたいな、人に自分の心をおくりつけちゃう超能力をあたしが持っているっていうんだろうか。でも……そんな能力を、万一あたしが持っていたとしても、それってあたしのプライバシーがなくなるっていうだけのことで、お世辞にも人様の役にたつ能力だとは思えないなあ。

その他、透視だとか、予知だとか……うーん、やっぱし、どれもあたしにあるとは思えない。

「その能力がどんなもんだか、ある程度なら推測がつくと思う……」

所長の声は、ひたすら、重かった。

「本人がまったく自覚していないんだから、あゆみちゃんの超能力って、おそらくはまだ、顕《けん》在《ざい》化してないいんだ。銀河系は広いし、公認エスパーだって、ま、ある程度の数はいる。現に、真樹ちゃんの旦那がそうだろ。だとすると、たとえば予知とか、ＰＫなんかの超能力者が必要なら、真樹ちゃんは公認エスパーに依頼すればいいいんだ、何も、まだ能力が顕在化してないあゆみちゃんなんかに頼まないで。何たって、まだエスパーは人口に対して圧倒的に数が少ないだろ、その分、エスパー同士の連帯感は強い筈だ。ということは、真樹ちゃんが何らかのエスパーを必要とした場合、どう考えたって、正解は、旦那に紹介してもらうことだ」

そりゃそうだ。

「なのに真樹ちゃんはあゆみちゃんを選んだ。……ということは、だ、あゆみちゃんの持っている能力っていうのは、エスパーっていう、極めて特殊な人達の中でも、更に、抜きんでて特殊なものだってことになる。おそらくは、公認エスパーの中に、そういう能力を持っている人間が存在しないような」

……自分に超能力があるとすら、そもそも思えないのに、その超能力が、エスパーの中でも更に抜きんでて特殊だなんて……も、あたしの想像の限界、超えちゃってるよお。

「運がいい」

と。ふいに太一郎さんが、ぼそっとこう呟いた。

「あゆみは、否定しがたく、運がいい」

うん、それは認める。でも。

「でも、〝運がいい〟だなんて超能力、あっていいの？　そんな莫迦な」

「昔のＳＦで――ラリー・ニーヴンだったかなあ、超能力って表現じゃなかったかも知れないけど、幸運っていう遺伝子を持っているヒロインがでてくる話があったよ」

と、中谷君。つったってあのね、運がいいとか悪いとか、遺伝で決めていいものなの？

「ま、真樹子が何をするにせよ、味方に運がいいっていう超能力を持っている人間がいたら、便利だろうよ」

ま、そりゃそうだろうけど――でも、その場合、あたしの存在って、何なの？ つまりは、苦しい時の神頼みの神様じゃない、それじゃ。

とはいうものの――でも。

これもまたきれいに符節はあうのだ。確かにあたしはのきなみはずれて運がいいんだし、運がいいだなんて超能力を持っている人間がそうザラにいるとは思えないし、成程、もし万一、あたしの超能力がそれだったら、薬や何かであたしに無理矢理協力させるって訳にはいかない。だって、そんなことした場合、レイディの計画が何であれ、むしろ失敗した方が、あたしにとって〝運がいい〟事態になっちゃうかも知れないもんね。

「ま、いくら何でも〝運がいい〟って超能力はないにして……だとすると……」

と。所長の台詞を制して。

トン、トン、トン。

麻子さんが、軽く太一郎さん、所長、中谷君を睨んで、テーブルを三回、つめで弾いた。それから、あたしの方をむいてにっこり笑って。

「ケーキもあるのよ、あゆみちゃん、食べない？」

「あ……でも……」

でも。せっかく麻子さんが気をつかってくれているんだけれど……今の話で、あたし、まったく食欲をなくしていた。と、そんなあたしの様子を見た麻子さん、更にしかめつらになり、さっきよりももうちょっと強く所長を睨んで。

「そんなこと、今ここで話題にしなくったっていいでしょう。いずれ——そう遠くなく、はっきりすることなんだから。本当、男ってどうしてこうデリカシーがないのかしら」

「私はいれないで下さいよ、麻子さん」

と、さっきからずっと黙っていた熊さんが、慌てたようなふりをして、両手を軽くあげる。無理矢理おどけてみせた熊さんの気持ちが、みんな、とってもよく判るから……所長も麻子さんも太一郎さんも中谷君も、精一杯くすって笑ってみせて。その微笑によって、この場の雰囲気、一時は何とか明るくなりかけたんだけど——でも、駄目なの。あたしが。どうしても。あんな話を聞いたあとじゃ、たとえどんなにあたしをリラックスさせようとしてくれた熊さんの気持ちがありがたくても、とても微笑んでみせる気になれない。その上、こんなことしたら場の雰囲気が更に暗くなるって知っていながらも、さっきの麻子さんの台詞に対し、こう質問せずにはいられない。

「あの……麻子さん…… 〝そう遠くなくいずれはっきりする〟って、どういう意味なんですか……」

「……来るからだよ」

と、案の定、さっきより更に暗くなった声で、太一郎さん、こう言う。

「……真樹子が、ここに」

「レイディが？　どうして」

「おまえに、おまえの特殊能力と、依頼の内容を話しに」

「……どういうこと」

「大人の手続きなんだってさ。……はっ」

太一郎さん、こう言うと、ぷいっと横を向いてしまう。そのあとを、所長が続けて。

「真樹ちゃんは、まともな人間だ。であるが故に、まともに筋を通す筈なんだ、普通だったら」

「は？」

「つまり、普通だったら、真樹ちゃんはあゆみちゃんをさらったりしないで、この事務所で、火星におけるあゆみちゃんの保護者である太一郎や俺の立ち会いのもとで、あゆみちゃんに依頼をする筈だったんだ。……ま、あゆみちゃんは未成年じゃないから、あゆみちゃん本人が立ち会って欲しくないって言えば、俺達は遠慮したけどね。……ところが、真樹ちゃんは、そうしなかった。いや、そうできなかったんだ」

「……？」

「組織に属した人間は、おうおうにして、自分の信念より組織の理念を優先しなきゃならなくなるんだ。今回が、そういうケースだったんだろう。ただ……真樹ちゃんは、おそらく、どうしても自分の信念を——ちゃんと筋を通すってことを、まげたくなかったんだ。だから、あゆみちゃん、あんたをさらった時、うちの事務所を壊したんだと思う。……それに、ま、あの時は、あゆみちゃんの身柄の保護が、まず第一優先だったんだろうしね」

「……？」

「街中でまっ昼間からレイ・ガンぶっぱなした市街戦の話は聞いてるよ。どうせあれ、あゆみちゃん関係の事件だろ」

「……みたいです……」

「で、まあ、うちの事務所が直り、あんたの安全がとりあえず何とかなった処で、真樹ちゃんはあゆみちゃんを返してくれた。……あゆみちゃん、太一郎があんたをつれもどしに行った時、真樹ちゃんはさしたる抵抗もしなかっただろ？」

さしたるどころか、まったくしなかった。

「それに……おそらくあゆみちゃん、あんたはそのとらわれの十日間、真樹ちゃんから具体的な話を聞いてないだろう」

「うん。ずっと眠ってた」

「ベストだ。成程ね。……だからあゆみちゃん、真樹ちゃんは遠からず、うちの事務所に来るんだよ」

「？」

「これで組織内における真樹ちゃんの立場も壊さず、組織の基本方針も壊さず、真樹ちゃんは筋が通せるんだよ」

「？」

「話がまったく判らないだろ、あゆみ」

こう言った時の太一郎さんの声音って、何故か、いつもこういう類の台詞を言ってあたしをからかう時の太一郎さんのものとはうってかわって、優しげなものだった。

「うん……」

「それでいいんだ」

本当に、本心から、そう思っているような太一郎さんの声。

「今の話は、大人の体面《たいめん》の理屈だから、おまえに判らなくて――いや、判らない方が、いいんだ。俺はさ、俺は……おまえが好きだけど……」

！　……!!

た、太一郎さんが、人前で、こんなこと言ってくれるのって、初めて！

「それは、おまえの性格が好きだとか、相性がいいとか、いろいろあるけど……一つには、おまえがガキだからこそ、好きだって要素も、あるんだ」

「……へ？」

「おまえは、ガキだ。いつまでたっても——どんなに歳をとっても、何かする時に、どんな立場にあろうがこんなしちめんどくさいことなんか絶対する気にならない、単純な人間だ。……そして、俺も、多分、いつまでたっても、理屈は判ってても、こんなうっとおしいことするのは嫌なタイプの人間で……つまりは、ガキなんだろうよ。だから俺はね、おまえが好きだし……こんなうっとおしいことにおまえが巻き込まれたのが、たまんなく、嫌なんだよ」

前後の文脈——あたしがいつまでたってもガキだとか何だとか——は、おいといて。

あたし、ただただ、今の太一郎さんの台詞にぼおっとなってしまっていた。そりゃ、ま、一応恋人同士なんだから、太一郎さんがあたしのことを好きでいてくれるっていうの、感じてはいたし、理解もしていたけど——まさか、こんな、人前ではっきり言葉にして言ってもらえるとは。今の今まで、この照れくさがり屋と恋人でいる限り、生涯聞くことはできないだろうって思っていた台詞を、こうもひょいっと、人前で言ってもらえるとは。

そして。

あたしはしばらく、そんな甘やかな幸福感にひたり——ついで、何故か、ぞっとする。

そう。太一郎さんって、『愛してる』はおろか、『好きだ』っていう台詞すら、ついに一生、あたしに言わないだろうって感じの、超越的照れくさがり屋だったんだ。突然、ずっと言って欲しかった、でも、彼の性格を考えると生涯言ってもらえないだろうと思っていた台詞を言われたあたし、ついつい舞い上がってしまったんだけど、考えてみれば、彼がこんな台詞を言うっていうの、それだけで立派な異常事態なんだ。

おまけに。あたしのことが好きだっていう、平生の太一郎さんだったら人前で決して言えない筈の台詞を言った太一郎さん、今も、何故か、まったく照れたり赤くなったりしていない。これはもう、単なる異常事態ってもんじゃない、超越的異常事態だ。

そして、何より。太一郎さんの目。いつもの太一郎さんだったら、まず間違いない、恥ずかしさの余り身もだえするような台詞を言ったのに、照れてもいなければ恥ずかしがってもいない太一郎さんの目。その目のいろは……。

——哀しいな。

その目のいろは。

——可哀想だ。

何だろう、ふいに。

——哀しい……可哀想……そして、もどかしくもあるような、妙な感覚。

何だろう、ふいに。

——さみしさのいり混じった哀しさ。同情。そして、もどかしさ。こんなに、こんなに、可哀想だって思いがあるのに、誰も責めることのできないもどかしさ。誰も責められないから感じる、自責の念。

ふいに、何かが、心の中ではじけた。何かが――どうしようもなく、心をふるわせ、何かが――一種、妙な感情が、こんこんと心の底からわいてくる。左胸の奥が、きゅんって痛くなるような想い。知らず知らずあたしの動悸は速くなってゆき、同時に呼吸まで荒くなる。

――哀しくて、可哀想で……。

何なの、これ、何なの、これ！　今、あたしの心の中でわきあがったもの！　これ、これ、間違ってもあたしの感情じゃない、ううん、ないと思う。だって、あたし、今、太一郎さんに好きだって言われて、とっても嬉しかった処なのであって……嬉しさ余って哀しさ百倍なんて聞いたことないし、嬉しさの余り哀しくなるだなんて話もある訳なくて……。

ずずっ。

いつしか、気づかず、涙ぐんでしまったあたし、慌てて鼻をすする。何なの、これ、何だかわからないけれどあたし、何故か妙に混乱してる。今、何故か、あたしの心の中に哀しみがひろがって――そしたら、更に何故か、あたし、自分の心の中に広がった哀しみを、自分の感情じゃないって、必死になって否定したくてしょうがなくなっちゃったのだ。余りにも、その感情は自分の感情じゃないって否定したいが故に、つい混乱をきたしてしまう程。

そして。

何故、そんなにまでして、今の感情は自分の感情じゃないって否定したくなったのかというと――妙に逆説的に聞こえるんだけど――まったく理屈にあわないことだし、何故急に哀しみを覚えなきゃいけないのか、論理的に考えればまったく訳の判らないことなんだけど——今の哀しみは、間違いない、あたし、森村あゆみ本人の感情、あたし自身の哀しみに他ならないことを、誰よりも確かに、あたし本人が知っていたから。

これは、おかしい。あきらかに、どっか、変だ。だってあたしには、こういう局面下で哀しみを覚えなきゃいけない理由なんて、何一つないんだもの。

理性では、それは、判っていた。

でも、理性じゃない、あたしの心の、もっとずっと深い処では。感覚的に——ううん、本人の心のことだもん、もっとずっと直接的に——この哀しみは、あたし本人の感情だって、肌で判っていた。だって、そうでしょ、ものは自分の〝感情〟だよ? 自分の感情が、果たして自分のものかそうじゃないかなんて、そもそも頭で考えたり、感じたりしようとする人なんて、いる? そんなことしなくたって、何もしなくたって、はっきり〝自分のものだ〟って判っちゃうのが、自分の感情ってものじゃない。

だから、混乱している。

あきらかに自分のものである、なのに、理性で考えるとあきらかに自分のものである筈のない、不思議な哀しみを持て余して。

と。

ふいに、あたし以外の誰かが、鼻をすする音がした。ただでさえ、あきらかに自分の感情である哀しみ、そして、自分の感情である筈のない哀しみを持て余していたあたし、慌てて今の音の主を目でさがす。と——何故か、麻子さんが、目に今にもこぼれんばかりに涙をためていた。

「あ……」

麻子さん？　ひょっとして、今の哀しみって……麻子さんのもの？　でもまさかそんな——大体、麻子さんが哀しんだからって、何だってあたしまでがあんなに生々《なまなま》しく哀しむ必要が……。

ほんの一瞬のことだけど。

この時、麻子さんの涙に心を奪われたあたし、まじまじと麻子さんの方をみつめてしまって。と、その途端。

何かを断ち切ろうとするかのように、麻子さんの脇で、ばんっと大きな音がした。麻子さんも——そしてあたしも、その音の大きさに、思わずびくっとしてしまい。

それと同時に。

それまで、心の中を占めていた大きな哀しみ、そしてその理不尽な感情故に、いわばかなしばりのような状態になっていたあたし、ふっと正気にかえる。正気になったついでに、慌てて目線を音源の方へ送ると——あ、所長。今の音って、水沢所長が、何故か渾身の力をこめて、目の前の机ぶったたいた音だあ。

「あっぷねえ……」

所長、誰にともなく小声でこう言うと、軽く首を左右にふって。それから、何故か太一郎さんの方へつかつか近寄ると、こちらもまた、たった今正気に戻ったような風情《ふぜい》で首をこきこきふっている太一郎さんの左頰を、もろにげんこでぶん殴《なぐ》ったのだ！

「しょ、所長！　何するんです！」

慌てふためいたあたし、精一杯の速度で所長と太一郎さんの間にわりこんだんだけど——不思議なことに、他の誰も、そもそも動きもしなかった。それに、なおも不思議なことに、平生だったらそんなことされて黙っている筈のない太一郎さん、今、まったく理不尽に、それもげんこで殴られたくせに、文句一つ言わず、口許の血を左手でぬぐって、肩一つすくめてみせて。

「すいませんでしたね、水沢さん。今後充分気をつけます」

……何なの、この太一郎さんの台詞は何なの！　今、太一郎さんが何したっていうの！　何だってこういう局面で、太一郎さんが所長に謝んなきゃいけないの？

「あゆみ」

と——さっきの訳の判らない感情でやたら興奮し、ついで今、所長の理不尽なげんこと、それにまったく逆らわない太一郎さんの理不尽な態度に、完全に興奮しまくっているあたしを、まるでしずめようとしているかのように、太一郎さん、そっとあたしの肩に手をのせる。

「いいんだよ」

とっても優しい声。

「今に、判るから」

……？

それから、太一郎さん、まるであたしをはげまそうとするかのように、軽くぽんぽんぽんってあたしの肩をたたく。

のと、ほとんど同時に、事務所のインターホンが鳴った。

★

「ほい、おいでなさったか」

今までの事務所の慣例どおり、まず、麻子さんがインターホンを取る。その麻子さんの動きと軌《き》を一《いつ》にして、器用にも所長、あたしのうしろにまわりこむ。それから、あたしの肩を軽くたたいて。

「？」

「これをね、持ってなさい」

うしろから、所長、あたしの掌の中に何かをおしつける。何か――銀色の、鍵？

「うちの事務所の鍵だよ」

「は?」

「持ってなさい。あゆみちゃんがこれを持っているってことは、麻子も太一郎も誰も知らないから」

「……はあ」

「だからね、もし、どうしても誰も信じられなくなったら、ここへおいで。この鍵を使ってごらん。世の中には、信じるに値《あたい》する人間がいるって、きっと判るから」

「……?」

「俺はね、信じてるよ。うちの事務所の人間は、誰一人をとったって、信じるに値する人間だって」

「?」

「あゆみちゃんがこの鍵を使うことがあれば、その時、俺の言ったことの意味はおのずと判るだろうと思うよ。そして、もし、あゆみちゃんがこの鍵を使わずに済めば……ま、それに越したことはないわな」

「あの……」

「しっ」

質問しかけたあたしを、所長、わずか人差し指一本で封じる。

「黙って。……ほら、来たみたいだよ」

そして、一拍の、間。

「待っていた、当の人物が、ね」

玄関で靴を脱ぎ、事務所の中にあがってきたのは——やっぱり、レイディだった——。

★

「こういう場合、どういう挨拶が適当なのかしら。やっぱり、こんにちは、なのかな」

麻子さんのうしろについて、つかつかと事務所のまん中までやってきたレイディ、こう言うとあたしを見据え、にっこり笑う。それから、ゆっくり視線を、熊さんだの所長だのの方へ移して。

「お互いに……あんまり陥りたくはなかった状況に、陥ってしまったようですわね、水沢さん」

「今の台詞は——俺達と君が敵味方に分かれたってことだと解釈していいのかい」

と、こちらもまた、異常な微笑をうかべた所長。

「いいえ、そんな。……単に、お互いの利害関係が一致していないっていうだけですわ」

レイディ、にこやかに笑うと、そのまま視線を麻子さんの方へと移す。そして。

「麻子さん、もしできれば、わたしにもお茶を下さいませんこと?」

「あ……ああ、ごめんなさい、ぼっとしてて。トワイニングでいいかしら」

「ええ」

「じゃ……思いっきり熱いアールグレイなんかいれてみますね」

つって麻子さん、すっと台所の方へと消えてしまう。おーお、麻子さんも結構戦闘気分じゃない、この厭味《いやみ》ったらしいお茶っ葉の選択は。（えーと、アールグレイっていうのは、かなり香りが特殊なお茶なので、普通アイス・ティ用なのである。ま、人の好みは千差万別だから、勿論ホットのアールグレイが好きな人だっているだろうけれど、この局面でこの台詞ってことは、多分レイディはホットのアールグレイがあんまり好きじゃないか――いや、もっと積極的に、あの香りが苦手な人なのかも知れない。）

「ホットのアールグレイ……」

レイディは、勿論、そんな麻子さんの厭味が判ったらしく、ほんのちょっと鼻の頭にしわを寄せて。

それから、あたしの方へ向き直り、にっこり笑ってみせる。そして。

「ごきげんよう、あゆみちゃん」

……そんな、今更、ごきげんようだなんて言われても、あたし、どういう反応示したらいいの？

と、あたしのそんな気分を代弁するかのように、レイディのこの台詞と共に、太一郎さんがすっとあたしのうしろへとやってきて、所長と並ぶ。そしてその状態のまま——まるで、太一郎さんと所長とで、あたしのバックアップは万全だっていうような感じで——少し皮肉めいた微笑を、レイディの方へ送って。

「真樹子。おまえ、今更その台詞はないんじゃないか?」

「まあ……そう言えば、そうよね。でも……わたしの立場にもなってみてよ。こういう場合、他にどう言いようもないじゃない」

レイディ、こう言うとくすくす笑う。それからすっと視線を所長に移して。

「ちょっとせわしないような気もするんですけど、そう悠長なことも言ってられないから、早速本題にはいらせていただくわ。……水沢さん、大体の処はあゆみちゃんからお聞きになってて?」

「いや、まだだ。自分の口からことの経緯を話す手間を省きたかったんなら、真樹ちゃん、君の出馬はちょっと早すぎたようだね」

「そう……」

うなずくとレイディ、またひとしきりくすくす笑う。

「わたし、本当に、この事務所のこういう処が好きだわ。誘拐された所員を奪いかえして、まず最初に事情説明を要求しないで、みんなでのんびりお茶を飲んじゃうような処。……ああ、それと、こうやってあゆみちゃんを誘拐した、いわば黒幕である処のわたしに、ちゃんとお茶をいれてくれる処も」

　こう言うとレイディ、アールグレイをわきからすっと出してくれた麻子さんに軽く一礼し、カップの中に一さじ、グラニュー糖をおとす。それから、ゆっくり右手でソーサーにそえられたスプーンをとると、紅茶をかきまわしながら、話しだした。あの、訳の判らない建物の中で、レイディがあたしに話してくれた、例の、まったく具体的でない上に、とてもそんなもんのむ人がいるとは思えないとんでもない条件を――。

★

「んで？」

　レイディが、例の条件を話し終えたあと、約二十秒程、沈黙が続いた。ま、当たり前って言えば極めて当たり前なんだけど、あたし以外の誰も、まさかそんなとんでもない条件を出すだけ出して、レイディの話が終わるとは思っていなかったので、しばらくの間、みんなして、レイディの次の句を待っていた。で、二十秒程それを待ったあと、ついに待ちきれなくなったのか、太一郎さんが催促の声を出して。

「んでって……今の処、わたしが言えるのは、これだけよ。このあとの話は、あゆみちゃんがこの話を受けてくれるって判ってからじゃないと話せないし――それに、これ以上詳しい話は、残念ながら、あゆみちゃん以外の誰にもする訳にはいかないの」

「誰にもする訳にはいかないのって……おい、真樹子、そんな無茶苦茶な話が通ると思ってんのかよ」

顔は見えない。だから、表情は判らないけど、でも、その声音と、あたしの肩の上におかれた手にこめられた力で、充分判ってしまう。やだ、太一郎さん、真剣に怒ってるよお。

「それじゃ結局、何も言ってないのと同じじゃないか！　何が何だか判らない、いつ終わるのか——そもそも終わるのかどうか判らない仕事にあゆみを寄越せ、さもないとあゆみの命が危ないだなんて……そんな無茶苦茶な話、のめるかよ！　そういうのはな、仕事の依頼とは言わないんだよ！　そういうのは、勝手って言うんだ！」

「勝手だっていうことは、嫌って程よく判っているのよね……」

レイディ、太一郎さんの台詞をうけると、こころもち首を左へ傾ける。

「でも……他にどう言いようもないんだもの。もし、嘘をついていいのなら、わたし、みなさんが納得できる理屈くらい、すぐに作ってみせるわ。でも……やっぱり、こういう状況下で、嘘をついてあゆみちゃんを目的地へつれてゆく訳にはいかないでしょ？」

……！

そうだ。

レイディは——ううん、人間は——誰だって、嘘がつけるんだ。特に、レイディみたいな、どっちかっていうと頭のいい人なら、どっちかっていうと頭のよくないあたしみたいな女の子を丸め込めるような嘘、つけて当然なんだ。何もあんな無茶苦茶な条件を提示しなくても、適当な嘘をついてあたしを丸め込みさえすれば、ことは、ずっと、簡単だった筈なのに。

なのにレイディは、嘘をつかなかった。たとえ、どんなに状況が自分にとって不利になろうとも、あたしに本当のことを言ってくれた。

「ああ、あゆみちゃん、あの、わたしが嘘をつかなかったからって、それを変に自分の負い目に感じないでね」

と——本当にあたしの表情って読みやすいんだろうな——あたしがそう思った途端、にっこりと、レイディ。

「こういう状況下で嘘をつけないっていうの、別にわたしがあなたのことを思い遣《や》ったからだの考えたからだのっていうことじゃなくて……単純に、わたしが、人の一生を左右するような問題について、嘘をつきたくないって思ってるっていうだけのことなんだから」

……レイディ。

レイディってば、こういう処、本当にあたしが憧れたレイディそのままで……ということは、レイディの依頼って、たとえどんなに無茶苦茶に思えようとも、あたしが愛した、あのレイディが、他にどうしようもないと思って、で、した、依頼なんだろうか……？

「とはいうものの、このままじゃ平行線だな」

と、妙におっとりした声で、所長が言葉をはさんだ。

「俺達は——俺も、太一郎も、あゆみちゃん本人がその気ならともかく、あゆみちゃんにそんな気もないのに、そんな訳の判らない依頼を受けさせる訳にはいかない。真樹ちゃん、あんたは、あゆみちゃんにそんな訳の判らない依頼を受けさせたい。……この議論は、どこまでいっても平行線だと思うよ」

「あゆみちゃん本人がそんな気もないのに、ね。なら……あゆみちゃん本人が、わたしの依頼を受けてくれる気になった場合、水沢さんはどうするの？」

……様式美《ようしきび》。

ふいに、そんな言葉が心の中にうかんだ。どことも言えないけれど、でも、どこか、今のレイディの台詞の中には、そんなにおいが感じられる。何だか——まるで、レイディも、所長も、この会話の結末が判っていながら、様式にのっとって、台本どおりの台詞のやりとりをしているみたい。

「どうするって……そりゃ、ま、どうもしないよ。あゆみちゃん本人がその気ならね」

所長、こう言うと肩をすくめてみせる。そんな仕種《しぐさ》も、一回レイディの行動に様式美を感じてしまうと、不思議に台本どおりの動きだって気がしてきちゃう。

「あゆみちゃんがその依頼を受けた場合、俺達にできるのは、せいぜいあゆみちゃんがなるたけ早くその依頼を果たして帰ってくるのを祈ることくらいだろう」

「そう……」

レイディはレイディで、そんな所長の台詞をゆっくり味わっているかのようにまぶたを閉じ
——そして、それから。

「なら、結局、あゆみちゃん本人がわたしの依頼を受ける気になってくれればいいんでしょ?」

ついで、閉じていたまぶたを開けた時。

レイディの瞳は、何だかそれ自体、意志と力を持った生き物のように光っていて——それは、妙に、不吉で不気味な感じだった。

「受ける気って……そんなあいまいで訳の判らない条件で、あゆみが依頼を受ける訳、ないだろ」

あたしの肩にまわした太一郎さんの手に更に力がこもり——太一郎さん、あたしの気持ちを代弁してくれる。

「今のままならね。確かに平行線だと思うわ。……でも」

レイディ、こう言うと、ゆっくりと、上唇を舌でなめる。

「でも、条件がちょっとでも変われば、あるいはあゆみちゃんもこの依頼を受けてくれる気になるかも知れないじゃない。たとえば……こんな膠着《こうちゃく》状態を何とかする為なら、とりあえず、あゆみちゃんに依頼の内容をもうちょっと具体的に話していいってお許しをもらってきたって具合に」

ま、そりゃ、確かに。依頼の内容がもうちょっと具体的に判れば、あたし、少なくとも、その依頼について、引き受けるなり断るなり、考えることはできるわよね。

「けど、今までの文脈から言うと、あゆみがその依頼の内容を聞いちまったら最後、あゆみはその依頼を引き受けるか、あるいは死ぬことになるか、二つに一つをえらばなきゃいけなくなる訳だろ」

「ま、そう」

レイディ、太一郎さんのとんでもない台詞に、しゃらっとうなずく。そ、そんなこと、簡単に肯定して欲しくない！　けど、実際、今までの文脈を考えると、話はそうなるか。

「でも……今のままでもあゆみちゃん、殺されるか、目的地へ行ってわたしの依頼を引き受けるか、二つに一つしか選べない訳でしょ？　だとしたら、この条件、前のものよりそう悪くなったとも思えないんだけど」

……ま、そりゃ、確かにそうだ。

「でも、あゆみには、真樹子に言われたからって命令に服従する義務はないし、まして、その為にあゆみが死ぬなんて、あっちゃいけないことだ」

そりゃ、勿論、そうだ。

「そこまで議論が後戻りしちゃうと、また、平行線になっちゃうのよね……」

と、太一郎さんの台詞をうけて、レイディ、ちょっと大仰にため息ついて。

「最初っからずっと言ってるでしょう。別にわたしがあゆみちゃんの命を狙ってるっていう訳じゃない、わたし達にはあゆみちゃんの命を保障する自信がないんだって」

「だからさ、真樹子、おまえと、おまえのうしろにいる何者かがあゆみの命を守れる自信がないって言うんなら、それはそれでいい。それなら、おまえも、おまえのバックにいる連中も、素直にあゆみのことをあきらめればよろしい。……あゆみの安全は、俺が守る」

「いつまで？　永久に？　毎日、一秒もあゆみちゃんから目を離さずに？」

と――太一郎さんの台詞をきいたレイディ、珍しくちょっと皮肉めいた声になって。

「わたしはあなたをよく知っているわよ、太一郎。確かにあなたは銀河系で一、二をあらそう、優秀なボディガードだと思うわ。他の誰に保護してもらうより、あなたに安全を保障してもらう方がどれだけ安心できることだか判らない。でも――でも、あなただって、人間なのよ！　一人の人間は、確かに、一定期間、他の人間の安全を守れるでしょうけど、でも、一人の人間が、一生涯、他の人間の安全を守ることなんて、不可能なのよ」

「……」

レイディにこうつめよられて。一瞬、太一郎さんは絶句した。それに、おいうちをかけるように、レイディ。

「守られる側――あゆみちゃんだって、多分、たまらないわよ。一生、一秒の隙もなくあなたに見張られて過ごすだなんて……まともな人間が耐えられる限界を超えちゃってるわよ」

「……」

太一郎さんは、珍しく、無言だった。無理もない。だって……本当に、それって、レイディの言うとおりなんだもの。

その太一郎さんの無言が、何だかあまりに辛くて——何だかとっても切なくて、あたし、ついつい、適当に思い付いた台詞をレイディにぶつけてみる。

「レイディ……条件が変わったって言ったよね？　あたしにだったら、依頼の具体的な内容、話していいって言ったよね？」

「……ええ」

「何で？　何でそういう風に条件が変わったの？　あのビルの中じゃ、とにかくレイディ、そういうことは言えないの一点ばりだったじゃない」

「え……ええ」

「この膠着状態を何とかする為って……どの辺が、膠着してたの？」

「だって膠着してたじゃない」

と、何故か、レイディ、ちょっと拗《す》ねたような表情になってこう言う。それから——そんな表情の下から、あたしに、こっそりウインク。

「だってあゆみちゃんったら、わたしの手におちた途端、とにかく眠っちゃうし、起きたと思えば太一郎が暴力的にあなたを連れていってしまうでしょ。……こういうの、膠着状態っていうんじゃない」

……よっく言うよお！　レイディの言う膠着状態って、全部レイディが仕組んだり見逃したりしたことじゃないの！

「あんなことが続けば、嫌でも上の方の人達は、事態が膠着してるって思っちゃうわよ」

で、結局、その膠着状態のおかげで、あたしはレイディからもうちょっと具体的な話を火星で聞けるようになったのか。そういう意味じゃ――時間を稼いでくれただけじゃなく――レイディが薬をくれたのは、二重の意味で、ほんとにあたしの為になることだったんだ……。

だとしたら。

薬をくれたのが、あたしの為にレイディがしてくれた最後のいいことならば、ここであたしがレイディの台詞にのって、レイディと二人っきりでレイディの話を聞くっていうの……多分、薬を飲んだってことの延長線上にある、レイディがあたしの為にしてくれる、最後のいいことの筈。

「とりあえず」

でも、一応、台詞を選んで、あたし、のんびりとしゃべってみる。

「どっちへ転んでも、もうこれ以上事態は悪くなりようがないんだから……あたし、まず、レイディの話を聞いてみるわ」

PART III

聞きたくなかった話

「まず、どこから話しましょうか」

あたしとレイディが、事務所の応接室で二人っきりになるのって、意外とスムーズに話がはこんだ。レイディが純粋にあたしの味方と言い切れなくなった今、二人っきりになるのって、当然反対されるかと思ったら、所長が割と簡単に許してくれて。で、今、あたしとレイディは、二人っきりで、応接セットのテーブルをはさんで、向かい合っているのである。

「えーと、その……たとえば、こういう話はどうかしらね。昔々、とある星系を旅していた船が、事故にあったの。で、しょうがない、その船は、手近な惑星に不時着したのよ。ところが」

レイディ、台詞をここで切ると、じっとあたしの顔を見つめる。でも——あたしにしてみれば、事故にあった船と自分との間に、何の関連性も認められないんだもん、きょとんとするしかできない。

「ところが、よ。その惑星には、何と、同じく不時着した船の先輩がいたのよ」

「あらま」

思わず声がでてしまう。なあんて偶然なんだろう。この広い宇宙で、同じような場所で、事故にあった宇宙船が二隻も重なるだなんて。

「それってずいぶん運のいい話ですね、あとの方の船にとって」

先に不時着していた方の船が出したSOSで、おそらくすでに誰かがその星へ救出にむかっている筈だもの、宇宙の広さを考えれば、これって信じられない幸運だわ。

「その宇宙船の乗組員も、おそらく最初はそう思った筈だわ。……最初は、ね。でも……問題の、先に不時着していた船が、どう考えても人間が作ったものじゃなかったとしたら?」

「へ?」

しばらくの間。

あたしは、このレイディの台詞の意味が判らなかった。

そりゃ、人類は、いまや宇宙のすみずみにまで散らばっている。主要三種類の人類（地球人、月世界人、火星人）をはじめとして、何百種類も、今となっては、人類がいる。もとが同じ、地球産のホモ・サピエンスの子孫達とはいえ、二Gの世界に適応しちゃった人類と、〇・二G

の世界に適応しちゃった人類とでは、体格、骨格をはじめとして、筋肉のつき方も内臓の強さも、全然違う。一日が九十八時間の世界で生きている人間と、一日が二十四時間の世界で生きている人間とでは、バイオリズムってものがまったく違う。だからあたし達は、それを区別する為に、わざわざもとは同じ人類を、『地球人』だの『アステリア人』だの『メディ人』だのって、生まれた星で呼びわけるんだけど――でも。

でも、それでも、何人であっても、みんな同じ『人間』だ。

今、宇宙にひろがっているのは、全部、もとは地球原産のホモ・サピエンスの末裔《まつえい》――すなわち、人間――であり、あるいは、地球原産の家畜なり植物なりである筈だ。

いくら、どんなに、環境によって人類が多様化しようと、『人間』でない『人類』なんて、この宇宙にいる筈がないのだ。

「あの……人間ではないって……」

まさか。まさかとは思うけど、どこかの星で、チンパンジーか何かが進化しちゃって……この宇宙に、基本的にホモ・サピエンスじゃない、人類亜種が生まれちゃったってことなんだろうか……？

「言葉どおりよ。この宇宙にいたのは、人間だけじゃ、なかったの」

「！」

……あの、そんな。

……だって、そんな。

そんな、莫迦な。

「何も生物が生まれ育つ環境って、地球だけにあった訳じゃないんですもんね」

……そりゃ、そうだろう。

今までにだって、その星原産の生物っていうのは、いた筈だ。たとえばヒガのきりん草、たとえばヴィヴ。

でも。

けど、その、あれは、言わせてもらえば、『生物』っていうか『動物』っていうか——あ、きりん草は植物か——とにかく、『人間』っていうのとは一線を画《かく》した生き物の筈で……知性のある生物が、地球以外で生まれたって話は聞かない訳で……ま、きりん草っていう例外はあるにせよ、でも、きりん草だって他の惑星まで出ていったりする程の文明を築いていた訳じゃまったくなくて……。

「ま、いわば、ファースト・コンタクトよ。地球人類は、はじめて、地球原産ではない、他惑星系に飛び出す程の知的生命体に出会ったって訳」

「……！」

……そりゃ、そりゃ、スペシャル・シークレットだあ！

「ま、お互い、不時着先で出会ったのが幸運って言うべきでしょうね。おかげさまでいまだに相手の母星が判らない」

「……へ？」

　あの、だって、その。

　ま、文化が――多分――全然違うんだろうけど。でも、不時着した船の救援信号なり何なりの先を読めば、おのずとその相手のいる星って判るんじゃない？

「お互いにね、母星へむけて救援信号をだしたら、母星の位置が相手に判ってしまうって、判っているのよね。……だから、どっちも、お互いに相手を認識した時から、救援信号一つうてない」

「あの……だって」

「あくまでこっち側の見方からするとね、相手が何考えてんのか、まったく判らない訳よ。そりゃ、ひょっとしてひょっとしたら、相手はとっても友好的なエイリアンさんなのかも知れないけど……そうじゃないかも知れないでしょ。そういう場合――相手に、母星の位置だの何だの、こっちの勢力圏についての情報を教える訳にいかないじゃない」

　……ま……確かに……。

「で、多分、あっちも同じことを考えているんだと思うの」

　そりゃや、確かにそうだ。

　一瞬、あたしの心はそう納得しかけて――でも、そこで、気づく。

ちょっと妙じゃない、今の話。

だって。もし、レイディの今の話が本当なら……そういうのって、そこで睨み合いをしている二つの宇宙船の乗組員以外、誰も知りようがない話の筈じゃない。そもそも救援信号すらうてないような状況にある宇宙船が、やれ、他惑星産の知的生命体に会ったのどうのって、何でレイディが知ってるのよ。

「あ、気がついた？　確かにそうなの、銀河連邦としては知りようがなかったのよ、そんなこと……一年半程前まではね。二つの宇宙船は、もう七年も、ずっと睨み合いを続けてるっていうのに」

「……七……年……も……睨み合い」

この場合の七年って、多分、銀河標準時の七年のことだと思う。ということは、いわゆる地球における七年——一日二十四時間が、三百六十五日で一年、その七倍——のことで……あたしは、その余りの時間の長さに、しばらく茫然としてしまう。

「ま、船長さんがやたらと先見《せんけん》の明《めい》がある人でね、だから七年、待てたっていうべきよね。事態を把握したらすぐ、その船の船長さん、自分と、もう一人だけ乗組員残して、あとの全員、コールド・スリープ用のポッドにおしこんじゃったらしいの。船長さんの判断がなかったら、銀河連邦が事態に気づく前に、必ず何らかの事件なり、深刻な食料不足なりが発生したと思うわ」

宇宙空間で事故にあい、しょうがない手近な惑星に不時着する。それって――それだけでも、精神の弱い人なら、発狂寸前までいっちゃうようなストレスだわ。でもってその上、そんな処《ところ》でファースト・コンタクトなんかしちゃって、救援信号すらうてず、何の希望も持てない年月を、ただただ待っていないといけないだなんて――こんなの、常人に発狂するなっていう方が無理な程のストレスよ。それを見越して、自分と、もう一人、一番精神が強そうな人を選んで、あとの連中を眠らせてしまったんだとしたら――その船長さん、間違いない、ことがすべて無事におわり、そのエイリアンさんとの間に国交でもできた暁《あかつき》には、現代の英雄だわ。宇宙史の教科書にのるかも知れない――ううん、のるに決まってる。

同じ現代、同じ宇宙に生きる人間として、その船長さんの話にしみじみ感動してしまったあたし、思わずそんなことを考えて――で、あせる。

現代の英雄。

宇宙史の教科書にのる。

これって――つい最近、誰かに言われた言葉と、何だか似てない？　あたしが、このあたしが、現代の英雄になるだの、宇宙史の教科書にのるだの、誰か、言ってなかった？

「それにね」

と、そんなあたしの思考を断ち切るように、レイディ、続ける。

「その船長さんって、結構物知りでもあったのよ。昔々、まだ人類が地球表面だけでうろついていた頃、海を渡るっていうの、かなりの冒険だった時代があるでしょ」

今の感覚だと、どうして船が海の上を走るのが冒険になり得るのか、正直言ってちょっとよく判らないんだけれど……確かに、そういう時代もあったらしい。

「でね、その当時は、海の上で事故にあって、見知らぬその辺の島に不時着しちゃうことが──ああ、当時の用語だと、それって難破っていうらしいんだけど──あったらしいのね」

うん。歴史の本によると、そうみたい。『ロビンソン・クルーソー』とか『十五少年漂流記』とかって、あれ、古典的解釈によれば、宇宙船がうっかりどこかへ行ってしまって不時着した話じゃなくて、海の上を走る単なる船が、誰もいない島（そういうのも、当時は、あったらしい）にたどりついた話だって、大学の文学史の授業で習ったし。

「でね、その船長さん、まさにそういう時代がかったことをしたのよ。手紙をね、びんの中にいれて、海へむかって投げたの」

「……は？」

正直言って、あたし、今のレイディの話、意味が判らない。ま、百歩ゆずって地球の海なら、びんの中の手紙を流すって通信手段もあり得るかも知れないけど（でも、そこがどこだか判らないような処に不時着──じゃなくて漂流した訳でしょ？　だとすると、どっちの方にどういう大陸があるのかまったく判らないだろうし、そもそもその辺の海流なんかについても知識が圧倒的に不足してるだろうし……ほとんど実用性のない通信手段じゃない）、宇宙空間でそれができるとは思えない。だって、その船長さんがどんな英雄であろうとも、ギリシャ神話のヘラクレス並みの怪力の持ち主だったとしても、その、不時着した惑星の重力をふりきって、宇宙空間へびんを投げることができる筈、ないもん。

「あ、今のは、たとえよ。その船長さん、その惑星上から、できる限り人類のいる惑星を避けた方向へ、手紙入りの救命ポッドを、ありったけうちあげたんだわ」

「へ？」

これもまた、意味、判んない。

確かに救命ポッドには、救出用のビーコン発生装置はついてる。だから、勿論、宇宙をとんでいる船は、昔ながらの船乗りの義務として、ビーコンを発している救命ポッドをみつけたら、まず、何はともあれ、それを回収するだろう。

でも。でも、それって、あくまでうまいこと、この広い宇宙の中で、他の宇宙船のレーダー範囲内に、ポッドのビーコンがはいったらっていう話よ。

現実問題として、宇宙は果てしなく広いんだし、それに比べれば、どんな大型の宇宙船だって、果てしなく小さい。そのレーダー区域だって、やっぱり小さい。まして、救命ポッドたるや……小さい、なんて言葉を使うのがためらわれる程、小さすぎるんだ。

こっちの方向へ救命ポッドを打ち出せば、まず間違いない、人類の文化圏にはいるだろうっていう方向へポッドを打ち出したって……そのポッドが回収される確率って、ものすごく低いのに……そのポッドを、わざわざ、人がいそうもない方向へ打ち出したら……そんなの、SOSにも何にも、なるもんかあ！

「……ま、確かに、成功したのが奇跡みたいな通信手段よ。けど、ま、船長さんにしてみれば、死んでも地球文明の中心部へむかってポッド発射する訳にはいかなかったんだろうしね……」

それに。今のレイディの話の中に、もう一つ何ともやりきれない嫌な処もあるのよね。結局、その船長さん達、銀河連邦の連中が事態に気がついてその星へ行くまで、七年だか何年だか、そのエイリアンさんと共存できたんでしょ？　だとしたら、そのエイリアンさんだって、何もそういたずらに凶暴な生物って訳じゃないんだろうし……何だって、この広い宇宙の中で、やっとめぐりあった知的生命体二種類が、お互いに、人を見れば泥棒と思えごっこなんてしてなきゃいけないのよ。もっとフランクに、『やあやあやあ、これはこれは異星のお友達』って具合にできないんだろうか？

「ま……銀河連邦のプロジェクトにも不備はあったのよ。銀河連邦では、もう何十年も前から、こういうファースト・コンタクトにそなえて、各種のシミュレーションしてたんだけど……出先で、それも両方遭難して、偶然会っちゃうだなんていうの、想定してなかったの。これが、先方が我々の星へきたり、こっちが偶然向こうの星をみつけちゃったり、宇宙空間で偶然会っちゃったりしたんなら、今更星一つ隠せやしないし、今頃は熱烈歓迎されたりしてたり、国交なんかも樹立《じゅりつ》してるかも知れない。けど……今の状況だと、お互いに、自分の母星のことは隠しておこうと思えば隠しておける訳だしね……」

……?

あれ。今の話――これも、ちょっと、変だ。だって、レイディの口ぶりからすると、もうすでに、銀河連邦の人達は、その問題の惑星に行っている訳でしょ? ま、エイリアンさんがどの程度のレーダーエトセトラを持っているのか判らないから、軽々しく断言はできないけど――でも、今の地球の科学力をもってすれば、宇宙船がとんでくれば、そのとんできた方向、レーダーにはいってきた時の角度、宇宙船自体のサイズないしは能力から、おおよそ、その船の出発地がどのあたりの星系にあるのか、推測はつくぞ。ま、エイリアンさんから隠しておきたい星が、地球一つ、太陽系一つなら、それこそ航路のとり方によってはいくらでもごまかしがきくだろうけど……今、地球文化圏っていったら、それって、太陽系を中心に、かなりの広範囲にわたってるんだもん、そこまで隠せるとは思えない。

と。レイディはどうやら、彼女の話を聞いてあたしがどんな感想を持つか、あらかじめ考えてきたようで、よどみなく説明の台詞を続ける。

「ああ……銀河連邦が船を出しても、エイリアンさんに地球文化圏の場所が推測できないような、ワン・クッションはおいてあるの。事態を把握すると同時に、銀河連邦はまず、まったく地球人類が進出していない星系をいくつか選んで、ベースI、ベースII、ベースIIIっていう三つのベースを設定したのよ。今、その惑星――いい加減面倒くさいわね、問題の惑星を、仮に

α《アルファ》としましょうか——に行く為には、まず、船はベースⅠに行き、ベースⅠからベースⅡへの船をだしてもらい、ベースⅡからベースⅢへの船をだしてもらい、最後にやっと、ベースⅢから惑星αへ船をだしてもらうってことになってるの。ベースⅢと惑星αの間を行き来した船は絶対ベースⅡへは行ってはいけないし、ベースⅡとベースⅢの間を行き来した船は、同じくベースⅠへ行けないし……。中途で、全然関係ない星系三つも使って向き変えてるんですもの、まあまず惑星αのエイリアンさんは、地球文化圏の位置をつかめないでいると思うわ」

「……」

……あ、あ、あ、あいた口がふさがらんとはこのことだあ！　ま、そりゃ、確かに、エイリアンさんに会うっていうの、慎重の上にも慎重にやらないといけないことなんだろうけど……これじゃ、石橋をたたきすぎて、ぶっ壊しそうな慎重さじゃないかあ！

「人間の管理は、もっと徹底してるわよ。ベースⅢのエアポートには幾重もの厳重なエアロックがあって……惑星αとベースⅢにはいった人間は、今の処、二度とベースⅢより前には戻れないことになってるの。……今、ベースⅢには、名前を出したらあゆみちゃんでもよく知ってるような、有名な細菌学者だのお医者様だの遺伝子工学の先生だのがごろごろいるわよ」

「何で……あ、エイリアンさんから未知の病原体をもらわないように、か」

「そう。ウイルスをはじめ、放射線の影響だの何だの——も、よくここまで執念深く人間の体を調べられるわねっていうくらい、調べつくしてる。惑星αに一回でもおりたった人なんか、可哀想に、一々遺伝子地図まで作られてるわ。……ああ、だからあゆみちゃん、あなたもあそこへ行ったら、毎日の健康診断と、週一回の細胞検査と、年一回の卵子提供が義務づけられるわね……」

ぎ……義務づけられるわね、だなんて、まるであたしがそこへ行くのはもうすでに決まったことであるみたいな発言、しないで欲しい！

「けど、安心して。今の処、惑星αにも、エイリアンさんにも、何ら特殊なウイルスだの何だのは発見されていないみたいだから。遺伝子地図の見直しも、実の処《ところ》九分どおり終わってて、問題はまったくないみたいだし。あと一年もすると、ベースⅢにつめていて、惑星αにおりていない人達は、地球文化圏に帰ってくる資格ができるみたいだし。……ま、そうなると、また別種の問題も発生してくるんだけれど」

「？」

「惑星αに一回でもおりたことのある人は、体に何の異常がなくても、ベースⅢから出ることは許されていないのよ。最初はね、ベースⅢへ行った人達って、全員が、二度と地球へは帰れないって覚悟で行ったのね。銀河連邦にしたって、そういう条件で人を募《つの》ったんだし。でも、同じ条件で行った人達の中で、惑星αにおりてない人は地球に帰れるってことになったら……人間っていろいろ複雑だから、感情的にもうっとおしい問題がでてくると思うわ」

「どうして……どうしてです？　惑星αにもエイリアンさんにも特別な病気がないんなら、α

へおりた人達だって、ローテーション組んで地球に帰ってくればいいじゃないですか」

こう言ってから、あたし、気づく。αにおりた人達って、ひょっとするとひょっとすれば、そのエイリアンさんから何らかのトレーサーをつけられている可能性、ない訳じゃないんだ。石橋をたたき壊しそうな銀河連邦のことだもの、そんなおそれがある人達を、地球文化圏にいれてくれる訳ないんだ。

「……ね？　判ったでしょ？」

と、レイディ、そんなあたしの表情よんで、にこやかに。

「一度でもαに足をふみいれた人が地球文化圏に帰る為には、地球人とそのエイリアンさんが、完全なる友好関係を結ぶ必要がある訳。なのに……実際の処、人類とそのエイリアンさんは、まだお互いに、害意はないんだよっていうことすら、相手に伝えられずにいるのよ」

ええええ！

嘘！

だってそんな……莫迦な。

このレイディの台詞は、実の処、今日一番のショックだった。

だってその……最初のコンタクトから、もうすでに、七年もの月日が流れている訳でしょ？ま、そりゃ、最初に出喰わしちゃった船長さん達は、何らそういう知識やノウハウを持っていなかっただろうから、意思の疎通がはかれなくても無理はない。でも、そのあとで乗り込んでいった銀河連邦の人達っていうのは、多分みんな、その手のことに関するスペシャリストなんだろうし……銀河系よりすぐりのメンバーが、相当な時間かけて、何だってたかが『害意はない』程度のことを相手に伝えられないのよ！

「まず一つには、そのエイリアンさんが、まったく人間型をしていない——もっとはっきり言っちゃうと、地球上のどんな動物にも似てないせいらしいのね。たとえば、視覚はあるのか、聴覚はあるのか、あるとしたらどこが目でどこが耳に相当するのか、まったく推測もつかない格好らしいの。視覚がない生物にむかって微笑みかけてみても多分あんまり意味がないだろうし……大体、先方にはどうやら顔がないらしいんだから、表情なんて概念があるとは思えないし」

「か……顔がない？」

一体全体、どんな格好した生物なんだ、そりゃ。

「それに、先方は、音声によるコミュニケーション手段は持っていないらしいの。で、会話は一切通じないでしょ。ボディ・ランゲージで何とかしようにも、いわゆる四肢《しし》ってものがないらしいから……」

「四肢って……手足が、ないんですか？」

顔がない上に手足までなきゃ……残っているのは胴体だけじゃない。胴体だけがただそこにずっとある生き物っていうのは……確かに、相当、考えにくいな。

「ああ……言い方が悪かったかな、そのエイリアンさんの写真はスペシャル・シークレットだから、今、ここで見せるって訳にいかないんだけど……ちょうどね、二メートル四方の立方体くらいのサイズの結晶みたいな格好してるわ」

「け……結晶？　それも、二メートルの立方体くらいのサイズの？　そ……それって、生き物なんですか、本当に？」

「みたいよ。何たって、宇宙船作って宇宙空間とぶくらいなんだから」

結晶が作った宇宙船。……うーん、あんまし考えたくないなあ。大体、結晶がどうやって船組み立てるんだろう？

「あ、結晶って、あくまで形の問題よ。別に、本質が結晶だっていう訳じゃないからね。ただ……そのエイリアンさん、形が時々変化するらしいのよ。で、その変化した形が、細部さえ気にしなければ、とっても地球の結晶系に似ているらしくて……」

「は？」

「えーとね、そのエイリアンさんの普段の形って、大体黄鉄鉱《おうてっこう》の結晶に似てるらしいのね。で、その形が、時によりゼノタイムの結晶みたいになったり、リン灰石《かいせき》の結晶みたいになったり、ロードナイトの結晶みたいになったりするんですって」

「……？」

そんなこと言われたって……どういう風に形が変化するのか、それじゃまったく想像もつかないや。

「まあその……詳しい形の話はおいとくわ」

レイディ、どうやらあたしの顔を見て、こりゃ詳しく話しても無駄だってふんだんだろう、話をもうちょっと判りやすくしてくれる。

「とにかく、そのエイリアンさんは、刻々《こくこく》形を変えるんですって。で……今までのコンタクトの結果、どうやらその形の変化が、彼らのコミュニケーション手段らしいってことが判ったの」

「……」

あ、確かに、頭いたい。形がひらべったくなろうが、細長くなろうが、そんな動きからじゃとても相手の感情の推移なんて想像もできないし、まして、それより細《こま》かい、会話をかわすだなんて行為、できっこないや。その上、人間は体型を変えられないんだもの、連中の言語なんて習得できる筈がないや。

「も、銀河連邦も意地で、最後の頃は暗号解読の専門家だとか、最新のスーパーコンピュータなんかをαへおくったんだけど、それでもそのエイリアンさんとの会話、まだ無理なの。さっき、細部さえ気にしなければ、地球の結晶系に似てるって言ったでしょ。実は、どんなポーズでも、コンピュータ解析してみると、ことごとく細部がちょっとずつ違う格好をしているらしいのね。どうやら大きな構造の変化で基本的な情報を伝え、細部でこまかい情報の伝達をしているらしいんだけど……とにかく、細部の情報量が多すぎて、どうしようもないみたいなのよ」

判るような気がする。

日本語だの英語だのフランス語だのロシア語だの、そりゃ、地球上には、数々の言語がみちあふれてる。でも、今まであった各種言語って、根本の処が一緒じゃない。すなわち、同じ人間が使っている、音声によって伝えることが可能な言語であるって処。

江戸時代、鎖国していた日本にイギリス人が漂着したとしても、まだ、彼の方がはるかに条件がいいんだ。イギリス人が、自分のことを指して、『ジョージ』とか言い、それを見た日本人が、やっぱり自分のことを指して『マタエモン』なんて言えば、それだけで、少なくとも自己紹介はできたことになるじゃない。それに、二人共とにかく同じ人間なんだもの、マタエモンにしてみれば、どういうことをすればジョージが喜ぶか、基本的な処は判っている訳じゃない。で、マタエモンがジョージに、ふとんと食べ物をあたえ、ジョージが『サンキュー』って言えば。これでもう、お礼の言葉は判ったも同然。

人類と、その結晶のようなエイリアンさんとの間には、そういう共通概念がまるでないのだ。だとすると……やっぱ、いくら銀河連邦とはいえ、てこずって当然かな。

「ついで、銀河連邦は——ま、正直言うと他にどうしようもなくなっちゃったんだけど——テレパスを、大量に、αへおくりこんだ訳」

あ、成程。そうか、テレパスっていう手があるんだ。テレパスならあるいは……。

「でも、駄目だったの、全然。テレパスっていうのは、人間の表層思考を読める超能力者でしょ。そのエイリアンさんの思考って、何でもあまりにも人間のものとは違いすぎてどうしようもないんですって」

……かもね。

「表層思考レベルだと、何だかとにかくいろいろな結晶が次々姿を変える情景ばっかり見えるんですって。ま、一流のテレパスっていうのは、それだけで優秀な心理学者みたいなものだから、たとえばその相手が人間で、いろいろなストレスだの何だのの結果、普通の思考ができなくなっちゃった人だっていうなら、その形を見て、ある程度、相手の思っていることを推測できるだろうと思うの。けど……何せ基本生活環境から何まで、全然予測のつかない生き物でしょ、相手は。そうなると、もう、お手あげ」

レイディ、こう言うと、実際に軽く手を上げてみせる。ま、確かにそうだろうな。

「それに、どんなに優秀なテレパスっていったって、所詮《しょせん》人間でしょ。コンピュータとは違うんだから、そのエイリアンさんの心の中にうかんだものの形とその時の状況のデータを集めて分類するってこともできないし」

そりゃそうだろうなあ。

「でね、もう銀河連邦としては、八方手づまりになっちゃったのよ。……あゆみちゃん、あなたって切り札をのぞいたら」

「……」

たっぷり十秒間の沈黙のあとで。こんなに長いこと黙ってて、しかるがのちにこんなに素《す》っ頓狂《とんきょう》な声をあげたら、さぞ、場のムードを壊しちゃうだろうなって思いながらも、あたし、とんでもない叫び声をあげる。

「あ、あ、あたしい？　あ、あたし、ですかあ？」

それから、今の自分の声があんまりみっともなかったって自覚があったんで、慌てて無理矢理落ち着いた声を作って。

「レ、レイディ、何か誤解してません？　あたし、三角がどんな意味で四角がどんな意味かなんて、本当に知らないし判らないんですよ？　あたし、数学も化学も、大っ嫌いだったんだから。円も三角も四角も、亀の甲みたいな六角形も、も、生涯にわたって二度と見たくないっていうくらい、嫌いなんですから！」

「別にあゆみちゃん、あなたが幾何が得意で得意でしょうがなかったとは、わたしも思ってないわよ」

レイディ、こう言ってにっこり笑う。あたし、慌ててレイディの台詞に異議をさしはさむ。

「あの、得意どころか、苦手、それも大っ嫌いだったんですってば！」

「だからね、わたしがあなたを買っているのは、そういう意味ではないの」

レイディ、こう言うとゆっくり目をふせ――それから、とってつけたように明るい声で、こう続ける。

「あ、だからね、あなたの命を狙っている人達っていうのは――身内の恥みたいなもんだけど――銀河連邦内部の反対派なのよ。銀河連邦内部にも二つの意見があって、一つはわたし達の考え方、とにかくもうファースト・コンタクトはおこなわれてしまったんだから、あとは何とかそのエイリアンさん達と友好関係を結びたいっていう奴。もう一派は、せっかく今、銀河連邦内部がうまくまとまっているのに、新たな火種の可能性になり得るエイリアンさんとの友好なんてとんでもないって言っている連中」

……？

今の、話の運び方は、変だ。

あきらかにレイディ、今、わざと話をねじまげて、話題を変えたんだ……また。

ことがここまで進んで――とにかくレイディが、あたしに事実を話してくれるっていう段階にもなって――何だって今更、たった一つの、そして一番の問題点を、レイディ、避けるんだろう。

今になっても、まだ誰からも話してもらえないでいる、たった一つの疑問――あたしの仕事、あたしの特異点、あたしの特殊能力は、一体全体、何なのかってこと。

そりゃ、何て言ったって、あたしの仕事、あたしの能力っていったら、あたし本人に関する、まさにあたしのことなんだから……こんなに徹底して隠されれば隠される程、あたし、それを聞きたかった。それを教えて欲しくて教えて欲しくてたまらなかった。

でも。こんなに徹底して隠されると逆に、妙に怖くなってくるじゃない。妙に、聞くのが怖いような、もし聞かないで済むものなら、生涯聞きたくないような……変な気持ちになってくるじゃない。

で、あたしは。

本当言うと、話を変える前、レイディがしていた話の続き――銀河連邦は、一体あたしなんかのどこをかっているのかって奴――を聞きたくて聞きたくてしょうがなかったんだけれど、何となく、レイディが変えた話の流れにのってしまっていた。

「新たな火種の可能性になり得るエイリアンさんとの友好なんてとんでもないって言っている人達、じゃ、どうしようっていうんです。まさか、新たな火種が嫌だからって、そのエイリアンさんやっつけようだなんて莫迦なこと、考えている訳じゃないでしょ?」

なんて――情けなくも、しょうがなくも、こう、前のレイディの台詞、うけてしまって。

「まさか。いくら何でも、そんなこと言わないわよ。……連中は、ベースⅠ、ベースⅡを撤退《てったい》しろって言ってるのよ」

「は?」

「ベースⅢおよび惑星αにいる人達は、ベースⅠ、ベースⅡを通じて補給されている物資によって、生きている訳、今の処。おまけに、惑星αのことは、スペシャル・シークレットだって、ベースⅢと惑星αにいる人達は知っているのよ。でね、こういう状況下で、ベースⅢとαに何の連絡もなく、ベースⅡとベースⅠが撤退しちゃったら……一体全体どうなると思う？」

「……ベースⅢと惑星αの人は……どこにも連絡できず、訳判らないまま、飢え死にするしかないでしょうね……」

こう言ってから。あたし、猛然と腹がたってきた。だって……そんなの、あり？　ベースⅢとαの人達って、ひょっとしたら生涯、地球文化圏に戻ってくることはできないかも知れないって思いながらも、でも、地球の為に、人類の為に、そんなとんでもない仕事をはじめた人達なのよ。そういう人達を、新たな火種のもとになるかも知れないエイリアンさんと付き合いたくないからって見捨てるだなんて……そんなの、人間として、していいことなの？

「もっとも、まあ……確かに今なら、そういうことができるのよ。今なら、ベースⅠとベースⅡさえ、秘密裡《り》に撤退すれば、ベースⅢより先の人達を切って、地球人類とそのエイリアンさんは、お互いにまったく無関係でいられるの。……正直言って、わたし、このことわざってまったく好きじゃないんだけれど、でも、一応、その一派のことを思い遣って言ってあげるとしたら、そういうのって、『大の虫を生かす為に小の虫を殺す』っていうんですって。『人類』っていう大きな虫を生かす為に、『ベースⅢ以降の人々』っていう小さな虫を殺すの。わたしは、そういう考え方って、大嫌いだけど……でも、まあ、正当に評価すれば、あの人達はないわね」

あの人達で、地球のことを本当に真剣に考えている、愛国者達だって、言って言えないことは

「あ……愛国者って……そ、そんなこと、ない！　あ、あの、ないですもん！」

「でも……あのね、あゆみちゃん。そういうことって、判らないでしょう、時間がたってみないと。……たとえそのエイリアンさんと、何とか完全な意思の疎通がはかれたとして、無事、二生物間で友好条約が結べたとして……いつ、そのエイリアンさんの気が変わるかなんて、現時点では予想も想像もつかない。あるいは、未来永劫《えいごう》、そのエイリアンさんと地球人類はうまくやってゆくことができるかも知れないし……あるいは、なまじそんなエイリアンさんと関係を持ってしまった為、地球人類がほろぼされることになるかも知れない」

「でも、だって、その場合、悪いのはどう考えてもそのエイリアンさん達です！　人道っても のをまるで無視してる」

「ま、エイリアンさんは人間じゃないんだから、人道を期待していいのかどうかも判らないし」

「でも……」

でも。

理屈の上では、完全にレイディにおしきられそうになったあたし、それでもできる限り敢然《かんぜん》と頭をあげて。

「それに、そんなのって、やっぱり、ないと思います。だって、まだやってもいないことを失敗するかも知れないって理由で避けてたら、人間には、進歩も未来もないじゃない」

「反対派の人達は、こう言ってるわ。人類は、他の文明と接触するにはまだ若すぎる、余りにも時期尚早《しょうそう》だって」

「んなの理屈になってないっ！」

どんっ。あたし、ついつい興奮して、手近な机をぶったたいてしまう――ただし、右手で。

「今が時期尚早ならいつだったらいいっていうんです！　でもって、それを誰が判断するっていうんです。それに……それに、若くなきゃ、冒険なんてできっこないじゃありませんか。そんな理屈が通るなら、人類が種《しゅ》として中年を迎えちゃったら、余計どうなるか判らないことに手を出すのは嫌だってことになっちゃう！」

あたしが思わず、我を忘れてこう力説しているのを、レイディ、静かな微笑をうかべながら聞いていた。そしてそれからレイディ、ゆっくりとその両手を自分の胸の前へ持ってきて、音を殺し、かすかに拍手してくれる。

「まっとうな理屈だと思うわ、あゆみちゃん、それ。……実に嬉しいことに、わたしの意見とまったく同じだし」

……あ、そうか。レイディが反対派の台詞を代弁してくれていたんで、ついつい頭に血がのぼっちゃったけど、考えてみればレイディは、エイリアンさん達と友好を結ぼうと思っている側の人間なんだっけ。

「では、まあ」

それからレイディ、ゆっくりと――というよりは、何だかのろのろと――拍手していた両手を自分の膝の上に戻す。

「ここまで話しちゃったことだし、もう他に話題をそらしている場合でもないみたいだし……いい加減、本題にはいりましょうか」

レイディの声音。何だかとっても辛そうだった。本題にはいりたくなさそうだった。それがよく判るから、あたしもレイディの台詞を聞くのが怖くて――でも、聞きたかった。聞きたくて聞きたくて、たまらなかった。

「大体の処は想像がついているだろうけど……あゆみちゃん、あなた、超能力者よ。それも、極めて特異で、極めて強力な。あなた程強力な、ある特殊な超能力を持っている人を、銀河連邦は、他に知らないって程の」

……あらかじめ所長からちょっとそんな話をされていたから、レイディのこの台詞あたりまでは、あたしにも想像がついていた。あたしが本当に知りたくて、そして、どうしても知るのが怖いのは、このあとに続く台詞。

「我々は、今の処、あくまで便宜的に、あなたの能力をこう呼んでいるわ。……あなたは、銀河連邦史上最大の〝感情同調〟能力者なのよ」

「急に〝感情同調〟能力者だなんて言われても、何のことだか判らないでしょ、あゆみちゃん。それに大体、〝感情同調〟っていうのは、あなたの為に作られた用語だしね」

〝感情同調〟能力者。

どうやらそれが、レイディが言いたくなくて言いたくなくてしょうがなかったキーワードだったらしく、一旦その言葉を舌にのせたあとは、レイディの台詞、比較的とんとんとん、と進んだ。

「何て言ったらいいのかしら、あのね……あなたは、真の意味で他人の感情に同調することができるのよ。他人の感情を……感覚的にね、あ、判るって思ったり、推測したり察するんじゃなくて……本当に、他人の感情と同調することができるの。そして……場合によっては——あなたは、他人の感情を、自分の感情に同調させてしまうことすらできるだろうと、わたし達は思っている」

「……？」

「判らない？　じゃ、もうちょっと具体的に言うわね」

レイディ、こう言うとゆっくりまぶたを閉じ——まぶたを閉じたまま、十秒程の時間がたった。

そして。

そして、レイディが目を開いた時から。あとから思えば、聞きたくなかった、知りたくなかった、今からでもできることなら忘れたい、あの話が始まったのだ——。

☆

あゆみちゃん、あなた、本当に運のいい——それに、気性のまっすぐな、とってもいい子よね。本当、誰にだって必ず好かれると思うわ、あなたみたいに素直で、まっすぐで、誠実な人間。

レイディの話は、そんな——ま、言ってみれば、あたしに対するお世辞みたいな台詞で始まった。そして。

でも——とっても言いにくいことなんだけど。

あなたの運のよさも、人柄のよさも、決して、偶然だの何だので発生したものじゃ、なかったのよ。それって全部、あなたの超能力——〝感情同調〟がもたらしたものなの。

今は、まだ、あなたのその能力は、顕在化していない。でも——ずっとずっと前、そう、あなたが生まれた時から、あなたは、極めて消極的にではあったし、潜在《せんざい》的にでもあったけど、その特殊能力を、周囲に対して無意識に使っていたの。

〝感情同調〟——自分の感情と、他人の感情を、知らず知らずのうちに同調させる能力を。

対人関係って場においてね、普通の人って、まず最初に、嫌われたくない、好かれたいって思うのよね。例えば、小学校に入学したとして、入学式の日、初めて顔をあわせたクラスメートの一年生達は、全員、意識するにせよしないにせよ、『みんなに好かれるといいな、この集団が温かく自分を受け入れてくれるといいな』って思うのよ。

で、そんな場に、あゆみちゃん、あなたがいたとしたら。そして、あなたが、意識するにせよしないにせよ、『みんなに好かれるといいな』って思ったとしたら。

普通の新入生に較べて、あゆみちゃん、あなたがみんなに好かれる確率、ずっと高くなっている筈。だって、あゆみちゃんがみんなに対して、『嫌われたくない、好かれたい』って思えば——そんな感情が同調しちゃえば——みんなも、あゆみちゃんに対して、『嫌われたくない、好かれたい』って思っちゃうんだもの。

そういう——何もしなくても、必ずまわりから受け入れてもらえる——人間って、間違いない、素直で、まっすぐで、誠実に育つわ。幼少時から必ず他人に受け入れてもらえた人間は、人格形成にあたって、屈折する必要も屈折する機会も、まるでないんですもの。

でね。そういう性格って、どんどん強化されてゆくの。

世の中には、一目見た瞬間から——第一印象で——嫌だな、こういう人とはつきあいたくないなって思える人間が、いるじゃない。で、それってみんな、経験からきている類推《るいすい》なのよ。過去においてあるタイプの人間とうまくいかなかった人間は、次に同じようなタイプの人間を見た時、何となく、気分として、そういう人間を避けたくなる。で、それって、おうおうにして、結構正しいのよ。人間って、いくら一人一人個性が違うっていっても、大きな目でみれば、いくつかのタイプに分類できる訳でしょう？　で……やっぱり、大きな目でみれば、あるタイプの人間はあるタイプの人間とうまくいき、あるタイプの人間はあるタイプの人間とうまくいかないっていう、法則性がある訳よ。故に、普通の人が直観的に、こういうタイプは苦手だなって思った場合、本当に、その人にとって、そういうタイプは苦手なのよ。けど。あゆみちゃん、あなたには、そういう苦手なタイプって、ほとんどない筈。あったとしても、つきあってゆくうちに、何となくうまくいっちゃう筈。

中学、高校、大学、そして実社会と、あなたが成長してゆくにつれ、あなたのまわりはどんどん複雑になってゆく訳よ。必然的に、あなたの知り合いも多方面にわたって——でも、あなた、どんな方面の人でも、自分の友人を裏切ったこと、ある？　……ないわよね。そして、自分の友人に裏切られたこと、ある？　ないでしょう。

あなたみたいにまっすぐな人間は、どうあがいても、友人を裏切るなんてことはできないの。精神的な理由で、ね。でも、普通の人は、たとえどんなに友達を裏切りたくなくっても、現実的に、そうせざるを得ないような状況になってしまうことがあるのよ。ところが、あなたには、それがない。あなたみたいに、まわりの人すべてに好かれてしまう人間には、〃不本意ながら〃って事態がないのよ。必ず、まわりが、あなたにとっていい方向へと動いてくれる。

そして、また。あなたは友人に裏切られたこともない筈。そもそもあなたみたいにまっ正直で誠実な人間を裏切るのって、並みの神経を持った人間にはとってもやりにくいことだし——たとえ、何らかの悪意を持ってあなたに近付いた人がいたとしても、あなたと親しくなっちゃえば、もうその人、とてもあなたに悪いことをしようって気になれなくなっている筈だもの。

……これはね、凄いことなのよ。

人間が、おのれの人格を形成しようって時に、人を裏切った経験も、裏切られた経験もなかったとしたら——そういう状況下で形成される人格って、どんなものになると思う? 普通じゃ絶対あり得ないことだから——信じられないくらい、完璧な、いい人間ができあがる筈なのよ。

そして。

信じられないくらい完璧ないい性格の人間は、普通の人間より、絶対、他人に好かれるでしょう?

それにまた、そういう風に育っちゃった人間は、余程ひどい人でない限り、大抵の人間を好きになることが可能なのね。あなたが大抵の人間に対して好意を抱き、それが同調しちゃったら、大抵の人間もあなたに対して好意を抱くようになっちゃう。

かくて。

みごとな循環を描いて、あゆみちゃん、あなたはどんどんまわりの人を好きになり、まわりの人に好かれていった訳よ。そして……もし、あなたの能力が、完全にコントロール可能になれば……それこそ、あなたは、全人類のアイドルにもなり得るのよ。

でね――だから。

だからあなたはジョーカーなのよ。

もしあなたの能力が完全にコントロール可能になり、エイリアンさんに通用すれば。あなたさえ、エイリアンさんに好意を抱けば、エイリアンさんも必ずあなたに――地球人類に好意を持ってくれる筈。そして、あなたみたいな性格の人って、エイリアンさんが余程ひどいことでもしない限り、あなたの方からエイリアンさんを嫌うっていうことはできないでしょう。

だから、もしあなたの能力がエイリアンさんに通じるものならば、あなたは、ただ、惑星αへ行って、彼らと会うだけでいいの。それで――人類とエイリアンさんが、お互いに相手に好意を抱くようになれば――悪意はないってことすら伝えられないでいる現状からすれば、それって凄い発展よね。

これは銀河連邦からの正式な依頼よ。

銀河連邦から、現時点でたった一人確認されている、〝感情同調〟能力者、森村あゆみに対する。

どうか、人類の為に、人類を代表して、我々のファースト・コンタクトが成功するよう、御助力いただきたいの。

レイディは、こう言い終えると、そのまま黙って目を伏せた。でも——でも！

PART Ⅳ

これは事務所の鍵

「信じられない！　そんな……そんなのって、嘘です！」

あたしってば、運がいいことだけは確かにそうだけど、でも、そんなにいい性格してる訳じゃないし、確かに、うまがあわない人間とか、あたしに対して悪意を持っている人間に会った記憶はないけれど、それだって、単にまわりの人みんながいい人達だったっていうだけの話だし……とにかく、そんな話、信じられない。

「信じられない？　……ま、そうでしょうね。じゃ、一応、銀河連邦があなたの能力をそう判定した根拠みたいなものを説明しましょうか。まず、最初にひっかかったのは、『きりん草』事件の時のあなたの反応」

『きりん草』事件って、あたしが自分の手で解決した、最初の事件だ。

「あの時、最後にきりん草が死にかけたら、何故かあゆみちゃん、あなたまで自殺しそうになったでしょ。でも、あの反応は、おかしいのよ。あの時、太一郎は、あゆみちゃんの意志が弱かったから、死ぬ間際のきりん草の思考に巻き込まれたんだって結論をだしたけど、あの状況なら、まず、和田《わだ》氏が自殺する方が自然でしょ。何たって和田氏は、あんなことになるずっと前から、みずからきりん草とコンタクトをとっていたくらいですもの、一番影響をうけて当然なのよ」

……確かに。

「それに、あるいは、きりん草が人類に対して悪意を持っていて、死ぬ間際に持てる力のすべてを使って、自分の計画の邪魔をした人間を殺そうとしたっていう解釈に基《もと》づくなら、狙われてしかるべきは、むしろ、太一郎か礼子《れいこ》さんよね」

「でも、礼子さんはともかく、あたしが死にたくなった時は、まだ太一郎さんはあそこについてなくて……」

「その場合でも、礼子さんと太一郎がまったく何の影響もうけないっていうのは、不自然でしょう」

「……」

かも知れない。

「あの時、きりん草には悪意も何もなく、人をまきこむつもりもなく——あゆみちゃんの方が、

〃感情同調〃って能力を持っていたせいで、勝手にきりん草に同調してしまったんだって考える方が、素直に納得できるわよね」

……言われてみれば、そうかも知れない。

「わたしの事件の時や、『カレンダー・ガール』事件の時でも、ちょっと腑《ふ》におちない処は、山のようにあるのよ。で、その腑におちない処をつきつめてゆくと――全部、たった一つのことに収斂《しゅうれん》されるの。あゆみちゃん、あなたの察しのよさと、察しの悪さよ」

「……？」

「あゆみちゃん、あなたって時々、おそろしいくらい察しがいいのよね。なのに時々、とても同一人物とは思えない程、察しが悪くなるの。たとえばわたしの事件の時、村田《むらた》さんがうちの主人の名前をかたってホテルの部屋まで来たことがあったでしょ。あの時のあゆみちゃんの察しの悪さったら、ちょっと信じられないくらいだったじゃない」

……今更ながらに、赤くなってしまう。そうだよなー、何であの時、村田さんをすぐ木谷さんだって信じてしまったんだろう。思い返してみれば、村田さんが登場する前、村田さんから電話があった時から、おかしいなって思ってはいたのに。

「その答なんだけどね、多分、こうだと思うの。あの時、わたしは、一心不乱に、『どうかあゆみちゃんが、今、村田さんのことに気がつきませんように』って祈ってたの。でも、いつまでも村田さんのことをうちの夫だと思われていても困るから……はなはだ矛盾しているんだけれど、『今、気がつきませんように、あとで気がつきますように』って祈ってたのよ。あなたは多分、そんなわたしの思いをうけてくれたんだわ」

……そ、それはちょっと、いくら何でも買い被りすぎじゃないかと思うんだけど……でも。でも、そうだとでも思わなきゃ、我ながら、ちょっとあの時の察しの悪さは説明できない。

「その他にもいろいろデータはあるの。……たとえば、何故、あなたが家出したか」

「……は？」

あたしの家出って、そんな昔の、百パーセント自分の意志でやったことが、何か関係してくる訳？

「あなたの家出って、一つには結婚が嫌だって動機もあったんでしょ？　それでね、それがどうしても腑におちなかったの、わたしは。あなたみたいな性格の人間が、結婚が嫌だからって家出しちゃったら、まず間違いない、地球に捨ててきたフィアンセのことが、気になって気になってしょうがなくなるのが普通でしょ。なのにあなたは、火星に来て以来、そのフィアンセのことをすっかり忘れているようだった」

……は、は、は、そういえばそうだ。秋本《あきもと》さん。元婚約者殿。最近なんて、そもそも思いだしもしないもんね。――ということは、やっぱあたしってそんなにいい子じゃなかったんだよ。

「でも……その疑問も、すべて、あなたの元フィアンセのことを調べたら氷解したわ。……あなたの結婚って、いわば、政略結婚みたいなものだったんでしょ？」

……ま、そういう色彩が強かったことは、否定できない。

「あなたの元フィアンセ――秋本和彦《かずひこ》さんは、秋本恭一《きょういち》氏の一人息子よね。一方、あなたのお父さんの会社は、その頃かなり経営が苦しかった」

「……」

レイディの台詞……本当のことだったから、あたし、何も言えない。

「将来会社を継ぐ筈の森村拓《たく》氏――あなたのお兄さんよね――は、贔屓目《ひいきめ》に見ても、会社経営にむいている方じゃなかった。で、しょうがない、あなたの御両親は、あなたと秋本和彦氏の結婚を考えたのよ。秋本恭一氏は、金融方面にかなり強い力を持っていたし、お互い、似たような業種の会社を経営していたし、和彦氏は、こと経営方面においては、相当能力があるって将来を属望《しょくぼう》されていた人だし……このまま拓氏に会社をまかせるよりは、森村財閥と秋本産業の合併《がっぺい》って方向へ話を進めた方が、まだあなた達の為だって考えた訳よね」

「……」

ここまでは、はなはだ不本意ながら、全部ほんとのことだ。

「そして、それって秋本氏側にも、勿論利益があることだったの。森村拓氏は、ま、こういう言い方って何だけど、かなり御《ぎょ》しやすい性格の人だったから、和彦氏とあゆみちゃんの結婚は、秋本氏側から見れば、合法的に、先方にも感謝されながら、森村財閥を吸収合併できるってことですものね」

「……」

まさに、その通りだ。

「で、双方の利害が一致して、あなたと秋本氏の縁談は進んだ訳だけど……でも、和彦氏には、当時、ちゃんとした恋人がいたのよね」

「え？」

あ、あの婚約者殿に、恋人がいたのお？　でも、じゃ、あたしと婚約するだなんて、あまりにも、その恋人に悪いじゃないのお。婚約者殿って……そんな人だったの？

「とはいっても、和彦氏が全面的に悪いっていう訳じゃないの。和彦氏って人は、子供の頃から、外に女を作るのは自由だけど結婚だけは親が決めた相手と――ま、政略結婚するようにって教育されてきた人だし、恋人さんの方は、とてもじゃないけど政略結婚の相手になるような家の人じゃなかったし。おまけに、決定的なことには、恋人さんの方で、そんな和彦氏の事情を察して、和彦氏に何の相談もせずに、勝手に身をひいちゃったのよ。恋人さんが和彦氏のことを思い遣って身をひいただなんて全然知らない和彦氏にしてみれば、何だか急に恋人さんに裏切られたような感じがしただろうし……で、まあ、いきがかり上、和彦氏はあなたと結婚する気になったのよ」

……うぅむ。こっちが勝手に彼を捨てて家出した以上、今更文句を言えた義理じゃないんだけど……でも、あたし、いきがかりで結婚をのぞまれたのか。

「でね、結論から言うと、あなたの家出って大正解だったのよ。秋本和彦との結婚を嫌がって、森村財閥の社長令嬢が家出したってスキャンダルがぱっとひろがったでしょ、それを聞いた、和彦氏とあゆみちゃんの結婚の為《ため》身を引いた恋人さん、いてもたってもいられなくなっちゃったらしいのね。恋人さんと和彦氏、あなたの家出直後に連絡をとりあって、それまでの誤解がみんなとけて、和彦氏にしてみれば、大感激だったらしいのよ。今まで自分を裏切ったとばかり思っていた恋人さんが、実は自分の為に泣く泣く身をひいたんだって知って。で、大感激の和彦氏、たとえ、どんなに親に反対されようとも絶対彼女とそいとげようって覚悟で彼女を親に紹介し――で、ちょうどあゆみちゃんにひどい目にあわされた直後だったでしょ、詳しい話を聞いた秋本家の人達も感動しちゃって、今じゃ、その恋人さん、近所でも有名な、とってもよくできた秋本家の若奥様よ」

「……」

うーむ。もしあたしが家出せずにあのまま結婚したとしても、近所で有名になる程、できた奥さんになれる自信って、まったくない。

「一方あなたの御両親は、何だか完全に誤解しているみたいなの。あゆみちゃん、あなたはあのままずるずる結婚したくないからって家出したんだろうけど……何か、御両親サイドでは、実はあなたに好きな人がいて、駆け落ちしたんだと思ってるみたいなの」

「は?　駆け落ち?」

……一体全体、どこをどう誤解すれば、そういう結論がでちゃう訳？

「……もっとも、ま、世間一般のお嬢さんは、女一人で地球から出ていっちゃう程、派手な家出はしないもの、普通。御両親がそう思っちゃうのも無理はないわ」

……確かに、単なる家出にしては、地球から出ていっちゃうのって、過激すぎたかも知れない。

「おまけに、パスポート等を手がかりにして、あなたがどの船で地球から出ていったのかを調べれば、あなたが道中、山崎《やまさき》太一郎って男とずっと一緒の船室にいたっていうことも判るでしょ」

あ……あの時は、大沢《おおさわ》さんも一緒の部屋にいたんだけれど。

「家出した娘が、男と二人で船室にとまって宇宙旅行をする。この事実から導きだされる結論って」

えええ！　ちょっと、待ってよお！　そんなこと知らないあたし、落ち着いてから、こっちの住所を書かずに、家に三通手紙を書いたんだ。その中に、『山崎さんっていう人の世話で無事仕事もみつけ、今は安定した生活を送っています』だなんて書いたような気がする。

とすると――あたしが、太一郎さんと駆け落ちしたって信じているうちの親の処に、そんな手紙がいっちゃったら！

「家出したあと、あなたに――ま、いわば――追っ手がかからなかったのって、ひとえに、このせいだったのよ。あなたの御両親は、あなたと太一郎が幸せな家庭を築いているものだと思っているの。で——ここで下手にあなたを刺激して、万一、あなたと太一郎が心中でもしちゃったらたまらないから、今は静観《せいかん》してるのよ」

……お、お、おとーさん、おかーさん、そ、それって気がはやすぎるよお！

「このまんま黙って待っていれば、いつかあゆみちゃん、あなたが太一郎と孫を連れて地球へ帰ってくるようになるだろうって……今、あなたの御両親、その日を指折り数えて待っているみたい」

……そ、そりゃ、ま、そうなればベストだとあたしだって思うけど……何て言うか、実に見事な誤解だわ。このまんま、もし、あたしと太一郎さんがゴールインしちゃった場合、そのあと、二人して地球の実家に挨拶に行ったら……たとえどんなにそれは誤解だって力説しても、お父さんもお母さんも、死ぬまで、あの時のあたしの家出は実は駆け落ちだったたって信じてしまうだろうなあ。

「それからあなたのお兄さん——森村拓氏。彼は彼で、もの凄く反省したらしいの」

「反省？　何で？」

何であたしが家出したからって、お兄ちゃんが反省する必要があるの？

「拓氏にしてみれば、自分が不甲斐ないせいで、たった一人の可愛い妹があわや好きな男と生木を裂かれるような目にあって、可哀想に妹は、ついにそれに耐えられず、何と駆け落ちをしてしまったって具合に信じこんでいる訳だから……妹思いの兄としては、反省だの後悔だのにどっぷりひたっても無理はないんじゃない？」

……お兄ちゃん、ごめんなさい、決してそんな訳ではないのに。

「でも、それが結果的にはよかったのよ。目一杯反省と後悔にまみれた拓氏、心をいれかえたって感じで仕事にはげんで――〝不肖《ふしょう》の息子〟の〝不肖〟って字が、とれつつあるみたい」

……何と、ま。じゃ、結局あたしの家出って、ほんと、世の為人の為になったんじゃないの。

「結局あゆみちゃん、あなたが家出したのって、いきがかりで結婚しようとしていた秋本氏と潜在的に〝感情同調〟していたせいだと思うの。……それに、そうとでも思わなきゃ、正直言って、あなたの家出って、まったく動機ってものがないに等しいんですもの。で、その消極的な証拠が、あなたは家出以来一回も秋本氏のことを心配しなかったって事実」

……こう……理づめでこられると。確かに、あたしの性格からいって、あたしが婚約者殿のことを全然思いだしもしなかったのって、ちょっとおかしいような気もしてくる。

「で、決定打が、安川《やすかわ》信乃さんよ。信乃さんは、最初は、確実に、あなたに対して悪意を抱いていた。でも、実際に何回かあなたと会ったら……もう、あなたに悪意を抱けなくなった。それも、信じられないくらいの短期間に、ね」

……これは……反論の……余地がない。

「それに……実を言うと、状況証拠だけじゃ何だから、信乃さんがあなたのまわりを徘徊するのと時期を同じくして、テレパスが数人、あなたの動向をモニターしていたのよ。彼らは、全員一致で、どことは断言できないけれど、あなたの精神内容には一般的でない処がある、潜在的にＥＳＰ能力を保持している可能性は高いと思うって結論をだしたわ」

……。

「だからあなたには、〝感情同調〟っていう超能力がある。これは事実だと思うわ。ということは——あなたは、自分が相手を好きになれば、必ず相手からも好かれるって能力を持っているってことになる。……だから、銀河連邦を代表して、あるいは、全人類を代表して、お願いします。どうか、自分の能力をみがいて——どうか、エイリアンさんが人類を好いてくれるよう、わたし達のプロジェクトに参加して下さい」

☆

最後の台詞を、レイディは、まっすぐあたしの目をみつめ、とっても真面目な声音で——そして、とっても真面目な顔をして、言った。で——それがあたしの胸には、ずんときてしまったのだ。

レイディは、本当に、真剣だ。

勿論、レイディが全人類の代表って訳じゃないんだけれど、でも、人類の一員として、真剣に人類のことを心配している人間の一人として、レイディは、真剣に、あたしにこう依頼したのだ。

真剣にあたしに対して何かを依頼した人には。あたしは絶対、真剣に返事をしなくてはいけない。それは、人間として、最低の礼儀だ。

だから。

あたしは、一旦目を閉じ、自分の心の中にしずみこみ、真剣に返事をしようとして――そして。

そして、唐突に、気がついてしまった。

だって――ということは――太一郎さん！　太一郎さんはどうなるの！

★

あなたは、相手を好きになれば必ず相手に好かれる能力を持っている。

――あなたは、相手を好きになれば必ず相手に好かれる能力を持っている。

――――あなたは、相手を好きになれば必ず相手に好かれる能力を持っている。

さっきのレイディの台詞が、耳の中でがんがんひびいていた。

あなたは、相手を好きになれば必ず相手に好かれる能力を持っている。

〃感情同調〃――感情を、同調させる。

あなたは、相手を好きになれば必ず相手に好かれる能力を持っている。

太一郎さんは――太一郎さんは、本当にあたしを好いてくれたのだろうか？　太一郎さんは、本当にあたしが好きだから、あたしの恋人になってくれたのだろうか？

それとも。

――それとも、あたしが太一郎さんを好きになったから、それに同調して、太一郎さんもあたしを好きになってくれたの？

太一郎さんは、本当に、自発的にあたしのことが好きで、で、あたしを好いてくれたの？　それとも――あたしの能力が、無理矢理太一郎さんをしてあたしのことを好きにさせちゃったの？

それ、どこで区別がつくの？

どうすれば判るの？

太一郎さんは、あたしにそんな能力がなくたって、あたしのことを好いてくれたの？

太一郎さんは……太一郎さんは……ううん、太一郎さんだけじゃない！

レイディは、あたしがレイディのこと好きだから、あたしのことを好いてくれたの？

所長は、あたしが所長のこと好きだから、あたしのことを好いてくれたの？

麻子さんは、あたしが麻子さんのこと好きだから、あたしのことを好いてくれたの？

中谷君は、あたしが中谷君のこと好きだから、あたしのことを好いてくれたの？

熊さんは、あたしが熊さんのこと好きだから、あたしのことを好いてくれたの？

れーこさんは、あたしがれーこさんのこと好きだから、あたしのことを好いてくれたの？

その他、大学時代の友達は、高校時代の友達は、中学時代の友達は……みんなみんな、本当に、自発的に、あたしのことを好いてくれたの？　それともみんな、あたしのその能力とかのせいで、無理矢理あたしを好きにされちゃったの？

そんなのって……そんなのって……耐えられない！

そりゃ、好きな人には好かれたい。勿論、好きな人には好かれたいけど……でも、それって、〝自分がありのままに見たその人を自発的に好きだから、その人にも、ありのままに見た自分を自発的に好いて欲しい〟っていう意味であって――超能力だの何だので、無理矢理その人に好かれたいってことじゃ、ないんだ。それじゃ、好かれたってことにならないんだ！

それじゃ、好かれたってことに、ならないんだ！

……レイディが、あたしの特殊能力をあたしに告げるのをずっと嫌がっていた理由が、判った。

レイディの話を聞いてしまったら、今までずっと信じていた人が――太一郎さんですら、きっと信じられなくなるって言葉の意味が、今、判った。

信乃さんが、あたしのことを可哀想だって言った意味が、判った。

〝感情同調〟。

その能力を潜在的に持っている人間は、自分の好きな人みんなに好かれるっていう、とっても幸せな人間なんだろう。でも。

それを告げられてしまった人間は。

誰の愛情も、誰の好意も、決して素直に信じることのできない――およそ、世界で一番、孤独な人間になってしまうのだ。

そう。

だって、あたしってば、一人よ。

あたしは、たった一人で、この世の中にいる。

普通の人間は、信ずるに値する友達が一人でもいれば、自分のことをたった一人だとは思わないかも知れないけど――でも、あたしは、違う。

どんなにいい友達、どんなに信じられる友達が沢山いても、でも、その友達って、本当の友達なのかどうか判らないんだよ。こっちが勝手にあっちに好意を持っていて、で、あたしの特殊能力故に、あたしに好意を持ってくれた人なのかも知れないんだよ。

あたしは――この世界で――たった一人だ。たった一人、どこまでも広い宇宙の中で、ひざをかかえている女の子、それがあたしだ。あたしは、たった一人で、とってもさみしくて――

そして、とっても、哀しい。

人という字は、二つの線がお互いにささえあって、で、できているんだって。昔、そんな話を聞いたような気がする。

そうだよ。

人って、最低二人いるから〝人〟になれるんだよ。

たった一人じゃ、生きていることはできたって、〝人〟になることなんてできはしないんだよ。


なのに、あたしは、たった一人なのだ。

あたしが好きな人達。

あたしが嫌いな人達。

もし、あたしの〝感情同調〟っていう能力が本物であるならば、あたしにとって、世の中には、この、たった二つの人種しか、存在しないことになる。

で、あたしが好きな人達は、あたしのその特殊能力によって、まさに力ずくっていう感じであたしのことを好きになってしまい……あたしが嫌いな人達は。おそらく、あたしの性格からして、嫌いな人と積極的にお付き合いする筈ないもん、あたしの人生を、ただよぎってゆくだけの、決してあたしと深いかかわりをもたない人種になるだろう。

つまり、一生、あたしをとりまく人間関係は、全部あたしに対して好意的な人達で占められることになり——でも、それって、あたしの人柄のせいでも、あたしの人間性のせいでもない、ただ、あたしがそういう超能力を持っていたからっていうだけ！

そんなの――そんなの――持ってうまれた性格のせいで、まわりの人全部に嫌われまくっている人より、更に、更に、孤独で悲惨じゃない。

太一郎さん。

気がつくとあたしは、下唇をぎゅっとかみしめていた。かみしめる――喰い破る程、ぎゅっと。

太一郎さん。

何だかぬるぬるとしたものがあごの方へ伝わってきたのが何とも不快で、あたし、無意味に手の甲でそれを拭《ぬぐ》う。

太一郎さん。

今すぐ会って、二人っきりの処で、直接、聞きたかった。

太一郎さん、あなたがあたしを好きだって言ってくれたのは――あたしのことを恋人として扱ってくれたのは――本当に、太一郎さん本人が、自発的な意思で、あたしのことを好きになってくれたからだよね。あたしが――あたしが、太一郎さんに無理矢理自分のことを好きにさせた訳じゃないよね。

あごを伝う不快なぬるぬるしたものは止まらず、あたし、また手の甲でこするようにしてあごを拭い――ふと見ると、右手の甲一面に、赤いものが付着していた。手首あたりが一番濃くて、指のつけ根の方へむかい、苛々と、なすりつけられた赤いもの。なすりつけられた——これは、血かしら。あたしったらいつの間にか、下唇かみ破って……でも、痛みなんか、全然、ない。ぼんやりと、手の甲に付着しているのが血だとは判っても、出血しているから痛い筈だ、なんて連想がまったく働かない。

太一郎さん。

手の甲の血を見ても何を見ても、もうあたしにはこれしか考えられない。

太一郎さん。今すぐに会いたい。聞きたい。聞いて——そして、安心したい。

でも。

太一郎さん。

あたしは——あたしは——。

聞けないんだよお、そんなこと！

聞いたって……聞いたって……太一郎さん、あなたにだって、そんなこと判りっこないんだもの！

判りっこないんだ。

判らないんだよお、そんなこと！　たとえ太一郎さん、あなた自身だって！

〝感情同調〟。

感情を、同調させる。

二人の間の感情が、もしほんとに同調しちゃったのなら、あたしが太一郎さんを好きだからそれに同調して太一郎さんもあたしを好きになったのか、それとも、そういうこととは一切関係なく、太一郎さんがあたしを好きになったのか——太一郎さんにも、あたしにも、そして誰にも、判りゃしないんだよお！

口許の、ぬるぬるした感触は、まだまだ続いていて、半ばヒステリーみたいに感情が暴走気味になったあたしにとって、それってそろそろ耐えられる限界を超えそうになっていた。のであたし、苛々と、あごの方だけじゃなく、唇の方までふくめ、手の甲でまた拭う。と。

信じられない程の痛みを口許に、そして、それと同時に、何だか変な風にぶらんぶらんしている、さわるととっても痛いものの存在を手の甲に感じた。

何だか変な風にぶらんぶらんしている、さわるととっても痛いもの——やだ。やだ、あたしったら、激情の余り、いつの間にか、下唇の一部を噛み切っていたんだわ。噛み切られた下唇は、端の方でまだ顔面の皮膚にくっついていて——で、妙にぶらんぶらんして、そのくせ触るとやたらに痛いんだ。

太一郎さん。

あたし、あなたに、聞けない。あなたの愛情が本物かどうかなんて。だって……あなたにも、所詮気やすめ以上のことは言えない筈だし——だって、あなたにだって、結局本当の真実は判らない訳でしょ——判ってて気やすめ聞くのって、かなり辛い話ではあるし。

太一郎さん。

あたし、あなたに聞けない。

だって、気やすめを言われれば哀しいし――かといって、気やすめすら言ってもらえなかったら、もう、完全にあたし、どうしていいのか判らないもの。

太一郎さん。

本当に、心から愛してる、心から信じてる人なのに――今でも、彼の言うことなら大体何でも信じられるのに……でも。たった一つだけ、彼の愛情が本物かどうか、それを信じることができないだなんて……それも、あたしのせいで、あたしの持っている能力のせいで、信じることができないだなんて……あたし、哀しい。情けない程、哀しい。情けない程――ううん、情けない。本当に、完全に、情けない。あんまり情けなくって、涙が出ちゃう。

涙が出ちゃうよお……。

★

気がつくと、いつの間にかあたし、ソファの上に横にされていて、そんなあたしの両肩を太一郎さんがソファにおしつけていた。あたしの口許には、心配そうな顔のレイディが坐りこんでいて――口のあたりには、脱脂綿みたいなものが、厳重にはりつけられているみたい。

「本当に……真樹子、おまえがついていて、どうしてあゆみがこんなになるまでほっといたんだよ」

あたしの肩をおさえながら、眉根をよせて、太一郎さん、言う。

「ごめんなさい、わたしのミスよ」

レイディ、かなり沈んだ声。と、所長が。

「太一郎、無茶を言うな。今のあゆみちゃんが感情的に爆発したら、そばに人がいたからって彼女をおさえようがないっていうの、判るだろうが。現に真樹ちゃんがくる前、おまえの感情が爆発して、それにつられたあゆみちゃんの感情が爆発した時、あゆみちゃん自身の感情がおさまるまで、俺達、それにおまえ自身だって、どうしようもなかっただろうが」

太一郎さんの感情が爆発して、それに同調したあたしの感情が爆発って……あ、ひょっとして、麻子さんが泣き出しちゃった、あの時？　あの時、ひょっとして、太一郎さんの感情が、『あたしが可哀想だ』って理由で爆発しちゃって、それに同調してあたしも爆発しちゃって、同調ついでにあたりにいた人達全員をまきこんじゃって……で、麻子さんが泣き出したんだろうか。だからあの時——太一郎さんに同調していたからこそあの時、突然理由もなく哀しくなって、自分ではどう考えても哀しくなる理由が判らず、なのにこの感情は自分のものだっていう強い確信があったんだろうか。逆に言えば、太一郎さんの感情を、あれだけ強く、自分自身のものだって誤解できる程、〝感情同調〟って能力は、強力で自然なのか。

……あ。でも。待って。

なら。所長は、あの時すでに、あたしの能力について詳しく知っていたことになる。あの時の所長の態度。我にかえるとすぐ、太一郎さんをひっぱたいた。あれは、突然麻子さんが泣き出した理由——あたしと〝感情同調〟をおこした、そしてその基本となる感情は太一郎さんのものであるっていうこと——を知っていたからとしか、思えない。そして——そして！

太一郎さんも、あたしの能力について、知ってたんだ。だってあの時、突然所長になぐられた太一郎さん、素直に謝ったんだもん。

「らっれしょちょう、あらひろろうりょく」

だって所長、あたしの能力知ってたんですか？　それで——それで、そんな能力を持った子が、そばにいて、嫌じゃないんですか？

あたし、こう聞こうとしたんだけど、いかんせん、下唇がつれてしまって、音が無闇とかけてしまう。

「ああ、あゆみちゃん、あんたは当分しゃべっちゃいけない。……ま、質問にお答えするとね、知ってはいなかったけど、おおよそ察しはついていた。〝感情同調〟なんて言葉は思いつきもしなかったけど、あゆみちゃんに何か、とてつもなく特殊な能力があるって仮定した場合、あるとしたらそういうもんだと思ってたよ」

所長、こう言うとまずあたしににっこり笑いかけ、それから、何だか凄い形相であたしのことを睨んでいる太一郎さんの肩を、人差し指で軽くつつく。と、まずレイディ達が部屋から出てゆき、それから、更に三十秒程あたしをじっと睨みつけたあとで、しぶしぶ太一郎さんも部屋から出てゆき――最終的には、部屋の中には、あたしと所長の二人だけが取り残された。

「さて、と。……おおっと、あゆみちゃん、あんたは口きくな。黙ってなさいね」

こう言うと所長、あたしに手をかしてソファにすわらせてくれ、自分はちょうどあたしと向かい合う位置にある椅子にすわる。

「まず、注意だ。今日は何も食べるな。できれば、水も飲まない方がいい。しゃべるのも駄目。歯もみがかないように」

ま、この下唇の状態じゃ、しょうがないな。あたし、判りましたっていうかわりに、こくんと一回うなずく。

「ま、多分あんたは覚えていないだろうけど、医者がきて縫ってくれたんだよ、その唇。あとで病院までの地図を描いてあげるから、明日出社する前にそこへ寄るようにね。……あ、明日の朝も、歯をみがくなよ。医者に傷口みせて許可もらうまでは、食事もやめとけ」

お医者様にみてもらわなきゃいけないような怪我だったのか。

「医者もあきれてたよ。一体全体どういう状況下でどうすれば、こんな怪我ができるのかって。……でも、ま、嚙んだのが舌じゃなくてよかったけれど」

……そうか、そうだ。あのいきおいで舌噛んでたら……下手したら今頃、死んでたかも知れない。

「……と、まあ、この辺までが実務的な注意ね。で、ここから先は、俺の――いや、太一郎の――いや、俺のでもあるな、とにかく、俺達の意見だ」

所長はこう言うとたちあがり、ぽんぽんってあたしの肩を二度たたく。

「いいか、あゆみちゃん、気にするな。悩むな。自分の友達と――そして、自分を信じろ」

へ？　一瞬意味が判らずきょとんとしているあたしを、所長、まっ正面からじっとみつめて。

「俺達は――少なくとも、俺は、自分の感覚っていうものを信じている。で……ま、その、何だ、あゆみちゃん、俺はあんたのことが好きだよ。部下として、友達として、そして太一郎の未来の女房として。ま、太一郎みたいな男とくっついちまったのは災難だと思うけど、俺、あんたが義妹になるのに、何の異論も反対もない」

……。

「でね、俺がそう思ったのは、あくまで俺の感情でだ。あんたの特殊能力故にじゃないよ。これは、太一郎にしても、そうだと思う」

「！」

口をきくことができない分、全身全霊の思いをこめて、あたし、思いっきり、目で叫ぶ。

そうだったらどんなにいいか、そうだったらどれだけあたしが救われるか！

でも。
本当いって、そんなことって、所長にだって判らない筈でしょ？　それって、勿論、所長は真剣に本気で言ってくれてる訳だけど……でも、気やすめにすぎない訳でしょ？
けど。それが判っていても、なお。
そうだったら、どんなにいいか！　それが本当だと思わなきゃ、あたしには救いってものがない！

「いいか。俺は森村あゆみって女の子を知っている。俺の知っている森村あゆみって女の子は、たとえどんな能力を持っていようとも、どんな能力も持っていずとも、充分、好きにならずにはいられないいい子だ。森村あゆみがそういう子である以上、そして、俺が、太一郎が、それを知っている以上、あゆみちゃん、あんたの能力だの何だのは、俺達があゆみちゃんによせる好意とはまったく関係がないんだ。そんなことは問題じゃないんだ」

……そうであったのなら……本当に、そうだって思い込めれば……あたしはどれだけ救われるか……。

「それにね、あゆみちゃん。俺達は、森村あゆみって子を、とってもよく知ってるんだよ。今のあゆみちゃん、あんたは信乃さんだの真樹ちゃんだのに刺激され、やたら感情がたかぶっている。まあ、普通じゃない状態になっているんだ。そのせいで、あんたのその特殊な能力はやたら刺激に対して敏感に反応するようになっているみたいだけれど……けどね、普通の時のあゆみちゃんは、とっても節度のある人間だよ」

「俺がね、あゆみちゃん、あんたをいい子だって言うのは、確かにあんたが無類に素直でまっすぐないい性格をしているせいもある。けど、それと同時に、あんたは今時の人間には珍しく、礼儀だの節度だの自分の分てものをわきまえている、まっとうな人間だからだってこともあるんだ。……たとえばね、あゆみちゃん、うちの事務所の連中全員が出張中で、あんた一人しか残っていないオフィスで、偶然、太一郎の机の上に太一郎の日記がおいてあったとする。あんた、それを読むか？」

「……？」

読まないだろうと思う――ううん、読まないって断言してもいい。

そりゃ、読みたいよ、勿論。太一郎さんのことについては、何であれ、委細《いさい》もらさず知りたいって気は勿論するし、まして、その時期が、太一郎さんがあたしのことをどう思っているのか知りたくて知りたくてたまらなかった、まだ、太一郎さんと、友達より親しいけれど、でも、恋人ではないって時期だったとしたら――あたし、間違いない、太一郎さんの机と自分の机の間を、その日記が読みたいが故に、何往復だってしちゃうだろう。そのうちには、『ひょっとしてこれはあたしが読むことを期待して太一郎さんがわざとおいていった日記なのかも知れない』とか、『こんな時、素直にこれを読んじゃう方が、恋する乙女としては自然な行為なのかも知れない』だなんて、莫迦なことまで考えてしまうかも知れない。

でも。

でも、あたしは、断言できる。

たとえどんなにそれが読みたくても、日記の表紙を何度も何度もなでようとも、場合によっては日記にキスなんてしちゃうかも知れないけど——でも、あたしはそれを読まないだろう。

何故って。

まず、『それは絶対にしてはいけないことだ』って感覚があるせいで——でも、それだけじゃなくて。ううん、そんなこと、実は問題じゃなくて。

それをしたら、あたしは一生、自分で自分のことを嫌わなくっちゃいけなくなるからだ。

太一郎さんの心の中をのぞいちゃいけない、人の心の中をのぞくのは、とっても失礼な行為だ。

そういう思いと共に。どうしたってわきあがってきちゃうんだもの。そういう、最低の行動をとっている、自分の図が。

で、あたし、我慢できなくなっちゃうの。

そうよ。

あたしがあたし——森村あゆみである以上、あたしは、あたし自身に、そんな行動を許さない。あたしにだって——どんなに小さな虫にだって、プライドっていうものがあるんだもの、あたしは、絶対、自分自身のそういう行動を、自分自身に対して許せない！

「できないだろ。できない筈なんだ、そういう行動を、まっとうな人間は」

所長、こういうとちょっと上をむく。

「あゆみちゃん、あんたが太一郎の日記を読めなかった時の気持ちを〞矜持《きょうじ》〞っていうんだ。それは、まっとうな人間にのみ抱ける感情で、故に、俺は矜持を持っているあんたを、ごくまっとうな人間だと思うよ」

「……」

「実際、あんたはごくまっとうな人間だしね。でね、まっとうな人間には、〞節度〞っていうのがあるの」

「?」

「たとえあんたがどんな状況においこまれたとしても、あんたにどんな能力があったとしても、あんたは〞人間としてしちゃいけない〞って自分で思っていることはしないだろうよ。少なくとも、俺はそう信じてる。もし仮に、あんたがテレパスだったとして、自分で自分の能力をコントロールすることができれば、あんたは間違っても不必要に友達の心を読んだりしないだろう。それと同じでね、もしあゆみちゃん、あんたがその〞感情同調〞って能力をちゃんと自分でコントロールできるようになれば、あんたは、間違いない、不必要に人の感情に介入したり、自分の感情を人におしつけることはしないと思うんだ。……仮にね、今、あゆみちゃんが太一郎に片想いしてて、で、自分の能力を使いこなせるようになったからって、あんた、その能力で太一郎に無理矢理自分を好きにさせる？　させないだろ、絶対」

それはそうだろうと思う。だってそんなことしたら——何よりもまず、自分が惨《みじ》めだもん。

「ね？　俺はその点、まっとうな人間は、全面的に信頼してる」

でも。

以前のあたしって、そもそも自分の能力についてまったく知らなかった訳で——だとすると、無意識に、太一郎さんにあたしを好きにさせちゃったのかも知れないじゃない。それに——そうよ。感情が、完全に同調してしまった場合、あたし、自分の感情を太一郎さんにおしつけているって意識なしで、おしつけちゃう可能性だって、あるじゃない。——ううん、可能性が、あるんじゃない、そういう可能性の方が、高いのよ。

「それにね、無意識っていうのは、〝意識〟よりずっと、自分本人に忠実なんだよ。少なくとも俺はそう思っているし、精神分析やってる人間って、結構そんなこと言わない？　大丈夫だよ、自分で自分のことを信じなさい。あんたは、何か抑圧《よくあつ》されることがあって、で、〝まっとうな人間〟をやってるんじゃない、心底から、〝まっとうな人間〟なんだ。故に、あんたの無意識だって、大丈夫、まっとうな無意識の筈だ」

「……」

本当に、本当に、それを信じていいんだろうか。それを信じることがもしできるのなら——もしできるのなら——あたし、本当に救われるんだけどなあ……。

「ま、今はね、ファースト・コンタクトだの結晶みたいなエイリアンさんだの、いろんな話を聞きすぎて混乱してると思うから……とりあえず、一晩寝て、で、そのあとで考えてみなさい、いろいろと。……という訳で、あゆみちゃん、今日あんたはもう帰っていいから」

……確かに今日は混乱しすぎている、あたし。そう思い、所長のこの台詞にうなずきかけ、で、気づく。

えええ？

ファースト・コンタクト？

結晶みたいなエイリアンさん？

どうしてそんなこと、所長が知ってるのよ？　あの時、レイディ、あたしと二人っきりであの部屋にいたんだし、レイディ、あんなにしつこく銀河連邦のスペシャル・シークレットだって言ったのに。

そう、それに。

考えてみれば、あたしの〝感情同調〟って能力について、たとえどれだけ推測していたにせよ、所長がここまで詳しく知っている筈がない！

「……ああ、気がついた？　……あのね、うちの事務所を壊したのは、真樹ちゃんなんだよ」

「……？」

「真樹ちゃんが、うちの事務所のこと恨んでるとか、何の必要性もなく壊すとか、思える？

思えないだろう」

ま、そりゃそうなので、あたし、うなずく。

「でね、じゃあ何だって真樹ちゃんはあんなことしたのかなってつらつら考えてみた訳、俺は。で、判ったの。ああ、うちの事務所を建て直したかったんだなって」

事務所の再建設。確か、黒木《くろき》さんもそんなこと言ったような気がする。

「で、まあ、真樹ちゃんは、破壊活動した時の常として、ちょっとばかり多すぎる弁償をするだろ？ ま、今回のは、ちょっとばかりなんてもんじゃなかったけど」

こう言うと、所長、ウインク。

「だもんで、いろいろと設備を一新させてもらったんだ。いろいろと、ね」

いろいろと――たとえば、あの謎のビルにあったような、隠しマイクとかＴＶカメラみたいな……？ じゃ……じゃ、密談のつもりだったあたしとレイディの話って、みんなにつつぬけ？

「真樹ちゃんがあゆみちゃんを一定期間無意味に眠らせたって聞いて、実はほっとしたんだ。俺のカンもあながち捨てたもんじゃなかったなって。……言ったろ、真樹ちゃんはちゃんと筋を通す人だって。そんな重大な話を、あゆみちゃんの火星における保護者たる俺達に内緒で進める訳がない。とはいうものの、彼女の立場からいって、彼女が俺達に自分から話をする訳にはいかない。その点、こっちが勝手にそっちの話を盗み聞いたって格好にしとけば……ま、太一郎が、『大人の体面の理屈』っつって嫌がるのも、無理ないけどね」

……ということは、レイディ、あれだけスペシャル・シークレット、スペシャル・シークレットって騒いでおきながら……それがもれること、最初から承知――ううん、むしろレイディ側で仕組んだのか。

「とにかくあゆみちゃん、あんたはもう帰りなさい。完全に神経がささくれだってるみたいだから」

……ま、実際、そのとおりなんだけど……はたから見て、そうすぐ判る程、あたし、気がたって見えるのかなあ……。

そんなこと考えながらもあたし、もう何が何だか判らずに、とにかく所長に肩をおされたまま、ドアの方へむかって二、三歩足をすすめる。

「あ、太一郎にね、今日はあゆみちゃんを送らないよう、きつく言っといた。だからあゆみちゃん、悪いけど今日の帰りはあんた一人だ。……可哀想だけどね、ことこの問題に関する限り、決着は、どんな形のものにせよ、あゆみちゃん、あんたが一人で決めなきゃいけない筈だし……実際、今太一郎と二人っきりにはなりたくないだろう」

なりたくない、確かに。

でも、太一郎さんを問い詰めてみたい。問い詰めてみずにはいられない。――答のでない、あるいは、答が完全に気やすめだって判っている問いを。

だから、二人っきりになりたくない。

本当は、とっても、とっても聞きたいんだけど、でも、どうしても聞けない、けど、二人っきりになってしまったら必ず太一郎さんに聞いてしまうであろう、聞いてはいけない質問があるから——だから、本当は、是が非にでも太一郎さんと二人っきりの時間を持ちたいのに——太一郎さんと二人っきりになってはいけない。

あまりにも矛盾した、自分本人ですらどっちが本当なのか判らない気持ちにひたりこんでしまったあたし、とにかく所長の言うことがもっともなんだって思い込むことにする。

と。

「前にも言った。でも、もう一回、言っとく」

あたしの前に、所長が急にまわりこんできて、もの凄い小声でこう言った。

「覚えといて欲しい。俺が、あゆみちゃん、あんたにさっき渡したのは、〝事務所の鍵〟だ。そして、あんたがそれを持っていることを、俺の他は誰も——麻子ですら、知らない」

「……」

「何かあったらいつでもおいで。……あんたが持っているのは、俺の事務所の鍵なんだから」

PART V

お昼休みに

何日かぶりのわが家のドアの前で。あたしは、のろのろとバッグから鍵をとりだし、のろのろとそれを鍵穴に差し込んだ。と――と！

鍵を鍵穴に差し込んだ時に生じるかちって音と同時に、あたしの部屋の内側、ドアの内部から、ごそごそって音が聞こえてきたのだ。それと一緒に、みゃーみゃーって声も。

「バララップ！」

しまった！　バタカップ！　あたし、家を出る時には、まさか誘拐される羽目になるだなんて思ってもいなかったから、予備のエサとか予備の水とか、全然用意していなかった！　十日間眠っていたってことは、あたしがでかけてから今日で十一日目なんだろうか、十二日目なんだろうか、とにかくバタカップ、満足に食事もしていなければ、下手すると水も飲んでいないことになる。

鍵をあけたあと、その鍵を鍵穴から引っこ抜くのももどかしく、ドアをぶち壊さんばかりのいきおいで、あたし、ドアを開く。とにかくまずバタカップに水やって、充分水を飲んだあとで獣医さんに連れてって……ああ、ごめんねバタカップ、目がさめてすぐ、あなたのことを思い出してあげなくて。

ところが。ドアを開けた瞬間、あたしの足許に体を寄せてきたバタカップには、当然あるべき何日間も水もエサもなしで幽閉《ゆうへい》されていた疲れってものがまるで感じられないのね。ただ珍しく、あたしと何日もはなされていたさみしさだけを感じてるって具合に、いとも元気よくあたしの足許に甘えてまとわりついてきて。

「バ……バララップ?」

とにかく流しへむかってつっ走り、その辺のありとあらゆる食器に水を満たしてバタカップの口許に持っていってやろうと思ってたあたし、何だか妙に気が抜けて、玄関口でしゃがむと、まとわりついてくる白い猫を抱き上げる。

「おまえ……元気そう、れ」

抱き上げて目をのぞきこむと、バタカップは一心にあたしの手の甲をなめだした。ざらざらした舌の肌触りはまるっきりいつものバタカップのもので——どう考えても、十日以上、水を飲めなかった猫って感じじゃ、ない。ちょっと落ち着いて部屋の中を見回すと、台所の床におかれたバタカップ用のお皿には、キャットフードも水もちゃんと残ってる。

一瞬――ほんの一瞬、今までのことは全部悪い夢で、実はあたし、レイディに誘拐もされていなきゃ、〝感情同調〟なんて能力も持っていず、今日は勿論、朝、事務所に出勤して、今帰ってきた処だって幻想が心の中にうかび――次の瞬間、唇の痛みがその幻想をうちくだく。『バラップ!』なんてあんな大声で叫んじゃったから(あ、本人は勿論、『バタカップ!』って叫んだつもりなのよ)、また傷口がひらいちゃったんだ。

そして。あたしの誘拐が悪夢じゃないとすると、考えられる可能性は一つだけ。あたしは、スキンシップに飢えていたんだようとでも言いた気に体をすりよせてくるバタカップをひとしきりなぜたあとで、ダイニング・テーブルの上に視線を送る。と――やっぱり、律義にも、あるのよね。太一郎さんの置き手紙。

『俺のことを信じろとは、あえて、言わない。それよりまず、自分を信じなさい。

おまえはいい子だ。

山崎太一郎

あ、念の為に書いておくが、無断侵入したのは、猫をあずかりに来た時と返しに来た時の二回だけだぞ』
……下手に『俺は自分の意思でおまえを好きになったんだ』とか、『本当に愛してる』だなんて書いてない処が、いかにも太一郎さんらしいって言えば、太一郎さんらしい。だって、そうだよね、そんなこと何百回書いてもらっても、何千回言ってもらっても――所詮、それって気やすめにしか、ならないもん。そういう意味では、『自分を信じなさい。おまえはいい子だ』って言葉は、少なくとも気やすめじゃない分、適切だって言えば適切だし……何よりも、太一郎さんの誠実さを感じさせる。

でも。

そういうことを全部理解していても、一切《いっさい》納得していても。

あたしは――えーい、自分でも情けない、あたしってば何て情けない子になってしまったんだろう――気やすめでもいいから、今日だけでいいから、好きだ、愛してるって言って欲しかったんだ。本当はそうじゃなくても、『俺は自分の意思であゆみのことを好きになったんだ』って言って欲しかったんだ。

けど。

太一郎さんもあたしも、所詮気やすめでしかないって判っているメッセージが台所に残っていたら。今日はそれで救われるかも知れないけど、一晩寝たら、きっともの凄い自己嫌悪にみまわれるだろう。それもまた、判ってるんだ。

とすると結局、この太一郎さんのメッセージが、正解なんだ。

そんなことうだうだ考えて、いくら正解だって思っても、でもやっぱり『愛してる』ってメッセージが残ってなかったことが哀しくて、そんなこと哀しがる自分が情けなくて――あたしは、しばらく台所に立ちつくし、太一郎さんの置き手紙を握りしめ……それから、坐りこむともう一回バタカップを抱きしめて――みずからの感情の赴《おもむ》くままに、思いっきり放恣《ほうし》に、泣きじゃくった。

★

世の中には、恵まれているが故の不幸って、あるよね。

その晩、ベッドの中で。どうにも寝つけなかったあたし、そんなことを考えていた。

たとえば、無茶苦茶大金持ちのお嬢さん。彼女に求愛してくれる男性があらわれたとして――その人が、本当に彼女のことを愛しているのか、それともお金が目あてなのか、判んなくなることがあるかも知れない。なまじ二、三人、金目あての男性にばっかり続いてめぐりあっちゃったら、もう彼女、生涯男が信じられなくなっちゃうかも知れない。

たとえば、否《いや》でも応でも親の七光りを背中におっちゃう立場の人。お兄ちゃんなんか、そんなこと口にしたことなかったけど、案外悩んでいたのかも知れない。お父さんの会社にはいっちゃって、仕事ができようができまいが、とにかく将来の社長候補ってことになって――仕事ができない人だったら、そういうのって重圧以外の何物でもないだろうし、なまじ仕事ができる人だったら、自分の本当の実力っていうものに、いつまでたっても自信が持てなくなっちゃうかも知れない。

凄い美人であるっていうのも、案外悩みの種になるかも知れない。どこにいてもとにかく男の人の注目集めちゃうような人って、本当に愛している人と結ばれても、『この人はひょっとしたらあたしのうわべだけに魅かれているのかも知れない、だとしたら、年とって容色が衰えたらどうしよう』なんて悩んでいないとも限らない。

あたしの悩みも、他の人に話したら、そういう贅沢《ぜいたく》な悩みになっちゃうのかも知れない。

何もしなくても誰からでも好かれてしまう能力を持っている、特に、自分が好きな人には必ず好かれる能力を持っているだなんて――知らない人が聞いたら、きっと、うらやましがるんだろうな。片想いしている女の子や、あたしはみんなから嫌われるタイプだって悩んでる女の子にしてみれば、あたしの悩みなんて贅沢もいいとこ、そんなことで悩むだなんていい加減にしろってどなりたくなるようなものなのかも知れない。

好きな人に必ず好かれる能力を持っている、故に太一郎さんの愛情が信じられないって言って泣きじゃくるなんて――世の中の人、誰にも共感してもらえない感情なのかも知れないんだ。

そうかあ。恵まれているが故の悩みを持っている人って、その上更に、『他の人に話しても悩みに共感してもらえない』って悩みも、持ってるかも知れないんだ。だって、そうだよね、『家が裕福なのが悩みです』とか、『美人なのが悩みです』なんて言ったって、同じ悩みを持っている人でもなければ、共感どころか、逆に、悩みにかこつけて自慢してるんじゃないのって思っちゃうもん。

……妙だな。何でだろ。

そんなことをつらつら考えていたあたし、ふいにあることに気づいて、苦笑とも自嘲ともつかないような笑みをうかべてみる。

何か、今のあたしって、妙に冷静じゃない？　さっきまで、置き手紙と猫かかえて、さんざぎゃあぎゃあ泣いていたあたしと同一人物とは思えない程。

あれだけ泣いたから、いい加減、感情の波がおさまったんだろうか。それとも。

それとも、〝感情同調〟なんて能力に嫌気がさした余り、感情そのものをなくしてしまったんだろうか。

感情そのものがなくなっちゃったんなら……それも、いいな。

正気の人間の言い種《ぐさ》とはとても思えないようなことを、あたし、ちょっと考え――それから、また、にやっと笑ってみた。

昼の傷が痛んで、その痛みを感じている間だけちょっと、まずいな、この状態、完全に精神の平衡《へいこう》を欠いているって思いが頭をよぎったんだけど――痛みがおさまると、そんなことどうでもいいやって気分になってしまって。

何だか妙に常軌を逸《いっ》した、何もかもどうでもいいやって気分のまま、その晩、あたしは、眠りについた――。

★

次の日の朝、あたしは珍しく、目覚まし時計がなる前に自然に目をさました。まだ目覚まし時計がなってないと思うと、ついついいつもの習慣で、何となくベッドから出るのが勿体なくなり、ふとんの中から手だけを伸ばして、目覚まし時計をとりあげる。針に塗られた夜光塗料が示す時間は、まだ五時半。

ゆうべ、何だかんだでベッドにはいったのは、夜中の一時半すぎだったよね。それからかなりの間寝つけず――目がさめたら、まだ朝の五時半か。結局の処、ほとんど寝てないってことになるのかしら、あたし。

かといって、寝たりない、まだ寝たいって気持ちは、まったく、わきあがってこなかった。そしてまた、せっかくこんなに早く目がさめちゃったんだもの、何かしようって気持ちも。

そうか、そうだ。

ゆうべ寝る時思ったじゃない、あたしったら、やっぱり、感情ってものをなくしてしまったんだ。ゆうべあれだけ泣いたから、涙と一緒に感情って奴もどこかへ流れていっちゃって……そう思うと、ほら、太一郎さんのことを考えても何を考えても、もう哀しくも何ともない。

ごそ。

ベッドの中で、体の向きをかえた。いつもみたいに、部屋の天井を見て眠る姿勢から、ベッドをよせてある、部屋の壁と向かい合う体勢に。実の処、この壁と向かい合う眠り方って、ベッドの中で泣く時のあたしのいつものポーズなんだけど――やっぱり、わざわざ泣く為のポーズをとっても、涙は一滴だって、わいてきやしない。

目を閉じてみる。

不思議だな、何やってんだろあたしってば。まるっきり、実験しているみたいじゃない、果たして自分が泣けるかどうか。実験の結果なんて、最初っから判っているのに。――ほら、泣けやしない。

そのかわり。

目を閉じると、涙だの哀しさだのがこみあげてくるかわりに、胸のあたり、ちょうど心臓のある処が、妙にぽっかりと意識の中にうかんできた。

とくん……とくん……とくん……。

あれ、変なの、心臓を意識した途端、鼓動まで聞こえてくるような気がしてきちゃって。とくん……とくん……とくん……。本当に、聞こえてくるから不思議だわ。今まで、どんなにどきどきした時だって、そんなもの、こんなに明瞭《めいりょう》に聞こえたことなんてなかったのに。

とくん……とくん……とくん……。そら耳か、あるいは気のせいだって思っていたあたしの心臓の音は、何故かまったくとだえようとはしなかった。いつまでも、いつまでも、規則正しく聞こえ続けた。

心臓の音が、あんまりいつまでも、あんまりはっきり、あんまり規則正しく聞こえ続けるので。変な話だけどあたしは、妙な息苦しさを感じだしていた。あんまりにも規則正しく心臓が動いているものだから、何となくこっちも、規則正しく呼吸をしてあげなきゃいけないんじゃないかなって気がしてきて――呼吸なんて、日頃、意識してやってるようなもんじゃないでしょう？　だから、なまじ意識して、心臓二拍にあわせて一回呼吸、とか、心臓三拍にあわせて一回呼吸、なんてやると、それって不自然な呼吸法であるらしく、息苦しくなってくるのだ。なのに。あたし本人が、妙に息苦しく、規則正しい呼吸ができなくなってしまったっていうのに、あたしの心臓ったら、こんな局面下になっても、まだ、とくん……とくん……とくん……っていう、規則正しい鼓動を繰り返してる。規則正しい鼓動が聞こえ続けている。

何で聞こえるんだろう、こんなものが。感情がなくなると――心というものがなくなると、精神的な〃こころ〃がない分、肉体的な〃心臓〃ってものの存在がリアルになるのかしら。まさか、ね。でも、そうとでも思わなきゃ、何故急に、あたしの耳に鼓動なんかが聞こえるようになったのか、説明がつかない――あ。

あ。あれ。ひょっとして。

あたしは闇の中で一回ぱっちりと目を開き、それから思いきってふとんをベッドから蹴落とすと、そのまま起きあがった。するとやっぱり、あれだけ大きく聞こえ続けていたあたしの鼓動はすっぱり聞こえなくなり、あたしは、そのあまりの莫迦莫迦しさに、闇の中で、自分にむかって、小さく肩をすくめてみせる。

真相は、自分でもあきれるくらい、単純なことだったのだ。ベッドの中で、姿勢を変えたのが、鼓動が聞こえ出した原因。壁の方へ顔を向けたあたしは、必然的に左の耳と左のこめかみを枕におしつけることになり、こめかみの血管を流れる血液の脈拍が枕に伝わり、左耳全体が枕におしつけられているものだから、枕のほんのわずかの振動がとてつもなく拡大されて左の耳の鼓膜に伝わり――で、あの、普通だったらどんなにどきどきしている時でも聞こえない程の、大きくて明瞭な、とくん……とくん……とくん……って音になったんだ。

なあんだ、莫迦莫迦しい。

あたしは、雑念を払うように首を二、三回横に振ると、部屋の電気をつけ、洗面所へむかった。

別に感情がなくなったから急に心臓の音が聞こえ出したって訳じゃないって判っても――何の感慨も、おこらなかった。

★

病院に寄り、思いの外待たされたせいで、あたしが事務所にたどりついたのは、もうお昼近くになってからだった。途中で、やたら病院が混んでいるので予定よりずっと遅刻する旨、事務所に電話しようかと思ったんだけど、何せ、今のあたしはしゃべれない。それに、今日、病院へ寄ってから出勤するようにって言ったのは、他ならない所長だもん、少しくらい遅刻したって、心配なんかしてないだろうって読みもあったし。

ところが。何故だか知らないけれど、あたしのそろそろ昼休みに喰いこもうかっていう大遅刻、いたくみんなに心配をかけていたらしく、事務所についた途端、あたしのまわりに人垣ができてしまったのである。

「どうしたのあゆみちゃん」

「途中で何かあったのか?」

「医者は何て言ってた、その傷」

普段のあたしなら、この場の雰囲気を感じとった瞬間から、ああみんなあたしのことを心配していてくれたんだ、ありがたいな、連絡しなくて悪いことしちゃったなって感激にひたっちゃうんだろうけど——ま、今でも、そういう気持ちはあることはあるんだけれど——でも、そのありがたさや、悪いことしちゃったって感覚、いつもみたいにあたしの心の中で盛り上がらないの。ありがたいんだけど、悪かったんだけど、でも、面倒くさいやって盛り下がってしまう。

ま、一つには。あたし、まだなるべくしゃべるなっておお医者様から言われているせいもあるのかも知れない。いつもだったら素直に、『すいませーん、連絡しなくて』とか、『まだ当分しゃべれないんだって、うー、やんなっちゃうよお』みたいにリアルタイムで反応できるものが、一々、紙に書いて先方に見せるってワン・クッションおいちゃうと——どうもぎこちなくなっちゃうんだよね。

あたし、まず、所長に向かって一回頭を下げると、手近な机の上から紙と鉛筆をとり、こう書いた。

『すみません、病院に寄っていたので遅れました。お医者様の話によりますと、あと二、三日はしゃべらない方がいいそうです。そういう事情なので、御連絡もせず、御心配をおかけ致しました』

で、その紙を、所長をはじめ、みんなの間を見せて歩く。書いてあることは事実そのものだし、文章だって間違ってはいないんだけど——でも。やっぱり、一回紙に書いたせいか、それともあたしに感情ってものがなくなっちゃったって、この文章からでもうすうす判るのか、あたしのメッセージを読みおえると、みんな、何となく白けたような表情になる。

『レイディは、あのあと何か言ってましたか？　今日、彼女はこないんですか？』

昨日の今日でこういう質問をすると、余計みんな鼻白《はなじろ》んじゃうかなとは思ったんだけど、これって何より一番の関心事だったので、あたし、続いて紙にこう書くと、その紙を所長に手渡す。

「ああ、真樹ちゃん、ね。昨日の今日だし、あゆみちゃんも心の整理をするのに少しは時間が必要だろうから、一週間はあゆみちゃんの前にあらわれるなって言っといた」

と、案の定、所長は何だか妙な顔をしてこう言って、所長のこの台詞から、あたしがどういう質問をしたのか大体察しがついたらしいみんな、また妙に白けた雰囲気になる。

と、所長、そんな事務所の雰囲気をいつものものに戻そうとしてか、いやに明るく、あたしの肩をぽんとたたいてこう言った。

「さて、あゆみちゃんも無事だったことだし、仕事にとりかかってもらおうか」

☆

その日の午前中は、それっきり、まったく単調なまま、何事も起こらず終わった。あたしは極力何も考えないようにして、信乃さんの件がもちあがる前に作成していた報告書と、それに添付する必要経費の請求書を完成し、見事お昼休み前に、麻子さんからその書類にOKをもらってはなれ技《わざ》をやってのけたし。（元来ずぼらですぐ領収書をなくし、デスク・ワークが好きじゃないあたしにとって、一発で麻子さんのOKがでるっていうの、実に半年ぶりの快挙だった。）

そして、そうするうちに、お昼休みになったのだ。いつもだったらお昼休みって、三々五々、手の空いている人達で一緒にお店に行ったり、適当にとっているんだけれど、何故か、今日に限って所長、軽く手をあげてみんなを制して。

「ああ、悪い。ちょっと待って。……あゆみちゃん、あんたお昼は」

『栄養剤、三日分もらってます。食事は、まだ、やめといた方がいいそうです』

一々紙に書いてみせなきゃいけないんだから、うっとうしいことこの上ない。

「そうか。……じゃ、悪いけど、あゆみちゃん、みんなが食事にいってる間、留守番しといてもらえないだろうか」

『はい』

「つっても、一人で留守番も退屈だろうな……。じゃ、まず、熊さんと麻子、それに俺が食事にいかせてもらうよ。その間、悪いけどあゆみちゃんと太一郎と広明《ひろあき》、留守番しといてくれないか。俺達が帰ってきたら、太一郎と広明が食事に行くことにして」

「いいけど、何でだ？」

あたしも聞きたかったけど、一々紙に書くのも面倒くさいと思ってのみこんだ質問を、かわりに太一郎さんがしてくれる。

「ちょっとね、事情があって、ここ、無人にしたくないんだよ。事情はあとで説明するから。……ああ、熊さん、麻子、先に行ってて」

所長、こう言うと、何だか有無を言わせずって感じで、麻子さんと熊さんを追い出してしまう。それから、ふと思い付いたように、あたしの方を向いて。

「食事もさせないでこき使うみたいで悪いんだけど、あゆみちゃん、これ郵便局まで持ってってくれないかな」

所長、あたしに小包を渡す。ま、どうせあたしは食事をしないし、郵便局までは片道二分かからないし（うちの事務所がはいっているビルの三階にあるんだもん）、そのくらいのこと、やるのは全然面倒じゃなかったんだけど――でも。これから食事に行くんなら、所長が直接郵便局よればいいのに。

「ついでだ、あゆみちゃん、そこまで一緒に行こう」

で、次に所長がこう言って、あたしの肩をちょっとおしたんで、あ、これはひょっとして所長、あたしと二人っきりで話したいことがあるんだなってあたしもようやく判ったんだけど――でも、不思議だ。どうしたんだろ、所長。たかがそのくらいのことだったら、もっとずっとスマートにできる人の筈なのに、何だってわざわざ、こんな泥臭い演出、したんだ？

出ていきしなにふと見ると、どうやら太一郎さんも中谷君も同じことを考えているらしく、何だかしきりに首をひねっていた。

「さて、と」

玄関で靴を履く。前にも書いたことがあると思うんだけど、うちの事務所って、基本的な造りは、まったく個人の住宅用のマンションみたいで（実際、もうちょっと下の階には、店舗だの事務所だのもはいっているんだけど、このくらい上の階になると、個人の住居が大部分なの）、玄関までくると、太一郎さんや中谷君が今いる、オフィス部分はまったく見えなくなる。

「あゆみちゃん、これ何だか判る？」

靴を履きおえた所長、背広の内ポケットから、何故かとんでもないものを取り出して、それをあたしの目の前でひらひらふってみせる。

『はさみです』

で、はなはだ莫迦莫迦しいとは思ったんだけど、質問されたもんだからあたし、手帳に鉛筆でこう書くと、手帳を所長の目の前でひらひらふってみせる。けど……こんなもん、もし、常時所長が背広の内ポケットにいれているのだとすると……所長の背広、もの凄くいたむんじゃないだろうか。

「そう、はさみ。でね、このはさみでこの線を切ると」

所長、こう言いながら、玄関をでて、インターホンのコードをはさみで切ってしまう。

「一体どういうことになると思う？」

……どういうこともこういうこともない、誰か来客があっても、中にいる太一郎さんも中谷君も、まったくそれが判らないってことになると思う。

所長の、あまりといえばあまりに何考えているんだかよく判らない行動に、すっかりあっけにとられたあたし、紙にそう書いて所長に見せるのも忘れて、茫然とする。

「でね、更にこういうこともしてしまう、と」

所長、こう言いながら、事務所のドアに鍵をかける。……一体全体、所長って何考えてんの？

「大丈夫だよ、あゆみちゃん。別に誰も困らないから。太一郎と広明が外に出る気になれば、鍵は内側からだってあくんだもの、何の問題もない。麻子や熊さんが帰ってくる時には、どうせ俺と合流するんだ、俺が鍵を持っている以上、何の問題もない。あゆみちゃん、あんたには昨日、事務所の鍵を渡しといたよね、だから、あんたも別に不自由しない」

ま、そりゃ、確かにそうだ。でも……誰も不自由しないからって理由で、インターホンのコードを切っちゃうっていうのは、相当異常な行為だと思う。

「じゃ、ま、そういうことだから。小包よろしく」

で、あたしが茫然としてる間に、所長、一人ですっとエレベータ・ホールの方へ歩いていってしまい――所長は、あたしと二人っきりで何か話したいことがあるんだろう、目の前でこんな異常な行動をとった以上、当然事情の説明があるんだろうって思っていたあたし、莫迦みたいに一人ぽつんとドアの前に取り残される。
我に返ったあたしが慌てて所長のあとを追った時には、すでに所長をのせたエレベータ、おりていってしまったあとだった――。

★

一体全体所長のあの行動は何だったんだろうか。所長、あたしに何を言いたかったんだろうか。

郵便局までお使いに行って、また事務所のドアの前へくるまで、あたし、ずっと考えていたんだけれど――でも、全然、見当もつかなかった。勿論、頼まれた小包には、異常も、あたしあてのメッセージも発見できなかったし。

事務所の前まで戻ってきた時には、あたし、もういい加減に考えることそれ自体が嫌になっちゃってて――で、ついついいつもの習慣で、そのままドアをあけようとして、ふと気がついてハンドバッグ探る。インターホンを壊したのも謎ならば、勤務時間中に鍵をかけたっていうのも謎なのよね。えーと、こっちがうちの鍵で、こっちが昨日もらった事務所の鍵で……。

ところが。

昨日、あれだけしつこく、所長が〝事務所の鍵〟だって連呼したにもかかわらず――この鍵、はいんない、事務所の鍵穴に!

念の為、あたしは落ち着いて、もう一回、二つの鍵を見較べた。うん、間違いない、こっちはここ数年お世話になってる、あたしのアパートの鍵だし――こっちは昨日、所長からうけとった鍵。

で、更にあたしは念の為、〝事務所の鍵〟を、上にしたり下にしたり、いろいろなやり方で鍵穴につっこんでみたんだけれど――やっぱり、どうやってみても、この鍵、鍵穴にはいんない。

ということは――どういうことなんだろう。所長、あたしにわざわざ贋《にせ》の鍵を渡したんだろうか。おまけにあたしの目の前で、わざわざ事務所のインターホン壊して、鍵かけて。あの行動って、つまる処、あたしを事務所から閉め出す為のものだったの? まさかそんな――そんなことする人じゃや、ない。

そうよ、落ち着いて考えてみれば、すぐ判る。たとえインターホンが壊れていようが、鍵が贋物であろうが、この状態じゃや、所長、あたしを閉め出したことにならないんだもの。外から太一郎さんに電話して、これこれこういう事情で、今事務所にはいれないでいるっていうメモを見せれば、太一郎さんが内側から鍵をあけてくれるだろうし、ここで小一時間待っていれば、いずれ所長達、昼食から戻ってくる筈。したら所長だって、鍵をあけずに事務所の中にははいれまい。それに何より、あたしの左手は、あたしがその気になりさえすれば、ドアの一つや二つ、とっても簡単に壊せるのだ。

そう。それに何より。

あたしの知ってる水沢所長は、意味もなくこんないたずらやる人じゃないし、嘘をつく人でも、そうドジな人でもない筈だ。そんな所長が、あれだけしつこく、確認するように、この鍵を〝事務所の鍵〟だっていったんだから——答は一つ、この鍵で、このドアがあかなくても、これはやっぱり、うちの事務所の鍵なんだ。

するっていうと、論理的には、うちの事務所にはもう一つ、ドアがなきゃいけないってことになる。この鍵であく、ドアが。

ここのドアをあけると、玄関。玄関はいってすぐが、台所。台所には、三つドアがあって、玄関よりのドアをあけると応接室になる。奥のドアをあけると、あたし達の机がおいてある、いわゆるオフィス部分。応接室とオフィスの間に小さなドアがあって、そこをあけると、トイレとバス。以上がうちの事務所の間取りのすべての筈で、これらの中で、もう一つのドアがある可能性がある処って……。

あ。ちょっと待って。ちょっと今、何かが心にひっかかった。確かにあたしの知っているうちの事務所の間取りはそれで全部だけれど、今のうちの事務所には、もう一つ、部屋がある筈だ。ないとおかしい。つまり――所長が、レイディからもらったお金で、うちの事務所に隠しカメラをくっつけたんだとすると、そのモニターがある部屋。そういう部屋がなきゃ、あたしとレイディの話を、リアルタイムで所長達が聞ける筈がないんだ。

だとすると。その問題の部屋は、今までの事務所部分にはない筈だ。今の事務所は、レイディに壊される前と、みためは寸分変わらないように建て直されているんだもの、モニター室みたいな余計なものが割り込む面積はない筈。かといって、そううちの事務所から離れた処にそんなもん作れないと思うし……。

一番ありそうなのは、左右どっちかのお隣さんだな。所長の口振りから察するに、予算だけはやたらたっぷりあったみたいだから、左右どっちかの部屋を買ってモニタールームを作ったか、どっちかの家の一室を借りてモニタールームをおかせてもらっているか。更に贅沢を言えば、応接室もオフィスもドアにむかって左側の方にあるんだから、左隣がベストだろう。

そんなことを考えながら、うちの事務所の左隣へ行くと、そこは、どうやら個人の住居らしかった。『八雲　美那』って表札がでてる。で、さて、レイディがうちの事務所をぶっ壊す前、左隣は八雲さんってお宅だったか、つらつら考えてみたんだけれど……判らない。あたし、どっちかっていうと人なつっこい方だから、自分のアパート内では結構近所づきあいしてるんだけど、さすがに、勤務先のオフィスで近所づきあいしようだなんて思ったことないもん。

『八雲　美那』――やくも・みな、さん、ねえ。一番簡単なのは、人目がない時にすっとこの鍵でここのドアがあくかどうかためしてみることだけど、万一そんなとこ八雲さんに見られちゃったら……八雲さんに……やくも、さん？

やくも・みな。山崎太一郎の〝や〟、熊谷正浩《くまがいまさひろ》の〝く〟、森村あゆみの〝も〟、水沢夫妻の〝み〟、中谷広明の〝な〟。

所長ったら、偽名考えるにしたって、もうちょっとましなつけ方すればいいのに。

そんなこと考えてくすっと笑い、もうためらわず鍵を鍵穴に差し込んだ時。ふっと、所長が何考えてこんな偽名を思い付いたのか、判ったような気がして、胸がきゅんとなった。

これは、事務所の鍵。表札には、みんなの名前。

勿論、所長と麻子さんは夫婦だし、熊さんだって家に帰れば奥さんとお嬢さんがいるんだから、厳密に言えば違うんだろうけど、でも。でも所長、ひょっとしたら、おまえ達はみんな俺の家族だってつもりで、あんな名前を考えてくれたのかも知れない……。

PART VI
太一郎さんの思い

八雲《やくも》さんの部屋にはいりドアを閉めると、まず、あたしは電気をつけた。ここは完全に窓のない部屋で（というより、所長が多分、ぬりつぶさせちゃったんだろうな）、そうしなきゃ、一歩も歩けそうになかったからだ。

ところが。電気のスイッチと、その他もろもろのスイッチって、どうやらある程度連動しているらしく、部屋が明るくなるのと同時に、部屋のまっ正面にでんでんでんと鎮座《ちんざ》していた三つのモニターが一斉についてしまったのだ。

一番左のモニターにうつっているのは、うちの事務所の台所。真ん中のモニターは、オフィス。右端のモニターが、応接室。台所と応接室は当然無人だったんだけど、オフィスには、太一郎さんと中谷君の姿が見える。

「何やってるんだろう、あゆみは」

と、ふいに、おそろしい程近くで中谷君の声がして、あたし、思わずとびあがる。余程いいマイクを使っているのか、その声って、中谷君が目の前にいるとしか思えない程、くっきりと聞こえた。

「郵便局までおつかいだろ」

と、これもまた、驚く程鮮明な、太一郎さんの声。その声は——何だかかなり不機嫌みたい。

「にしては、いくら何でも時間がかかりすぎると思いませんか？　それとも、山崎先輩は、あゆみのことなんて、まったく心配する気がないんだろうか」

何だか中谷君の声もえらく不機嫌そうで……もっと言っちゃうと、あきらかに、太一郎さんにけんかを売ろうって感じがほの見えた。この二人……あたしの留守中に、何やってるんだろう。

「水沢さんも一緒に行ったろ。おまけにあの感じだと、水沢さんはあゆみに用があったみたいだ。遅いのは、そのせいだろうが」

「だって所長は麻子さん達と食事に行くって言ってたんですよ？　あゆみにどんな用事があったにせよ、そう麻子さん達待たせる訳にはいかないだろうから、当然、もう食事している筈だ。なら……とっくにあゆみは帰ってきたっていい筈だ」

「……何度も言ったろ。そんなにあゆみが心配なら、見てくりゃいいんだ」

げげっ。あたしの帰りが遅いんで、あの二人、けんか始めちゃったんだろうか。やばいな、こりゃ、一刻も早くここ抜け出して、その辺から事務所に電話して、『閉め出されちゃった』ってメモ見せなきゃ。

そんなこと考えて、あたしが八雲さんの家をあとにしようとした瞬間。

「俺が心配してんのはそんなことじゃないってことくらい、判ってるでしょうが！」

中谷君の、真剣に怒り狂った声が聞こえてきたので、あたし、思わずモニターに見入ってしまう。モニターの中では、いつの間にか中谷君が太一郎さんの正面にまわりこんできていて、中谷君、今にも太一郎さんのネクタイをひっつかまんばかりの形相で、太一郎さんをにらみつける。

「山崎先輩！　あんたは心配じゃないんですか、今日のあゆみが！」

「広明、落ち着け」

中谷君に喰ってかかられた太一郎さん、かなりむっとしながらも、それでも何とか自制して、中谷君の肩に手をおこうとする。ところが、完全に怒り狂っている中谷君、太一郎さんの手をばしっと払いのけてしまって。

「よく落ち着いていられますね、こういう状況で！　今日のあゆみ、あれは絶対、おかしかった。絶対、精神的に変調をきたしてるんだ！　あんたはそれで平気なんですか」

「誰が平気だって」

と、手を払いのけられた太一郎さんは太一郎さんで、そろそろ完全に堪忍袋《かんにんぶくろ》の緒《お》が切れかけているみたいで、こう言うと、嫌な目つきをして、ゆらりと立ち上がる。

「あんたがですよ、山崎先輩。あゆみをあそこまでおいこんだのは、あんただ」

「……んだとお……」

「何で一言いってやらなかったんです！　あんたが一言……あんたが、たったの一言、『俺は自分の意思でおまえを好きになったんだ』ってあゆみに言ってやれば……」

完全に逆上している中谷君、こう言いながら太一郎さんにつかみかかる。つかみかかられた方の太一郎さん、今にも爆発寸前なのを、必死になって意志の力で自制しているのが、その表情から見てとれる。

中谷君が太一郎さんのネクタイをつかみ、太一郎さんが何とか自分の感情と戦っている、無言の、でもやたら緊迫した、数十秒の時間が流れる。それから。

「……そんな言葉、何百回言っても無意味だからだよ」

何とかやっと自分の感情をおさえこむのに成功したらしい太一郎さんが、こう言いながら、中谷君の手を自分のネクタイからはずした。そのまま、くるりと中谷君に背をむける。

「無意味って、だって」

中谷君、太一郎さんの背中になおもつっかかる。

「そりゃ、そのくらいのこと、言おうと思ったら何回だって言ってやれる。心から——本心から、誓うことだって、勿論できる。けどな、あいつ本人が、自分の能力がどんなものであるか知っている以上……それは、どうせ、気やすめにしかならない」

「気やすめって……だって山崎先輩、あんたはあゆみを愛してるんでしょう」

太一郎さんが落ち着くと、中谷君も何とか自制心をとりもどしたらしく、多少落ち着いた声を出す。

「ああ、愛してるよ」

「それも……あゆみのその超能力とやらのせいで、無理矢理あゆみのことを好きになったんじゃない、本心から、あゆみのことが好きなんでしょう」

「……ああ」

「じゃ……じゃ、それ、気やすめでも何でもない、事実じゃないですか!」

「俺にとっては事実だ。俺の心のことは、誰よりも俺がよく知ってるからな。……でも……あゆみにとっては、気やすめだ。心なんてものは、つかみだして、ほら、この通り事実だろってやる訳にいかないから……あゆみが、俺のことを信じたくても、その証拠も根拠もない」

太一郎さん、こう言うと、くるっとふり返り、中谷君と向かい合う形で、またさっきまで彼が坐っていた椅子に腰をおろした。

「今問題なのは、たとえ俺が何千回、あいつにむかって『愛してる』って言ってやっても——あいつが、決してそれを信じないだろうってことなんだ。俺があいつにほれているのが事実であろうとなかろうと、そんなことは問題じゃないんだ。あいつが、俺の言葉を信じるかどうか、それが問題なんだ。……故に、今、いくらあいつに『愛してる』って言っても、それは所詮、気やすめにしかならない」

「でも……」

「それにまた、今、あいつが俺のことを信じられない、その気持ちも判るだろ。……これが借金だの何だのなら、いつ発生したのか、どうして発生したのか、どういう風に増えていったのか、どういう変化があったのか、全部、はっきり、証文でもなんでも見せて説明してやれる。……けどな、感情は、いつ発生したのか、どうして発生したのか、実の処《ところ》本人だってよく判らないうちに発生しちまって、増えてるのか減ってるのか、この先どういう風になるのか、本人にだってまったく判らないんだよ。俺だって、いつからあゆみのことが好きだったのかって聞かれても、とてもじゃないけど正確な返事はできかねるし、あゆみだってそうだろう。ましてあいつは今、そういう訳の判らない〝感情〟ってものが、果たして自分のものなのか人のものなのか、自分が人に影響を与えているのか人から影響を受けているのか、そんな基本的な処からして、判らなくなっている。その上……あゆみは俺の愛情を信じたがってる。だから逆に……あいつ、変なとこやたらと真面目だから……本心から、信じたがってるが故に、俺が何回愛してるって言っても、結局それが信じられないだろう」

「……ま……そりゃ……そうかも知れませんけど……」

中谷君、不承不承《ふしょうぶしょう》って感じで太一郎さんに相槌をうつと、太一郎さんと向かい合う位置の椅子に腰をおろす。

「でも……山崎先輩は、今日のあゆみの様子を見ても、何も感じなかったんですか？　……あいつ……目に、全然、生気がなかった。ひどい顔してた。俺とあゆみは、そう長いつきあいって訳でもないし、そう深いつきあいって訳でもないけど……俺、あいつのあんなひどい顔、初めて見た」

「俺だってそうだよ。あんなどんよりした目をするあゆみは、初めてだ」

「でしょう？　そうでしょうが。あんな——あんな、陸揚《りくあ》げされたまぐろみたいな瞳は、絶対あゆみの目じゃないんだ。あれを見て、あんな目をされて——先輩はそれで平気なんですか」

中谷君の台詞、何だか太一郎さんにからんでいるみたいだった。

「俺だってあゆみのあんな目は見たかないよ、正直言って。でも、あれは、あゆみの顔だ。どんな目つきをしようと、どれだけ目がどんよりしていようと、それはあゆみの問題だ」

「そこが判んないんですよ！　そこが嫌なんですよ、そこが耐えられないんですよ、俺！」

と、そんな太一郎さんの台詞を待ち構えていたように、中谷君、再び大声をあげる。

「そこでどうして先輩がそう落ち着いちゃうんですか！　確かに今度のことは、一から十まであゆみの問題で、他人が口をはさんでどうこうできることじゃないかも知れない。今、先輩があゆみに何と言おうと、それって結局気やすめでしかないかも知れない。けど、あいつは、かよわい、ちっちゃな女の子なんですよ！　山崎先輩、あんたが仮にもあゆみの恋人だっていうんなら、ここで救いの手をさしのべてやらなきゃ嘘です。そうでしょう？　じゃなきゃ、一体何の為の恋人だって」

「言っとくがな、俺はあゆみに何かあった時にそのカタをつけてやる為に恋人やってんじゃねえ」

「あんたはっ！」

がたんっ。中谷君、もの凄い勢いで坐っていた椅子からたちあがり、あおりをくらって、中谷君が坐っていた椅子、ひっくり返る。

「あんたは、どうしてそう冷てえんだよっ！　気やすめでもいいじゃないか、百回でも二百回でも三百回でも、あゆみが納得するまで『愛してる』って言い続けてやれば、いつかあゆみだってそう思うようになるかも知れないじゃねえか！　どうしてそのくらいのこと、してやらねえんだよ！」

中谷君、完全に、目が血走っている。

「仮にも恋人なんだろっ！　そのくらいのこと、してやったって、バチはあたらんだろうがっ！」

「確かにバチはあたらんかも知れんが、そんなことしても意味がねえんだよ」

一方、椅子に坐ったまま、じろっと中谷君をねめあげた太一郎さんの目つきも、お世辞にもいいとは言いがたく……。

「い……意味がないだとっ！　てめえがそれしてやるだけで、どれだけあいつの精神状態がよくなるか判んねえっつうのに?!」

中谷君、太一郎さんの机を、すごい音たてて掌《てのひら》でぶったたく。それと同時に、太一郎さん、ゆらっと立ち上がる。

「俺じゃ駄目なんだよ、残念ながら。俺がやるんで何とかなることならば、俺は百回だって二百回だって、『愛してる』ってあゆみに言ってやるよ。けど……俺じゃ駄目なんだよっ！　山崎っ！　てめえじゃなきゃ、駄目なんだよっ！　なのに……なのに、それを、意味がない、だと」

「言っとくがな、広明。俺は、今、かなり虫の居処《いどころ》が悪い。それ以上俺につっかかると怪我するぜ」

完全に頭に血が上っちゃってるらしい中谷君と、完全に虫の居処が悪いらしい太一郎さん、お互いにこう言いながら、机のそばから少しずつはなれ、そうあちこちにぶつからずともけんかができそうな空間めざして、ゆるゆると移動する。

「上等じゃねえか。できるもんなら怪我させてみやがれ。そっちは虫の居処が悪いのか知らんが、こっちは完全に頭にきてるんだ。どうしても、二、三発殴ってやらなきゃ気が済まない」

中谷君はこう言うと、上着を脱ぎ捨て自分の机の方へ放る。それに対する太一郎さんは、首を軽く右にかたむけ、鼻の頭にしわをよせて、黙って中谷君の行動を見ている。次の瞬間、中谷君は太一郎さんにむかってステップをふみだし――。

★

中谷君が太一郎さんにむかって右手の拳《こぶし》を繰り出した瞬間。思わずあたしはぎゅっと目をつむってしまい――その動作で、それまで喰いいるようにモニターをながめていたあたし、はっと我に返った。

わ、わ、わ、どうしよ、あたし、あたしがこんな処で油をうってたせいで、太一郎さんと中谷君がけんかはじめちゃったよお。

すぐに事務所に帰らなきゃ。すぐに二人を何とかとめなきゃ。

そう思いながらも――でも、あたし、その場を動けないでいた。ずっと目をつむったまま、更に両手で目をおさえて。何故ってあたしの脳裏には、まざまざとうかびあがってきてるんだもの、太一郎さんに一発でノックアウトされちゃって、床にはいつくばっている中谷君の姿が。そんなもの、見たくないし、見ちゃ悪いような気がするし……えーい、でも、中谷君の莫迦あ。虫の居処が悪い時の太一郎さんにけんかを売るだなんて、そんなの、自殺行為以外の何物でもないじゃないかあ。そのくらいのこと、うちの事務所にいるんなら、判りそうなもんじゃないかあ。

とはいうものの、そういつまでも現実から逃避して目をつむってもいられないので。たっぷり二十秒程そのままの姿勢を続けたあとで、あたし、おそるおそる、まず掌を目の上からどけ、ついで何とかまぶたをあけた。

と。不思議なことに、モニターの中では、男達二人、あたしが思わず目をつむる前とまったく同じ位置にただ立っていたのだ。やがて、更にしばらくして、太一郎さんが当惑したような声をだす。

「広明、おまえ一体何やってるんだ。かかってくるならかかってこいよ。殴る真似だけしといて、途中でやめるっていうのは、一体全体どういう料簡《りょうけん》なんだ」

と、中谷君、何故かがくっとうなだれ、「虚《むな》しいからやめた」と一言いうと、そのまま自分の机に戻り、机の上でほおづえついてしまう。

「……考えてみると、実に、虚しい。ここで俺が山崎さんぶちのめしても、あゆみに恨まれるだけで何のいいこともないじゃないか。山崎さんのあゆみに対する態度が冷たいからって俺が山崎さんぶちのめしても……それでもあゆみはそんな山崎さんがいいんだろうし、山崎さんでなきゃ駄目なんだろうし……それじゃ、俺、まるっきり莫迦じゃないか」

「悪いな」

太一郎さんもこの中谷君の台詞ですっかりけんかする気をなくしちゃったらしく、自分の机に戻ると、中谷君にちょっと頭をさげてみせる——って……えええ? 何なの、今の会話、今のやりとり。ひょっとしてこのやりとりって……。

「あー、嫌だ嫌だ、この自信過剰男。どうしてそこですぐ『悪いな』って返事がでてきちまうんだよ。あゆみが自分以外の男にかたむく可能性なんてまったくないって確信できるのかよ」

「ああ」

太一郎さんはいともあたり前のこと聞かれたって感じで軽くこう答え、中谷君は更に鼻白んだような表情を作って……ええええ？　あ、あの、今の文脈とニュアンスから判断すると、ひょっとして中谷君ってあたしのこと……。

「まったく……参った。そうなんだよな、山崎先輩っていうのは、そういう人なんだよな……」

ほんのわずかな時間で、山崎先輩——あんた——山崎——てめえ——山崎さんって、太一郎さんに対する呼び掛けをくるくる変えた中谷君、また最初の〃山崎先輩〃って呼び掛けに戻ると、大仰にため息をついた。

「まったく……あゆみが山崎先輩の半分でもいいから図々しかったら、〃感情同調〃がどうのこうのってああまで悩まなくったって済んだだろうに」

「図々しいんじゃない、相応の自信を持ってるだけだ」

太一郎さん、軽く片眉をあげて、中谷君の台詞を修正する。と、中谷君、ちょっと肩をすくめて、皮肉っぽくこう言う。

「じゃ、せめてあゆみが先輩の半分でも、〃相応の自信〃を持ってりゃよかったんだ。山崎先輩の半分でも自信を持ってりゃ、たとえ〃感情同調〃なんて能力があっても、ああまで悩まなくて済んだでしょうが」

「そうだな」

太一郎さん、中谷君の皮肉めいた台詞に簡単に同意し、その上、こんな風に話を続ける。

「ま、俺があゆみなら、少なくともそんなことじゃ悩まないよな。そんな能力があろうがあるまいが、そんなこととはまったく関係なく、自分は人に愛されるに値する人物だって思ってるもの」

「おーお、自信過剰」

「とは思わないけどな」

中谷君のいれた半畳《はんじょう》を、意外にも、真面目な表情で、太一郎さん、否定する。

「あゆみに必要なのは、結局それだよ。さっきおまえ言っただろ。ゆうべ一晩かけて、俺がずっとあゆみに、『愛している、本当だ、これは間違いなく俺の意思だ』って言い続ければ、いつかあゆみだってそれを信じるようになるって。……俺も、実は、そう思う。そうしてやりゃ、あいつだって、あんな死んだような目をしなくったって済んだ筈なんだ。でも……それじゃ、根本的な処で、まったく解決になっていないんだ。あゆみが、根本的な処で、自分の能力とおりあってゆく為には、自分に対する絶対的な信頼、過剰な程の自信が必要なんだ」

「でも……」

太一郎さんの台詞が、彼にしては珍しく、ずいぶん真剣なものだったので。中谷君も、ちょっとずりさがってきていた眼鏡をおしあげると、真面目な表情になる。

「でも、そんなこと、可能なんだろうか……」

「可能だろうが不可能だろうが、そうするしかないんだよ。それに、広明、正直に言ってみろ。俺とあゆみとじゃ、どっちが性格いいと思う」

「そりゃ、あゆみですよ、悪いけど」

「悪かないよ、別に。そのとおりなんだから。……じゃ、次に、どっちがより人に好かれると思う？」

「それも、あゆみ」

「どっちが見ず知らずの人に対して親切だと思う？」

「あゆみ、ですね」

「で、どっちがよりいい人間だと思う」

「あゆみ……ですねえ」

「だろ？　じゃ、俺とあゆみで、理論的に言えば、どっちがより、自分は愛されるに値する人間だって自信を持っていい筈だと思う？」

「そりゃ……理論的に言えば、あゆみの方がずっとそういう自信を持ってしかるべきなんだろうけど……でも、そういうのって、理論じゃなくて性格の問題だから……」

「性格云々っていうのは、この際ちょっとおいといて、とにかく理論的には、あゆみは俺より自信過剰でいい筈なんだ。で、その、あゆみより自信がない筈の俺ですら、これだけ自信を持っているんだもの、あゆみが俺程度の自信を持つのが不可能ってことはないだろう」

「そりゃ……ま……あくまで理論上はそうでしょうけど……でも、理論だけで言えば、山崎先輩がそこまで自信過剰でいられる方が、どっちかっていうと理論的におかしいというか……」

中谷君は、何だか口の中でもごもごとこんなことを言う。ところが、太一郎さんはどうやらそんな中谷君の台詞を全然聞いていなかったらしく、中谷君の台詞がとぎれる前から、表情をかなりかたくしてしゃべりだしてしまう。

「ま、そんな、どっちがより自信を持てるかだなんて、言葉上のお遊びは、どうでもいいんだ。とにかくあゆみは自信を持たなきゃいけないんだよ。……俺はあゆみって人間をよく知ってるから、二、三日時間をもらえれば、今まで、あゆみは俺達に対して、そう影響があるような形で〝感情同調〟って能力を使ってないって納得させることはできると思う。でも……やっぱり、それは、結局その場しのぎだし……」

「どうしてですか？　少なくとも、自分が人に好かれるのは、決してその特殊能力故《ゆえ》じゃない、そんなもんなくったって、充分自分は人に好かれる人間だって心底あゆみが思えれば——それだけだって、ずいぶんあいつ、救われるんじゃないですか？」

「一時的には、な。……ん……ああ、それでか。それでおまえ、今日やたらじろじろあゆみのこと見てたのか」

太一郎さん、こう言うと、ふいに中指をぱちんとならし、中谷君、何だか妙に赤くなってあらぬ方をむく。それから、あきらめたようにため息一つついて、ちょっと拗ねたような口ぶりで。

「そうですよ、そんなこと考えてたから、今日、俺は玉砕《ぎょくさい》覚悟であゆみにうちあけようと思ってたんですよ。……俺は、ずっとあゆみにほれてたって。あゆみが俺に対してそういう感情を持っていないのは明白なんだから、俺があゆみにほれてるって事実は、あいつにとって、二つの意味で救いになるんじゃないかと思って。……一つには、あゆみは、そんな能力を使わなくたって、充分男にほれられるだけの女だってことが証明できるし、もう一つには、あゆみの〝感情同調〟って能力、まだ全然、たいした力を持っていないんだってことの証明にもなるし。もし、あゆみが、山崎先輩も含め、事務所の連中全員と、無意識にしろ本当に〝感情同調〟してたんなら、俺があゆみにほれるなんて事態は発生しっこないし、万一発生した場合も、すぐにあゆみは俺の気持ちに気がついていた筈だ。俺があゆみにほれてしまい、なおかつあゆみがそれにまったく気がつかなかったってことは、言い換えれば、木谷さんに刺激されるまでは、あゆみの能力はずっと埋もれたままだったか、あるいは、すでに存在していたにせよ、他人に積極的に影響を与える程強い能力じゃなかったってことになる。故にあゆみは、山崎先輩とのことについて、何も悩む必要はない。——以上、証明終わりってね」

「ま……ありがとよ。そこまであゆみのこと心配してくれて」

「お礼なんて言わないでください。……俺は、最初っからあきらめちまってて、勝負に参加していないとはいえ、一応、立場としては恋敵《がたき》になるんだから——そんな人にお礼を言われても、嬉しくも何ともない。……それにしても、俺、自分のことを考えれば考える程、あゆみの〝感情同調〟って能力、信じられなくなるんですよ。仮にもそんな能力を持っている人間が、何だってこんな近くにいる俺の気持ちにまったく気がつかなかったんだろうって」

こういうと中谷君、ちょっと肩をすくめて——それから、ぎょっとしたような顔になり。

「そういえば……山崎先輩は、俺の気持ちが判ってもまったく驚きませんでしたね。ひょっとして……うすうす、察していた、とか……」

「うすうす察するも何も……ま、その、広明が精一杯隠していたのは認めるけど……正直いって、うちの事務所で、あゆみに対するおまえの気持ちにまったく気がついていないのは、当のあゆみ、ただ一人だと思う」

「……そんな気がしてたんだ」

で、男達二人、同時にかなり大きなため息をつく。それから、太一郎さん、気を取り直したように。

「ま、あゆみの鈍さ加減はちょっとおいといて——とにかく、あいつにとっては、今が正念場で、今が大事なんだ。たとえば、今、俺が三日くらいかけて、〝俺を信じろ〟って説得したり、おまえがその秘めた恋の話なり何なりして——今までの、俺達のあゆみに対する感情が、決してあゆみの特殊能力のせいで発生したものじゃない、俺達の、心の底からの、真実の感情なんだってことをあゆみに納得させたとするだろう。でも——確かにそれで、あゆみも一時は救われるだろうし、あんな死んだ魚みたいな目つきにもならずに済むだろうが——でも、それだけじゃ、駄目なんだ。所詮、その場しのぎの気やすめにしか、ならないんだ」

「何でです」

「あいつがまだ生きてるからだよ。……今、俺とおまえの二人がかりで、今までに発生した感情はすべて、あゆみの能力のせいじゃないってあゆみに納得させたとするだろう？　でも——あゆみの、〝感情同調〟って能力が完全に発現したら……それ以降に発生したり、継続しているあゆみに対する好意について、あゆみは一々悩まなきゃいけないってことになる。……この先、あゆみは、新しい友達一人作るごとに、『この人のあたしに対する好意は云々』って悩まなきゃならんだろうし、俺との関係が続いている限り、俺はあゆみとどんなささいなけんかもできなくなる」

「一回でもけんかしたら、その仲なおりのあとずっと、あゆみが、『太一郎さんがあたしと仲なおりをしたのは本当にあの人の意思なのかしら、ううん、その前に、本当はあの人、あのけんかの時点であたしから心がはなれていっちゃったんじゃないかしら、それが今でも続いているのは、やっぱりあたしの能力のせいじゃないかしら』だの何だの、ぐてぐて悩むだろうから?」

中谷君、あたしの口真似《くちまね》をして、こう言う。

「そう。……ありそうな話だろ」

「充分あり得る話です。……そうか、それがある以上、今までのことを説得できても意味がないのか」

「あいつが、心から、〃感情同調〃って能力を、自分の一部だとして許容しない限り——過去のあいつに対する感情を、どれだけ正当化できても、意味はないんだ」

太一郎さん、こう言うと、軽く自分の眉間をおさえる。中谷君も、つられて似たようなポーズをとり——そして。

「……でも……俺としては、やっぱり、気やすめでもいいから、あゆみに、今までのあいつに対する感情はあいつの能力故じゃないってことを納得させてやりたい。だって……せめてそのくらいのことをしてやらないと……〃感情同調〃を自分の一部だと許容することなんて、できっこないような気がする……」

「できっこなくてもしてもらわなきゃ困るんだ。……じゃないとあいつは……一生、本当に、孤独だ。結局誰も心の底から信じることのできない、世界で一番孤独な人間になってしまう」

太一郎さんと中谷君、しばらく二人して黙りこむ。それから太一郎さん、長い長いため息とともに。

「……結局、あいつが自分で自分を信じるしか——たとえ、〝感情同調〟なんて能力があっても、そんなことでゆるぎもしない程、自分で自分のことを信じるしか——どんな能力があろうとも、あたしはこれでいいんだ、あたしは人に好かれるに値する人間なんだっていう自信を持つしか、根本的な解決策は、ないんだ。……だから、俺は、今、あいつに、自分を信じろとしか言ってやれない。今、下手にあいつを甘やかして、過去のあいつに対する愛情を信じさせてやったって——一時はそれで救われるだろうけど、あいつに未来がある以上、それだけじゃ、駄目なんだ。今、ここで、あいつが自分自身に対して、確固たる自信を持ってくれないと……」

「判ります、言ってることは。……でも……」

中谷君も、ひどく長いため息をつき——それから、恨めしそうな表情になり、太一郎さんをみつめる。

「でも……よくそこまでのこと、あゆみに要求できますね。俺なら……あいつが可哀想で可哀想で、とてもそんなこと、要求できない」

「俺だって、したかないさ。あゆみにあんな目をされてみろ。俺だって、気分がいいとはお世辞にも言えない」

「……もっとも、まあ」

中谷君、再び軽くため息をつくと、今度は苦笑いをうかべて。

「どんな過酷な要求をしたって、要求するってことはあゆみがそれを達成できるって信じてる訳だ」

「俺だけじゃないぜ、水沢さんだって、真樹子だって、信じてる。……そんな能力、持って生まれちまったあいつも勿論悲惨だろうが――ただ信じて待つだけのこっちだって、充分悲惨だって気もする」

男達二人は、共にため息まじりの苦笑をうかべると、どちらからともなく視線をそらし、太一郎さんは壁を、中谷君は床をみつめだした――。

☆

「変な処《ところ》変な風に要領のいい男だな、太一郎っていうのは」

聞くともなく、太一郎さんと中谷君の長いやりとりをずっと盗み聞きしちゃって、あんまりいろいろなことを言われすぎ、あんまりいろいろなことを思いすぎ、ただただぽかんとして部屋の中にたちつくしていたあたし、うしろから急に、マイクがひろってきた音じゃない、生身の人間の声を聞かされ、思わず背筋をびくんとそらせる。今の声……所長？　所長ったら、何でこんな処にいるの？　いつからあたしのうしろにいたの？　それに……あたしにこんな処の鍵渡して、あんな会話盗み聞きさせて、所長ってば、所長ってば、一体何を考えてんのよ！

いろいろ言いたいことがあるのに、でも、口をきくことができず、欲求不満の苛々した表情であたしがうしろをふり返ると、両手に一つずつ、きれいなピンクの液体をいれたグラスを持った所長、あたしの表情なんてまったく意に介してないって感じで、あたしにグラスを一つ差し出した。

「液体だから怪我にさわることもないだろう。……そう凄い目つきをしてないで、ま、一口飲んでごらん」

こう言うと所長、あたしの右手にグラスを一つおしつけ、自分は残ったグラスの中身をおいしそうに一口飲んだ。

「今朝ね、あゆみちゃん、あんたが事務所にでてくる前、太一郎も広明も、凄まじいばかりに血走った目をしていたんだよ。あゆみちゃんがでてきたあとも――ま、あゆみちゃん本人がまともじゃなかったからね――二人そろって、ずっと苛々しまくってて。だからあの二人を、二人だけで事務所においとけば、苛々の余りけんかでも始めて、その最中に太一郎がちょっとでも自分の真情を吐露《とろ》するんじゃないかと思ったんだよ。あんたにしても、面とむかって太一郎にいろいろ言われるのより、こうしてはからずも太一郎の真情を聞いちまった方が素直に太一郎の言うことを信じられるだろうと思ったんだが……あいつ、変な処変な風に要領いいよな。ここまで完璧に太一郎の思っていることが聞けるとは思わなかった」

「……」

混乱してしまった、あたし。こんな時、何て言ったらいいんだろう。言いたいことは、とっても沢山ある筈なんだけど、何もかも、あまりにも混沌《こんとん》としていて、どう言葉にしていいのか判らなかったし――何より、あたしは、今、口をきけない。

所長を、なじりたかった。あたしに盗み聞きをさせたっていうのも口惜しいし、あんな話聞かされてもどう対処していいのか判らないし――でも、考えてみれば、おぜんだてをしたのは所長でも、それにのっかって盗み聞きをしてしまったのは、他ならないあたしなんだから、所長をなじるのはおかど違いだって気もするし。

所長に、感謝したかった。こうでもしてもらわなきゃ、あたしは、太一郎さんがどんな思いで『自分を信じろ』とだけしか置き手紙に書かなかったのか、結局判らなかっただろうし――でも。太一郎さんの真意が判った今でも、あたしは、そんな自信を持てるとは思えない。そんなこと考えると、むしろ、知らなきゃよかったって気もするし……。

嬉しかった。太一郎さんが、あれだけ何回も、あたしのことを好きになったのは自分の意思だって言ってくれて、本当に嬉しかったし、救われたような気がする。でも、太一郎さんの言うとおり、過去のことについてあたしが救われたとしても、それって結局その場しのぎにすぎないんだ。あたしには、これから先、未来っていうものがあるし……今までの、あたしへのみんなの好意を、仮に、全部、あたしの能力とは関係ないものなんだって割り切ることができたとしても、未来まで、割り切りつづける訳にはいかない。

嬉しかったし、驚いたし、今まで気がつかなかったのが申し訳なかった——中谷君の気持ち。言われてみれば、思いあたることもない訳じゃないんだ。事務所の中で、あたしと太一郎さんのことを、ひやかしたりからかったりするのは、そう言えば中谷君だけだったし……。でも、そんなこと知っちゃうと、これから先、あたし、どんな顔して中谷君に会ったらいいのか判らない。

太一郎さんが、レイディが、所長が……あたしを信じて、あたしが〝感情同調〟って能力を自分の一部だと思える日が来るのを待つって言ってくれるなら、あたしは何とかして、その期待に応えたいと思う。信じて待ってるって言われれば、それは本当にありがたいし、こんなあたしでも信じてもらえるっていうのは、ほこらしいことではある。でも——正直言って、そういう期待って、肩の荷が重いっていうか、あんまり期待して欲しくないっていうか……。

ありとあらゆるそんな思いが、一斉に、どれもこれもごたまぜで、あたしの心の中で騒いでいた。だからあたし、混乱してて、だからあたし、言いたいことが沢山あるのに何も言えなくて……。

「どれ」

所長は自分のグラスの中のピンクの液体を飲み干すと、あたしのあごに指をかけ、あたしの顔をあおむかせた。そのましげしげあたしの顔をのぞきこんで。

「さっきに較べれば、ずっと目が生きてるな。悩んだり傷ついたりするのは、あゆみちゃんの自由だけど、もう二度と、今朝みたいに、疲れ果てて虚脱した、心をどっかへおっことしてきちまったみたいな顔をするなよ。悩むのは苦しいかも知れんし、傷つくのは辛いかも知れんが、どうでもいいやって物事を投げちまうのは、逃避以外の何物でもないからな」

それから所長、あたしの右手からグラスをもぎとり、もう一回、グラスをあたしにおしつける。あたしはつい、両手でそのグラスをうけとっちゃって——そのまま、一息に、中の液体を喉の奥へと流しこむ。と——液体が通過した順とは逆に、まず胃の中、そして食道、次に喉が、まるであの液体が導火線でも作ったかのように、ぽっぽっぽっとあつくなる。

「あんまり感情を抑圧してるとよくないよ。ぱっと発散しちゃいなさい、ぱっと」

こう言うと所長はぽんってあたしの背中をたたき——ひえー、所長ったら、あたしに何を飲ませたのよお、これ、口あたりはいいけど、もの凄く強いお酒じゃないのお——あっという間にアルコールが体中にまわってしまったあたし、たたかれた拍子に足許がふらつく。

「それに……まあその、何だ、あゆみちゃんがここまで静かだっていうのも不気味だから……今日はもう、帰って寝なさい。明日も明後日も——とにかく、口をきいていいって医者が言うまで、事務所の方は休んでていい。そのかわり、宿題だ。休んでる間に、頭の中を整理しなさい。そして——考えてみな、いろいろと」

完全にお酒が足許にきて、あやうくひっくり返りそうになったあたしを、間一髪《かんいっぱつ》、所長、何とかだきとめてくれる。それから、あたしの顔をのぞきこむようにして。

「考えて——何とか、心の中で、決着をつけなさいね。太一郎の言ったとおり、あいつも俺も真樹ちゃんも——あんたが、自分の能力をうけいれて、精神的に立ち直るのを——信じて待っているんだから」

所長……。

あたし、所長にすがりついて、何か言ったかも知れない、言わなかったかも知れない。この辺は、もう、はっきりしない。

ただ、覚えているのは。

お酒が昔のことを思い出させたのか、それとも、また感情ってものが戻ってきてくれたのか、感情がどこかへ行ってしまった筈のあたし、ひたすらわあわあ泣きじゃくったのだ。感情がなくなった人間は泣けない筈なのに——ひたすら、わあわあ、泣きじゃくったのだ。そして、そのまま、泣き疲れて寝入ってしまい……。

眠り込む寸前、所長の、「普段飲んでないとまあ、よくまわるもんだ」って、あきれたような声を、かすかに覚えている……。

★

目がさめると、あたしは自分のアパートの自分の部屋の自分のベッドの中にいた。何だかやたらと喉が渇いていて——うー、完全な二日酔いだ——、起き上がったあたし、とにかくよろよろと洗面所へ行き、台所からコップを持ってくるのももどかしく、蛇口から直接水を飲んだ。あまりにもたて続けに水を飲んだので、いささか息苦しさを感じ、あたしは洗面所の壁によりかかると、少し荒い呼吸をする。そのうちに段々頭がはっきりしてきて——同時に、胸が少し、痛み出してきた。ありがたいことだと言うべきか——言うべきなんだろうな——昨日は確かになくなっていた筈のあたしの感情、どうやらまた、あたしの心の中に戻ってきたみたい。

ため息をついて、頭をぐるっと何回かまわす。こきこきこきって凄い音がして、相当肩がこっているらしいってことが判った。それから、鏡の中に視線を移す。髪の毛がぼさぼさで、何だか情けない、泣き笑いのような表情をうかべている自分の顔が、鏡の中にあった。

顔を洗い、髪の毛をとかし、服を着換え、ある程度人心地《ひとごこち》がついてからバタカップにエサをやる。バタカップは飼い主の精神状態なんかまるで気にしていないらしく、いつものようにぺろっとキャットフードをたいらげ、甘えるようにあたしの手の甲をなめた。

ね、どうしようか、バタカップ。

まだ口をきく訳にはいかなかったので、心の中で、こうバタカップに聞いてみる。

お酒の力を借りて一晩ぐっすり眠ったら、驚く程素直に、太一郎さんの言うことが納得できたのだ。レイディが、あたしに、〝感情同調〟の話をした時は、とにかくあたし、取り乱してしまっていたし――まず、何はさておき、太一郎さんがあたしを好きになってくれたのは、彼の自発的な意思なのかどうかが気になった。確かに、それは勿論、とっても大きな問題ではあるんだけれど――でも、根本的な問題じゃ、ないのだ。それは、言うなれば、まだあたしの力が顕在化していない過去の問題であって、これから先もあたしが生きている以上、一番問題にしなければいけないのは、あたしの能力がコントロール可能になった、未来のことである筈。

たとえばバスケット・ボールをやっているとして。これまでずっとあたしは、身長も、身のこなしも普通だし、手は二本、足だって二本でプレイに参加しているつもりだった。ところが、プレイのまっ最中、突然、実はおまえは身長が三メートルもあり、手も四本あるんだよ、バスケットのルールとして、最初の二本の手でボールを持って走ってはいけないけれど、あとから発見された二本の手でボールを持って走るのは自由だよって言われたようなものじゃない、今のあたしの状態って。身長は何メートル以下じゃなきゃいけない、とか、三本目、四本目の手を使ってはいけないってルールがバスケットにない以上、この場合、あたしのやってることって、決してルール違反ではないけれど――でも、どう考えても、フェアじゃない。とはいうものの、実際あたしの身長が三メートルある以上、それは今更どうしようもない。

対人関係って場において。誰にでも無条件に好かれてしまうっていうのは、バスケットにおける三メートルの身長にあたるし、〝感情同調〟って能力は、三本目、四本目の手に相当するだろう。確かにルール違反ではないけれど――でも、あきらかに、フェアではないもの。

過去、あたしは、自分でも知らないうちに、三メートルの身長、三本目、四本目の手を使って、シュートしてた。今からそれをふり返って、悩むことも反省することも勿論必要だろうけど、でも、より大きな問題は、これから先もあたしはプレイを続けてゆくってことの筈だ。今更普通の身長に戻ることは不可能だろうし、余分な手だって、切りおとしてしまうって訳にはいかない。

太一郎さんは——そして、所長は、レイディは——あたしが、〝感情同調〟って能力を、自分のものだって許容することが必要だと言う。それは確かにそうだろう。あるものは、もう、どうしようもないのだ。だとしたら、あたしの精神の正しいあり方は、『身長が高すぎるのも手の数が多いのも、フェアじゃない、フェアじゃない』って悩み続けることじゃなくて、『あたしはこうなんだから仕方ない、かくなる上は、この身長とこの手をいかして、いかに有利にプレイを続けてゆくか』ってものである筈。〝感情同調〟って能力について悩むことじゃなくて、これがあたしって人間なんだって、〝感情同調〟能力を自分の一部だと認めることである筈。

でも。

言われたことは判る、今更自分の能力をどこへも捨てようがないんだってことも判る、だとしたら、自分で自分の能力を許容するしか道はないんだってことも判る、でも。

でも。そんなことって、許されるんだろうか。あたし一人が、対人関係って場において、そんな能力持っていていいんだろうか。いや——仮に、いいとしても。あたし、自分で自分に対して、そんなずるを許容できるんだろうか。していいんだろうか。そんなことしていいって自信を、抱いていいんだろうか。

抱けっこ、ない。

悩む暇も何もなく、とにかく結論だけが、まず、でてしまった。あたしにはそんなこと——たとえ太一郎さんに、所長に、レイディに、どれだけ期待されようと、どれだけ信じてもらっていても——できる筈がないのだ。

結論の、まったくでない重たい心をかかえたまま——所長に言われた宿題を果たすどころか、そんな宿題できっこないっていう絶望だけが心の中を占めてるんだもん——事務所へ行くこともできず、あたしは、何となく、バタカップをバスケットにいれ、ぶらぶらと外へでていった——。

★

何の目的もなく、行くあてもなく、ただ、ぶらぶら歩く。

そういう、いわば散歩に、火星という星はまったく適していなかった。どこへ行くにも、およそどんな小道にも、ムービング・ロードが完備されており——この街では、人間は、自力で歩くことすらできないのだ。そりゃ、ムービング・ロードの上を更に歩くことだってできない訳じゃないんだけれど、それって遅刻しそうな時にあたしがいつもやることで——まったく急いでもいなければ行くあてすらもないっていうのに、遅刻の時と同じ行動をとるのは、莫迦莫迦しくってできなかった。

昔、似たようなこと、したことがあったっけ。バタカップをバスケットにいれて、目的地も何もなく、ただぶらぶらと街の中を歩くっていう奴。『通りすがりのレイディ』事件の時。

おかしな話よね。あの時は、レイディの命がまさに風前の灯《ともしび》で、あたしだって安川さん一派に見つかったらいつ殺されるか判らないって状況で——あの時のあたしの精神状態、あの時はあの時なりに、逼迫《ひっぱく》していた筈なんだ。レイディがどこにいるのか判らず、ただただレイディのことだけが心配で、あれ以上悪い状態はないんじゃないかって精神状態だった筈なんだ。なのに、今では、あの時が、むしろなつかしい。あの時の状態、今の状態に較べたら、悩みなんて何もないようなもんだとさえ、思えてしまう。

いっそ、また、あの時みたいに、TV局でものっとって、全国ネットで叫んでみようかな。『私こと森村あゆみは、これこれこういう能力を持っています！』って。だって、そうでもしなきゃ——そうでもしないと、あたし、これから先の人間関係で、際限なく、ずるをしてしまいそう。あたしがそんな能力を持っているって知って、近付いてくる人がみんなあたしのことを色眼鏡でみたり、そもそも気味悪がって、誰もあたしに近付いてこなくなっても、それはそれでいいような気がする——ううん、その方が、むしろいいような気さえ、する。それに、そうでもしなきゃ、あたし、新しい友達なんて、作れっこない。作っちゃ、いけないんだ。だってあたしは、人間関係の、きわめて基本的な処でずるしてるんだもの……。

せんじつめれば、罪悪感、だ。あたしの今の気持ち。

バスケット・ボールの試合で、仮にあたしが身長三メートルあるとしたら。あたしは、ジャンプなんてする必要、まるでないんだ。あたしは、ただ、あたしの身長って要素があるだけで、いとも簡単にシュートを決めてしまうことができる。何故って、身長三メートルのあたし、そのままゴールに手が届くんだもん。

けど、それは。たとえルール違反でなくても、あたしが悪いことしてるって訳ではなくても……でも、ずる、なんだ……。

★

ムービング・ロードが流れるままに、しばらくあたし、それに身をまかせていた。と、やがてあたしがのっているムービング・ロードは、自然公園にいきついた。

ま、こんなもんよね。

自然公園の前でムービング・ロードをおり、あたし、ため息ともつかないようなため息をつく。

そうよね、自然公園かドームの外か——ムービング・ロードがなくなる処って（言い換えれば、人間が自分の足で歩かなきゃいけない処って）、このくらいしかないよね。ま、ここまできたんだもん、歩いてみましょうか、自分の足で、自然公園の中を。

公園の敷地内に植えられているのは、主に、桜とくちなしと寒椿《かんつばき》だった。いくらバイオ・テクノロジーの成果とはいえ、年中咲いている桜だのくちなしだの寒椿っていうのは、かなり興趣をそぐなって思いながらも、あたし、のんびりと公園の中を歩く。

桜は八分咲き、くちなしは今が盛り、寒椿はぼてっと花弁をひろげてる。季節感ってものを、おそらくこの公園の設計者は、全然考えていなかったんだろうなあ。桜の木の下には、何故かたんぽぽとコスモスが同時に咲いてるし。

地球に、帰りたいな。

ふいに——ここ何年も思ったこともない感慨が、心の中にあふれた。

地球は——日本は、やっぱり、何だかんだいってもいい星だしいい国だわ。だって、日本なら、桜は春に咲くし、くちなしは初夏だし、コスモスとたんぽぽが同時に咲いたりなんか絶対しないもの。

桜が春に咲こうが秋に咲こうが冬に咲こうが、あたしの〝感情同調〟って能力と、そして今の悩みにはまったく関係ないと理性では判るんだけど——でも、何故か、この時のあたし、地球がたまらなく恋しかった。春に咲く桜が、秋に咲くコスモスが、たまらなく見たかった。そういう、自然っていうか、あたり前のものを見れば、少しは感情的にましになるんじゃないかって気が、どうしてだか、した。

毛虫は、どうしてるんだろう。

ふいにあたし、妙なことを思い付いてしまい、心の中でくすっと笑う。

桜って言えばすぐに毛虫って単語を連想する程、桜に毛虫はつきものだった筈。日本における春、桜の花が満開の中でもりもり食事をした毛虫は、やがて蛾《が》になるんだけど……こんなに、常時、春だろうが夏だろうが秋だろうが冬だろうが関係なく、順番に花をつけている桜並木の下では、毛虫は、一体いつ生まれ、一体いつ蛾になるんだろう。それとも、この自然公園の樹木は、みんなちゃんと管理されてるから、最初っからやたら殺虫剤ぶっかけられて、そもそも毛虫なんて発生しないんだろうか……？

嫌だ。

自分でも無茶苦茶なことを言ってるとは思ったけど、でも、あたし、嫌だ、そんなの。毛虫のいない桜なんて、そんなの、桜じゃないもの。そんな桜、あたしは桜だなんて認めてあげないもん。

こういうのを、やつあたりって言うんだろうな。自分で言ってて、自分ではっきり判った。あたしの精神状態が、ちょっと出口がないようなものだから、まったく関係ない桜なんかにあたってるの。でも――ま、他の人だの動物だのにあたらない分だけ、桜にあたっているのはましかな。第一あたしはまだ口がきけないんだもの、桜だってあたしにやつあたりされてるの、判らないだろうし。

そう思ったら。俄然、意欲がわいてきた。そうだよね、どうせ桜には自分がやつあたりされているのって判らないんだもん、こうなったら、目一杯桜にやつあたりしてやろう。うん、そうよ、毛虫がいない桜なんて、桜じゃないもん！　たとえどんなにきれいに咲いてたって、あたし、そんなもの桜だなんて認めてあげないもん！　でもってその場合、この花は間違いなく、梅でも桃でもないんだもん、桜であるってあたしが認めなくっても、この花は他の花になりようがないんだもん、そうなったらこの花は、自分が何であるのか、そもそもこの世に存在しうる何物でもなくなっちゃうんだもん、ざまあみろってんだ！

十五分くらい、無言で、ただただ嫌な目付きして、桜を心の中で責める。ふん、あんたなんて、桜じゃないんだもんね、桜の類似品だもんねえって。そして――十五分も、そんなことを考えていたら……いい加減、自分でも、何だか莫迦莫迦しくなってきた。どんなにあたしが桜を心の中で責めたって、実際、とんでもない季節に咲いている桜だって、毛虫がいなくったって、これってやっぱり桜なんだし、落ち着いて考えてみれば、少なくともこの桜には何の落度もないんだもん、そんなことばっかりずっと考え続けている自分が、まるっきり莫迦のように思えてきて。

そうだよね。考えてみれば、この桜は何もあたしに対して悪いことをしてないんだし……そうだ。むしろ、考えてみれば、この桜、可哀想な桜だったりするんだ。

だって、ねえ。春だけじゃなく、夏にも秋にも冬にも咲いちゃうのって、何もこの桜の意思って訳じゃない、ここにこの桜を植えた人の考えの筈だし……大体、そうよ、もっと落ち着いて考えてみれば、火星に住んでて、春だの夏だのもないもんだ。

春夏秋冬。それって、地球の――ううん、もっと正確にいえば、あたしの思ってる春夏秋冬って――地球の日本の、特殊気象条件の筈よね。火星にはそもそも日本みたいな四季なんてない筈だし――そうだ。大体、火星って、人間が手をくわえなければ、人間が住むことさえできない星の筈じゃなかったっけ。

そう思うと。ここの桜もここのくちなしもここの寒椿も、みんなみんな、可哀想よね。大体が自分の意思で、故郷たる地球を捨ててここへ来た訳じゃ勿論ないし、そもそも植物の種だの苗木だのに移動したいって意思があるとは思えないし、結局、こいつらってみんな、人間の勝手な意思によって、火星だなんていう生まれもつかない星へ移植されちゃった、いわば被害者の樹木な訳じゃない。

そうよ。もっとじっくり考えると、もっともっとずっと、桜にやつあたりしちゃいけないって気がしてくる。

だって。だって、ここの桜って、おひさまを直接浴びたこと、ないんだ！

おひさまに、直接、会ったことがない——直接、おひさまの光を浴びたことがない。

それって——植物にとって、一体、どれ程までの、不幸なんだろう。

植物は——少なくとも、地球上の植物は、みんなみんな、おひさまの恵みをうけて生長する。太陽があるから、植物は生きてゆける。けど。

火星の植物は、直接太陽にあたる機会なんて、まるっきしないんだ。火星の気象は、全部人間が管理していて——ううん、それよりも前に、火星の都市は、全部が全部、みんな厚いドームに覆われていて、直接、太陽の光を浴びることなんてない筈なんだ。

ごめんね、桜さん。

心の中で、あたし、桜に対して謝る。

ごめんね、確かにあんたは四季を問わずいつでも咲いているかも知れないけど、毛虫がいないかも知れないけど、でも、それって、考えてみれば、全部人間のせいだったりするんだよね。あんたのせいじゃないいんだよね。

あんたってば、あんたってば、おひさまの姿を直接見たことがない、可哀想な桜なんだよね。

おひさま——太陽。そう、太陽。

桜もくちなしも寒椿も、そして人間も。

地球で生をうけ、地球で育った生物は、みんな、みんな、太陽の恩恵をうけている筈なんだ。太陽がなきゃ、そもそも生命なんて発生しなかった筈なんだ。

すべての基本はおひさまで、なのに、この火星では、直接おひさまを見ることができないんだ。

おひさま。

そんなことを考えていたら、今度は何だか急におひさまが見たくなってきた。地球の、日本の東京で見た空は、いつもどんよりしていて、おひさまはスモッグの中でおぼろげに明るい存在だった。(それに大体、東京って天までそびえるような、やたら巨大なビルばっかりたちならぶ都市でしょ、そもそも空自体が、ビルの屋上だの何だのっていう、ちょっと特殊な処でしか見られなかったから、正直言ってあたしには、東京で、空とおひさまをしみじみ見たっていう記憶が、あんまり、ないの。)子供の頃、田舎で見た空は、何だか信じられないくらい青くって、曇りだの雨の日じゃない限り、おひさまは妙にくっきり見え——空は灰色で、おひさまっていうのはスモッグの影でかすれているものだって思っていた子供の頃のあたしは、何だかそのおひさまの姿が、あまりにあからさまなような気がして、ちょっと不気味に思ったものだった。

火星では、おひさまはどんな風に見えるんだろう……?

今は、休暇中だもんね。おまえのやりたいようにさせてあげましょ。桜にやつあたりしたくなったらやつあたりさせてあげて、おひさまが見たくなったら見せてあげて。

あたし、心の中で、自分で自分にむけてこう呟く。そりゃ、人間って確かに自分に対しては甘いものだけれど、この時のあたし、甘いだけじゃなく、何だかとっても自分に対して優しくなっていた。あたしが——せめて、あたし本人ぐらいが、自分に対して優しくなってあげなきゃ、今のこの状況ってあんまり救いがないって気もしてたし。

で。あたしは、この火星で、おひさまを見にいくことにしたのだ——。

PART VII

おひさまに会いたくて

火星で直接太陽を見る。

これって、思いの外、やりにくいことだったのだ。

最初、あたしはごくごく素直に、火星の都市はすべてドームで覆われている、故におひさまを直接見ることができない、ということは、逆に、ドームの外へさえでてしまえば、誰でも簡単におひさまを見ることができるって思っていたのよね。で――それは、確かに真実だったんだけど……でも、そう簡単にいかないっていうのも、事実だったのだ。

ドームの端々《はしばし》にはエアロックつきのゲートがあって、勿論そこからは簡単にドームの外へでることができるんだけど……むずかしいのは、そのゲートを通る為の理由。普通の人の普通の用件では、火星政府、ゲートを通ることを許してくれなかったりするの！　ま、一般庶民が趣味でドームの外を自由に歩きまわった日には、それこそ不慮の事故が多発して、火星政府としてもやっていられないような状況になるんだってことは判るんだけど……でも、ここまで規則がかたくなだと——一個人としては、もうどうしようもないみたい。

合法的にゲートを通ってドームの外にでる為にはたった二つの理由しか許されていないのだ。

そのうち、一つは、学術調査。火星の地質調査だの、火星原産の微生物の有無だの、あるいは火星の天然の環境下における地球の生物の成育具合だのって調査は、確かに、火星のドームの中にいたんじゃできっこない訳だし、火星政府もそれは許しているみたいなのね。でも——勿論、調査の許可をとる為には、ちゃんとした大学だのシンクタンクだのの身分証明書が必要で、そんなもん、あたしが持っている訳も不正入手できる訳もないし、それより何より、その手の調査は、申請してからそれが受理されるまで、どんなにちゃんとした大学の証明書があっても、二ヵ月から三ヵ月かかるのが常識だっていうんだから、も、何をかいわんや。

そして、二つめ、これはもっともぐりこめる可能性がない、レスキュー活動。火星の近所で宇宙船エトセトラが事故にあい、火星に不時着した可能性があったり、どこかの都市で大火か何かがあって、不可抗力で市民がドームの外へでてしまったり、その他もろもろ、ドームの外で緊急事態が発生した時、レスキュー隊は当然何の許可もなく、ドームの外へでられるんだけれど……そもそもそんなもんにあたしがまぎれこめるとは思えないし、何より、レスキュー隊を出動させる為には、不測の事故がおこらなきゃいけないんだもん。そんなもん、あたしがおこせる訳もおこしていい訳もないじゃない。

ま、とはいうものの、これって建前《たてまえ》だっていうことも、判ってはいるのね。

『通りすがりのレイディ』事件の時、あきらかに、安川さん一派は、ゲートを一つ、自由に使っていた。だから、結局、ある程度以上の賄賂《わいろ》さえ用意できれば、誰でもいつでもゲートを通ってドームの外にでられることは確実なんだろうけど……あたしが、ある程度の額の賄賂を用意するだなんて……これ、どう考えても、あたしが大学の身分証明書を偽造するより、不測のアクシデントをおこすことより、むずかしそうじゃない。

で。かくて。

おひさまを見たい、それも直接見たいって思ってから、すでに二日も、あたし、どうしようもなく、わが家とお役所の間を行ったり来たりし続けていたのだ……。

★

三日目の朝。あたしは、お役所に文句を言いに行く前、ふと思い付いてマスクをはずしてみた。下唇を自分で噛み切るなんて暴挙をして以来、とにかくずっとしていたマスクをはずせるのって、それだけでも快感だったりしたし——何より。

自分で自分の怪我の程度を見極め、にやって鏡の中のあたしに笑ってみせる。

もう、大丈夫。

この程度の傷なら、あたし、しゃべることができるかも知れない。

試しに、「いー」とか「けー」とか、怪我をしている唇に負担がかかるような声をだしてみたんだけれど、うん、大丈夫。ちゃんとみんな発音できる。別にそう痛くもないし。これで、少なくとも石頭のお役人さんと、筆談《ひつだん》で交渉をするっていうわずらわしさからは、解放された訳だ。(とにかくノー一点ばりの相手に、自分でもちょっと無謀かなって思っているような用件を、このおしゃべりなあたしが、全部筆談でしなきゃいけないっていうの——これはもう、やってみなくちゃ判らない、ほとんど拷問なみの苦痛だった。大体、お役人さんたら、めんどくさくなると、あたしが書いた紙、読んでもくれずにつっ返してくるんだもん! しゃべれさえすれば、いきおいと大声で、少なくとも相手の注意をこっちへむけることくらいはできるのに、筆談でこれやられると、も、どうしようもないんだよね。)

それから。お休みをもらう前の所長の台詞を思い出して、ちょっと胸が痛む。本当だったらあたし、口がきけるようになる前までに、〃感情同調〃能力のことを何とか自分の心の中で整理してなきゃいけない筈だったんだよね。それに——お休みって、確か、口がきけるようになるまでだったと思うし。

けど。あたしはまだ、全然〃感情同調〃を自分の能力の一部として容認なんてできてないし——それに、何より、あんな拷問みたいな状態で二日もねばったんだもん、もうあたし、何が何でもおひさまが見たいって、感情的に盛り上がっちゃってる。

所長には悪いけど、でもどうせ、こんなふっきれていない気分で出勤してもこの間の二の舞いだろうし……あたし、自主的に、もう一日、お休みを延長させてもらうことにした――。

★

おしゃべりあゆみさんをなめてはいけない。

昨日まで、ただただおし黙って、執念深くメモ用紙を差し出すだけのあたしの相手をしていたお役人さん、今日もあたしが役所へ行くと、真剣にうんざりって表情になったんだけど――でも、そこはかとなく、あたしをみくびっているような風情があったんだ。あたしはどうせしゃべれないんだし、てことは、あたしが差し出すメモ用紙さえ黙殺《もくさつ》すれば、話はそれで済む筈だって感じで。

でも、今日のあゆみさんは今までのあゆみさんとは一味違うんですからね。何よりもしゃべれるようになったんだし、なまじ今まで、ずっとだんまりを義務づけられていた反動もあって、まだ怪我が完治した訳でもないのに、マシンガンみたいにぽんぽんぽんぽん台詞がでてきちゃう。

「ですから、あの、そういう特例を認める訳にはいかないんです」

お役人さんの台詞、段々悲鳴じみてくる。

「でも、あたし、知ってるんですよ。例のティディアの粉の一件の時、あの安川さん一派は、完全にゲートを一つ、勝手に使ってました。犯罪人にはそういう特例を認め、善良な一般市民には認めてくれないっていうの、すごくおかしいと思うんです」

「ですから、そういう記録はありませんってば。そのティディアの粉の一件云々っていうのは、そちら様の誤解あるいはデマだとしか……」

「そーゆーこと言っていいんですか、そーゆーこと言って。自慢じゃないけどあたし、あの事件の時、TV局のっとってあの映像を流した張本人なんですよ。あの事件に関しては、ほぼ当事者みたいなもんです。何でしたら、もう一回TVをのっとって、ここの不正についての話を……」

「ですから、それはそちら様の何かの誤解ではないのでしょうか。あるいは、その当時のここの責任者が、何かの誤解をして不用意にゲートの使用許可をだしてしまったとか……」

「でしたら、あの時の責任者の方のお名前、教えてください。あたし、直接聞きにいきますから」

「いえ、あの、ここはあくまで政府の出先機関の一つにすぎませんから、市民の方にお教えするような特別な責任者というのは存在しない訳でして、うちの役所に対する不満は、すべて政府当局の方へ……」

「けど、そんなこと言ってたら、結局何だかんだで責任不在になっちゃうじゃないですか！」

「いえ、あの、そういうことは決してないです。必ずや政府の方からちゃんとした説明が……」

「政府直々《じきじき》にわび状もらっても始末書もらっても、あたしとしてはどうしようもないんです！　じゃなくてあたしが言いたいのは」

「あの、これは万一、当役所に何らかの不備があったと仮定した時の話ですが、そういう場合でも、政府当局が一個人に対して、わび状だの始末書の提出だのは致しません。そうではなくて、あくまでそれは、経緯の説明です。そして……私は断言致しますが、そういうことはあり得ない筈です。それはあくまでそちら様の誤解というか……もうちょっと言わせていただければ、誹謗《ひぼう》中傷の類だと」

「誹謗中傷ですって！　そっちがあくまでそういうこと言うなら、こっちにだって覚悟が……え？」

最後の、『……え？』は、あたしの真うしろに立っていた人に対する台詞。というのは、あたしの台詞のまっ最中に、何故かあたしのうしろに並んで窓口の順番を待っていた男の人が、あたしの肩をつっついたから。

「あの……すみません、今、よろしいですか？」

あたしのうしろの男の人。

多分そろそろ四十をむかえようっていう、ま、おじさんなんだけど——でも、その人、何だか妙に威厳があって、『おじさん』なんて言うの、まったくそぐわない感じだった。

まず。とっても上品な顔をしていた。ううん、今、もう四十近いなんていう、あたしから見れば『おじさん』でしかない年の人だから、『上品』って感想がうかんでくるんだろうな。もし、あたしが、このおじさんと同じくらいの年だったら、このおじさんの顔って、ほんと言って『上品』じゃなくて『ハンサム』よ。とっても整った顔だちしている上に、目尻だの頬だのに刻まれた皺《しわ》のありようが、何だか、とっても素敵。あたし、このおじさまのことなんか何も知らないんだけれど、でも、多分、いい年の取り方をしたんだろうなって、見るものをして思わせるような、理想的な皺。小鬢《こびん》のあたりがちょっと白くなっているのも、理知的な感じがする。

それから、服装。多分、オーダーメイドのりゅうとした背広を着ているんだろうけど……それが、全然、厭味でもなければきどったようにも見えず、なおかつ、そんなに高価そうな服に見えない。勿論、とっても高価な服を着ていることは着ているんだけど、よそゆきを着ているって感じがまるでしなくて、このおじさまが普段着を作るとしたら、それってこういうものになるしかないんだろうなって気分になってしまう――結局、上品なんだよね、人間そのものが。

そして、最後、何と言ってもこれがきわめつけ、その態度。役所で、窓口の役人さんとさっきからもう何十分も言いあいしている女の子を、そのうしろに並んだ人がつつくっていうのは、まあ間違いない、そんなにもめているならこっちの用件を先にさせてもらいたいって申し入れか、悪くすれば、いつまでも窓口を一人で占領しないで欲しいって抗議だろう。なのに、おじさまの態度には、そういう申し入れや抗議をする人特有の、苛立った感じだとか怒っている風情だとか不機嫌そうな様子とかが、まったくないの。この場合、何といっても一人で長時間窓口を占領しちゃったあたしは文句なく悪いんだから、そういう、いわば嫌な態度をとられてもしょうがないのに、とってもにこやかに、むしろ会話の邪魔をしてしまって恐縮だって感じの態度をとれるんだから、このおじさまの人間の器って、これはなかなかのものよ。

「あ、どうもすみません、うしろに人が並んでいるの、気がつかなくって。あたしの用事は、どうやら時間かかりそうですから、どうぞお先に」

それに。人間っていうのは不思議なもので、あきらかにこっちが悪い時だって、嫌な態度をとられるとむっとしちゃうこともあるし、その逆に、こっちが悪いにもかかわらず、こういう丁寧な態度をとられちゃうと、それだけで、やたらとその人に好感を持ってしまったりもするのだ。

「あ――ああ、いえね、そうではなくて。お話し中に申し訳ないんですが、お嬢さん、もしよろしかったらその交渉を続ける前に、ちょっと私と話してみてくださいませんか？」

「は？　あの――御用があるのは、窓口じゃなくて、あたし……ですか？」

だもんで。最初の台詞と同時に窓口をおじさまにゆずり、おじさまのうしろに並びなおそうとしていたあたし、こう言われてかなり精神的にずっこける。

「いえね、特にあなたに用事って訳じゃないんですが……」

こう言いながら、おじさま、あたしに軽く会釈をすると、窓口の前をはなれ、お役所の入り口付近に並んでいる長椅子の方へと歩いてゆく。で——なりゆき上、あたしも彼にくっついて、長椅子の方へ歩いていって。

「その……さっきから、あなたのお話を聞くともなしに聞いていたんだが……というか、正直に言って、聞こえてきてしまったんだが」

おじさま、長椅子の前で、まずあたしに腰をおろすように合図して、あたしが坐ってから、自分も隣に腰をおろす。

「もし御迷惑でないのなら、私は、今日、ドームの外へ出ることになっているので、何だったら私と一緒にいきますか？　どうも……今の様子を見ている限りでは、そうでもしないと、あなたが外へ出るのは無理でしょう」

「は？　あの……ええっ！」

ぎょっとした。びっくりした。あたり前だけどそんなこと言われるだなんて思ってもいなかったし……大体、今日、あたしと同じリトル・トウキョウでドームの外に出たいって人がもう一人、それも同じ時間帯にこの役所にいただなんて、信じられない偶然だし、ましてその人が、こっちの事情も何も知らないのに、同行をむこうからいい出てくれるだなんて、これはもう、偶然の域をでちゃってる。

「ああ……。突然こんなことを言われて、驚かれたかな」

そりゃ、普通、驚きますよ。こんな偶然、人生にそうそうある訳ないもん。そう思って、でも、まだ驚きの余り、そんな台詞を口にすらできずにいるあたし、ついでちょっとした疑惑を持つ。この人——とっても品のいいおじさまだし、下心だの何だのがあるような人に見えないけど、何かあたしに含むところがあって、こんな罠《わな》をしかけたんじゃないだろうか。それとも、ひょっとして、さんざあたしに苦しめられたあの窓口のおじさんが、あたしを追い払う為に雇ったバイトか何かで、勿論ドームの外へあたしを連れてってくれる気なんかなく、適当なこと言って適当な場所であたしをまく気なんだろうか。それとも——とても信じられないけど、こういう手段で女の子ひっかけるのが趣味の人なんだろうか？

「驚かれるのも、私に対して不審を抱かれるのも、無理はないと思いますよ。とはいっても私は別に怪しいものではなくて——まあ、自分から私は怪しいものだって言う怪しい人間はいないだろうから、これは言わずもがなのことか」

おじさま、こう言うと、ちょっと微笑む。目尻が、そのハンサムな容貌を傷つけない程度にさがって——こういう表情見せられると、やっぱりどこからどう見ても、立派な紳士以外の何者にも見えないのよね。

「実はね、私は今、火星の外の地形についてある程度知っている人間か、あるいは外に出たことのある人間を、窓口の人に紹介してもらって、そういう人物を今日一日バイトに雇おうと思ってここに来たんですよ。あなた、宇宙服を着た経験はありますか」

「ええ……一応」

うなずきながらも、あたしの心の中では、おじさまに対する疑惑が更にふくれあがっていった。バイトっていうのが、とっても不自然じゃない。学術調査で外にでるんなら、その手のプロが絶対調査団の中に一人はいる筈だもの、今更バイトなんて雇う訳がないし、レスキュー隊なら余計そんなもんの必要はない筈。

「宇宙服を着たことがあるんなら結構。何、バイトと言っても、別にこれをして欲しいってことがある訳ではなくて、単に、私がドームの外にいる間中、そのそばにいてくれればいいというものなんだから……それなら、何もお金を払って今から人を雇うのよりは、自分も外へいきたくて仕方がない、あなたみたいな人についてきてもらった方が、お互いの為でもありますしね」

……泥沼《どろぬま》にはまりこむみたいに、どんどん不自然さが深まってゆくじゃないかー。特にやってもらいたいことがないんなら、何だってバイトなんか雇う必要があるっていうのよ。と、さすがにおじさまは、どんどん疑い深くなってゆくあたしの表情に気がついて、困ったなとでも言いた気な苦笑を口許にうかべ、それから、考えながら、話を続ける。

「……完全に、疑われてしまったようですね。まあ確かに、疑う方が当然だという状況ではあるのだから無理はないんだが……。実はね、私は、はずかしながら、宇宙服を着た経験も、火星のドームの外にでた経験もないんですよ。火星に来るのからして、これが初めてなのだし」

「……はあ」

ま、大抵の人間が、宇宙服を着た経験もドーム都市の外へでた経験もないだろうし、宇宙の全人口からすると、ほとんどの人間が、火星に来たことはない筈だ。で……それが何だっていうの？

「実はね、私の知り合いが、以前、小型宇宙船の事故で、ここ、リトル・トウキョウのドームのすぐそばで亡くなったんですよ。今日は、その三周忌にあたりましてね、以前から、今日、彼の亡くなった地点に献花《けんか》をしにこようってことになっていたんです。半年も前からいろいろ運動して、ドームの外にでる許可もとっていましたしね」

……前よか少しは納得がいくようになったけど、でも、まだ怪しい。以前からそういう計画ができていたなら、ここへきてバイトなんて雇わなくてもずっと前にその手の人間の手配はしていて当然だし、何よりこのおじさまだって、宇宙服を着る練習くらい、してたってよさそうなもんだ。

「本当言うとね、私は宇宙服の着方も、ドームの外での行動についても、昨日まではまったく心配していなかったんですよ。同行者が、辺境《へんきょう》探査船での船外活動の専門家でして、彼が言うには、宇宙服なんて係員が着せてくれたのを自分でいじりさえしなければまず事故がおこらない代物《しろもの》だそうだし、火星のドームのそばなんていうのは、およそ三歳児でも事故にあえないような安全そのものの処だそうですし」

ま、確かに、係員が着せてくれたものを下手にいじらない限り、宇宙服関係の事故ってまずおこらないだろうし、火星のドームの外っていうのは、数ある地球外空間の中でも、折り紙つきの安全な処ではあるだろう。特に辺境探査船の乗組員なんかにしてみれば、火星のドームの外なんて、託児所にでもしたいくらい安全だって感覚になってしまうだろうし。

「ゆうべ遅く、同行者が事故さえおこさなければ、私だってバイトを雇おうだなんて考えもしなかっただろうと思いますよ。ですが、今、こうして頼りにしていた同行者がいない状態では……」

「事故って……あの、その同行者の方、どうしたんですか？」

何か、段々、事情が納得できるようなものになってきた。そう思いながらもあたし、ついついこう聞いてしまう。だって――辺境探査船で船外活動を専門にやっている人間なんて、いわば、いつだって職場でとてつもない危険と対面している人達じゃない。そういう人が事故をおこすだなんて、それって、まったく、普通じゃない！

「信じてもらえないかも知れませんが……ムービング・ロードの乗り換えをやりそこねて足を挫《くじ》いたんです」

「は？」

言われた台詞があんまり突拍子もなさすぎて、あたし、思わず、聞き返してしまう。

「ムービング・ロードの乗り換えって……あの、ムービング・ロード？」

高速のムービング・ロードなら、確かに乗り換えに失敗する幼児やおじいさん、おばあさんは、いるかも知れない。けど――仮にも辺境探査船で日々危険と取り組んでいる筈の人がやりそこなったりするような高等技術じゃ絶対ない筈だし、何より、そんなもんやりそこねたからって、なんだって足を挫かにゃならんのだ。

「ああ……あなた、火星、地球、月以外の星に行ったことがないんでしょう。だから知らないんですよ。他の星では、まずあんなものないですし、ある程度の年になってから、生まれて初めてあれに乗るのって、なかなか度胸が必要ですよ」

……にしても……辺境探査船の技術者が……ねえ。何だか、あまりにも話が意外すぎて、で、逆に信憑性があるような気がしてきちゃうのは、何故なんだろう。

「夜の十時をすぎて足なんか挫いてしまったでしょう、医者に行けたのがやっと今朝になってからで、たいした怪我ではないとはいえ、二、三日は杖《つえ》でもないと自由に歩けるようにはならないそうだし……」

……足がそういう状態じゃ、宇宙服着てドームの外歩くって訳にもいかないだろうしねえ。

「一応、外出許可は今日と明日の二日間、とってはあるんですが、何分祥月命日《しょうつきめいにち》は今日です。彼の足が明日には治るというのなら、ま、明日行くことにしてもいいんですが、医者の話では今日も明日も杖がないと歩けそうにないという点ではたいして変化はないそうで……どうせ私一人で行かなければならないことならば、祥月命日の方がましですからね」

「はあ……」

成程、そういう事情だったら、確かにバイトの子くらい雇いたくなるかも知れない。あたしと窓口のおじさんの話が聞こえちゃったら、バイトの子を雇うより、これだけ外にでたがっている人間に同行してもらった方がいいって気分にも、なるかも知れない。

「納得していただけましたか？　私と同行するのがお嫌でしたら、それは、別に断ってくれていいんですよ。ただ、私としても、痴漢の類と間違われて断られるのだけは、プライドの問題として、嫌でしたから、事情の説明をさせてもらったまでです」

「納得致しました。すいません、別に痴漢だって思った訳じゃないんですけれど、あんまり話がうますぎたんで、ちょっと素直には信じられなくて」

あたしがこう言うと、おじさま、にっこり笑って深々とうなずく。

「そうでしょうね。私だって、私が声をかけた瞬間にあなたが私と同行することに同意したら、逆にあなたに不審を抱いたでしょう。……では、ちょっと、そのあたりでお茶でも飲みながら、具体的な話をしましょうか。いくら同行する気になってもらえたとしても、お互いの目的地があまりにも遠かったら不可能でしょうし、そもそも私は、まだあなたが何でドームの外へでたがっているのか聞いていませんし。……ああ、それと、遅くなりましたが、私は……月村《つきむら》と申します」

「森村あゆみです」

おじさまが月村って名乗る時、ちょっと躊躇《ちゅうちょ》したような気配があったのが不思議だったけれど、もうこの頃にはすっかりおじさまを信頼していたあたし、ごく素直にこう言うと、月村さんのうしろについて歩きだした――。

★

月村さんと、一緒にちょっと早めのお昼を食べて、マップで献花地点の確認をし（ゲートから三キロ以上も離れた地点だったので、一瞬あたしはぎょっとして――だって、歩いていける距離じゃないでしょ？――ついで月村さんが『地上車を借りましょうね』って言ったんで、何となく罪悪感を抱いてしまった。免許を持っていないあたしが同行しても、この場合何の役にもたたないじゃないかあ）、花屋さんで菊の花束を買い、ついでに故人が好きだったというお酒を求め、あたし達がゲートについたのは、そろそろ正午をすぎるって頃だった。道中月村さんは、あたしはドームの外にどんな用事があるのか、そしてそれは彼の計画につきあっても実現可能なのかってさんざあたしに質問したんだけど……とにかく太陽さえ見られればそれで満足するあたし、ただただ『ドームの外にとにかく出たかったんです、場所はどこでも、ドームの外でさえあればいいんです』って答えるしかなくて。月村さんにしても、多分このあたしの返答は満足がいくものではなかったんだろうけど、何回もあたしの顔をのぞきこんで、あたしが嘘をついている訳じゃないってことを確認すると、不得要領《ふとくようりょう》な顔をしながらも、それ以上はその問題について、質問をしてこなくなった。

それから、ゲートの処で手続き上の問題とかいって三十分待たされ、やっとこ宇宙服を着つけてもらい、車の中ではヘルメットはかぶらないでいるから、ヘルメットのかぶり方をやたらしつこく指導され、何回か実際に練習させられ、その他ごくごく初歩的な注意をうけて、一時半をまわった頃やっと、あたし達はドームの外へでることができた――。

☆

何でこうなるの?

地上車でドームの外にでた瞬間、あたしがまず思ったのって、これだった。何でこうなるの――おひさまなんて、太陽なんて、ドームの外へ出さえすれば、どこでも見られるものだとばっかり思っていたのに――何だって、今が、夜なの!

うかつだった。あたしが莫迦だった。地球と火星では、自転周期が異なるんだ。照明も気象も全部銀河標準時にあわせて一日ってものを作っている都市の中ではまっ昼間でも、一歩外へ出れば、そこは当然、火星の自転にあわせた、火星の自然時間になっている筈だったんだ！

「どうしました、森村さん？　大丈夫ですよ、夜だってこのあたりはまだ充分明るいですし」

あまりのショックに体中の力が抜け、虚脱してシートによりかかってしまったあたしを見て、とにかくおひさまを見たかったんだって事情を知らない月村さん、きょとんとする。そう――それに、これだって、充分ショックだったんだから、この、夜の明るさ！　自然現象はどうしようもない、それはあたしも不勉強だったんだから仕方ないとして――せめて、夜は暗くなってて欲しいよお。夜のくせしてこんだけ明るいと、星すら見えないじゃないかあ！

あ、説明。何でおひさまがでていない夜のくせにこの辺が明るいのかというと――それって、ここが都市の近所のせいなのね。

前にも書いたことがあると思うんだけど、都市を覆っているドームって、半透明のガラスみたいな物質でできている。でもって、今、リトル・トウキョウはまっ昼間。結構おおきな都市がまるまる一つ、今は昼間だ！っていうんで煌々《こうこう》と光り輝いていて、なおかつそれに半透明のカバーかけられているような状態だと――早い話、あたし達、巨大な電球のま脇にいる蟻《あり》みたいな感じになっちゃって、夜だろうが何だろうが、おかまいなしに充分あたりは明るくなっちゃうのだ。

「ああ、都市の明かりから離れるのが心配ですか？　大丈夫、この車にだって、ちゃんと照明の設備くらいありますし、人に聞いた話では、都市の明かりって結構遠くまで届くらしいですから、そう不自由はないと思いますよ」

こうなると、都市の明かりからある程度遠ざかった処で、月村さんにお願いして車からおろしてもらい、ちょっとの間だけでも火星から夜空の景色を見るっていうのに、希望をつなぐしかないな。

あたし、二、三回強く首を横に振って、おひさまをあきらめ、ひざの上のマップに視線をおとす。こうなったらせめて、迷子にならないよう、ナビゲーターくらいちゃんとつとめよう。

☆

地上車は、これでほんとに走ってるのかしら、ひょっとしたら歩く方が速いんじゃないのかなって速度で、のろのろのろのろ火星の砂の上を走っていった。あたし、小型宇宙艇《てい》だの何だので、火星に離着陸したことは何回かあったんだけど、こうして自然状態の火星の地面の上をのったらくったら車で走るのは初めてで——上から見ると、一面赤茶けた砂だらけみたいだった火星も、いざ、地上を走ってみると、結構岩だの何だのが多いのね。その上、月村さんの運転って、安全第一っていう手堅いもので、ちょっと大きな岩だの、ちょっと走りにくそうな処だのがあると、それ、全部一々迂回《うかい》しちゃうの。だから、ただでさえのんびり走ってる地上車は、ほんとにじりじりって感じでしか、進まない。

「すみません、苛《いら》つきますか？」

あたしがじっと、喰いいるように窓の外を眺めているので、月村さん、軽くあたしに頭をさげてくれる。ので、あたし、慌てて。

「そんなことないです。むしろ、ゆっくり走ってもらえる方が、じっくり見物ができて、おもしろいです」

これはほんとのことだった。確かにこの車、のろいなーとは思うけど、でも、びゅんびゅんとばしていっちゃうのより、のろい方がずっとまし。だって——もう二年もこの星に住んでいながら——初めてだったんだもん、あたし、こんなにちゃんと、都市じゃない、火星って星を見るのは。

不思議な話だよね。あたし、今まで、自分が住んでいる星の自然の姿って、知らなかったんだ。レイディの話があって、あんな落ち込んだ精神状態にならなければ、多分、今でも知らずにいたろう。で——下手すると、知らずに年をとって、知らずに死んでいたかも知れないんだ。

地球にいた頃だって、そうだった。海や山や高原に行ったことはあるけれど、それって地球の自然の海や山や高原じゃなくて、あくまでリゾート地としての海や山だったたし、リゾート地じゃない処であたしが知っている地球っていったら、空が見えないようなビルディングばっかりの街と、あとはたった一つ、子供の頃、静養の為に過ごした田舎だけ。

二十年近くも住んでいた、自分が生まれ育った星だっていうのに、結局、あたしにとって都市じゃない地球のイメージって、あの田舎だけで——あの田舎でみた、満天の星だけで——思いおこしてみれば、すべてはあれから始まったんだ。

子供の頃。お兄ちゃんと二人で見た、夜空に広がる満天の星。その星は、あんまり数が多すぎて、何だか見てると吸い込まれてしまいそうで、実際に寒い訳でもないのに、見てると何だか寒くなってきて、遠くからあたしを見つめる、何千、何万もの銀色の目のように見えてきて……それはあんまり美しくって、それはあんまり怖くって、だからあたしは、子供心に、いつか、きっと宇宙にでたいって思ったんだ。だから、家出する時、あたしは迷わず星へ行く船に乗ったんだし——たとえ、あの家出の動機が、レイディの言うように〝感情同調〟のもたらしたものだったとしても、でも、やっぱりあたし、そんな風に思いたくない。あれは、あの星を見た時に決められた、あたしの運命だったと思いたい。

〝感情同調〟。

今まで、なるべく脳裏から追い出していた単語がふいに自分の思考の中にでてきてしまい——その途端、あたし、とんでもないことに気がついて、思わずぞくっとする。

月村さん。

この人の言うことに嘘はないんだろうし、ああいう事情でお役所に来てあたしみたいな子に出喰わしたら、あたしを同行するって反応が起こっても不思議じゃないのかも知れない。でも——けど——やっぱり、いくら状況が状況でも、月村さんがあそこでああいう風にあたしに声をかけるのって、ちょっと唐突っていうか、ちょっと不自然じゃない？

あれは——ほんとに、月村さんの意思だったんだろうか？

ひょっとして万一、『何が何でもドームの外にでたい』っていうあたしの感情と、偶然そこにいた、ドームの外にでることになっていた月村さんの感情が同調しちゃって、で、月村さん、あたしに声をかけたんじゃないだろうか。だとしたら——あたし、本人が意図した訳じゃなくても、結果として、月村さんを騙《だま》すっていうか、利用したことになるんじゃないだろうか。

そんなことない、そんなことないと思う、けど、そんなことないってどうやったら断言できるのか、そもそも断言できるのかどうかも判らないし……万一そうだったら、そんなのって、たとえあたしが月村さんに何の迷惑をかけていなくたって、申し訳ない。

がしゃっ。

何の迷惑をかけていなくったって、月村さんに申し訳ない。そう思った途端、何かがあたしの心の中でぷつんと切れ、自分で自分のひじを抱いていたあたしの両手から急に力が抜け、あたしの両手はあたしのふとももの上に投げ出されるようにして落ち、宇宙服のどこかがどこかにぶつかって、がしゃって音をたてた。その音は、何だかとってもなげやりに聞こえ——あたしは何だか、妙に息苦しいような、変な感覚にとらわれる。

また、罪悪感だ。いつだって——いつだって、〝感情同調〟について考えると、あたし、罪悪感を覚えてしまうんだ。

対人関係って場において、ルール違反ではないものの、でも、あたし一人がずるしてる。太一郎さんがあたしのことを好いていてくれるのは疑わない、でも、それがあたしの特殊能力故にだったら、それって結局、真実の意味であたしが好かれたんじゃなくて、太一郎さんを好きになってしまったあたしが無意識のうちにおこなったずるだ。

あたしに〝感情同調〟って能力があって、そのせいで子供の頃からあたしが誰にでも好かれてきたんなら、確かにあたしは生まれながらにして、ずっと、ずるをしてきたことになる。

でも――そんなのって確かにずるいけど――けど、あたし、悪いことなんかしてないもん！　あたしだって、そんな風に生まれたいって思って生まれた訳じゃないもん！　なのに、なんで、あたし、こうまでしつこく罪悪感にとらわれなきゃいけないのよ。確かにずるはしてきたかも知れないけど……知れないけど……でも、それって、あたしのせいじゃ、ないもん！

理不尽だよ。そう、絶対、理不尽だ、こんなのって。

〝感情同調〟って言葉に接してからはじめて、あたしは、それに対して哀しみ以外の感情を覚える。

そうよ、この状態は、絶対に理不尽だし、絶対におかしい。

あたしは、太一郎さんが言うように、どんな能力を持っていようとも自分は他人に好かれるに値する人間だって自信は、持てそうにない。でも。

結局見られなかったおひさま。あなたに誓って――誓ってあたしは、お天道様《てんとう》に対して恥ずかしいことなんか、していない。

どこかに解がなくちゃ、いけない。たとえあたしが人間関係の基本的な処で無意識にずるしていたとしても——でも、あたし本人が、お天道様に対して恥ずかしいことをしていない以上、絶対、絶対、こんな罪悪感を覚えるのはおかしいんだ!

絶対、こんなことって、あっていい筈ないんだ!

★

ふいに、今までずっと黙っていた月村さんが口を開いた。その辺は、相変わらず茶色っぽい砂と岩ばっかりの平原で、目印も塚《つか》も何もない。

「ここら辺ですね、多分」

「あ、ここら辺ですか……」

月村さんの台詞であたし、はっと我にかえった。いけないいな、あたしったら。一応、ナビゲーターというか、案内役というか、そういうつもりでついてきたのに、途中から自分のことにばっかり囚われていて、全然マップを見ようともしなかった。こんな何もない処だもの、ここが目的地だって判別する為には、今までの走行距離と方位をちゃんと確認して、計算しなきゃいけないっていうのに、それすら月村さんにやらせちゃったみたい。せっかく、月村さんの好意でここまで連れてきてもらったんだもん、これからはちょっと心を入れ替えて、せめて月村さんが献花している間くらい、自分の悩みからはなれて、あたしでできることがあったら、月村さんのお手伝いするようにしよう。

そう思うとあたし、今までの感情をふり払うべく、右手で軽く自分の頭を小突く。それから、まず、月村さんのヘルメットを取り出し、彼に渡そうとする——と、月村さん、何故かあたしの手をおさえて。

「すみません、ちょっと待ってください。あと……そうだな、二十分くらい」

「はあ……」

仕方ないから、もう一回ヘルメットしまう。でも——ここまで来て、一体何で？

「すみませんね、時間をとらせてしまって」

月村さん、こういうと軽くあたしに頭をさげ、自分の手荷物の中をごそごそ探ると、お花と一緒に買ってきたお酒の瓶《びん》をとりだす。

「あと二十分くらいで、ちょうど日の出なんですよ。何せ、こんな何もない処でしょう、どうせ献花するなら、せめて舞台設定くらいはドラマティックにしたかったので、あらかじめ、このあたりの日の出の時間にあわせてでてきたんです」

……日の出？　これから？

一回完全にあきらめてしまっていたせいか、太陽が見られるって思っても、不思議と思ったより精神は高揚《こうよう》してこなかった。でも——ま、一応最初の目的だったんだもん、このまま太陽を見られずに帰ってしまうより、ずっとましだな。

「それまで、もしよかったら、ちょっと飲みませんか？ えーと、確かコップも持ってきてあったと思うから……」

月村さん、お酒の瓶をあたしに渡すと、今度は荷物の中から紙コップをとりだす。

「え、あの、でも」

「森村さん、もう未成年じゃありませんよね」

月村さん、あたしの手にコップを渡し、かわりにお酒の瓶をとりあげると、瓶の封を切る。

「それに、外へでて日の出を見るんでしたら、少し飲んで温まっておいた方がいいですよ。いくら日の出といっても、マイナス四十度か五十度くらいの寒さでしょうからね」

……そうだった。都市の間近はまだ都市からでている熱だの何だのでちょっとはましだけど、自然の火星の気温っていったら、マイナス五十度だの六十度だのって、ざらだったりするんだっけ。だとすると、いくら完全防寒の宇宙服着てても、しばらく外にいたら、結構冷えてくることになるかも知れないな。

「じゃ、すみません、ちょっとだけお相伴《しょうばん》させていただきます」

紙コップの底、二センチくらい、ウイスキーをいれてもらう。あたし、洋酒って苦くて駄目なんだけど、この銘柄は太一郎さんが一番好きな奴なんで、何回かつきあって飲んだことあるんだ、これならちょっとは大丈夫だろう。

「では……火星の夜明けに」

月村さん、自分のコップに半分くらい自分でお酒をつぐと、こう言ってあたしに対して乾杯の仕種をした。それから、ちょっと考えて、車の窓の外、目的地の方向へも、コップをちょっとあげて、献杯の仕種を。

「余程親しいお友達だったんですか、その事故で亡くなった方」

月村さんのプライバシーに口をつっこみたいとは思わなかったけど、わざわざ目印も何もない、砂と岩ばかりの地面にむかってコップをあげてみせる月村さんの仕種が、何だか妙に印象的で、あたし、こう聞いてしまう。と、月村さん、ちょっと困ったような表情になって、それから。

「私とはまだ会ったことがない人物なんですけどね、家内の昔の知り合いなんです。……それより、森村さん、言いたくないのなら無理にとは言いませんけれど、私はあなたにいささか興味がありますね。あなたは、何だってあんなに、ドームの外にでたかったんですか?」

「……あの……」

確かにここまで黙ってあたしを連れてきてくれたんだもん、月村さんにはそれを聞く権利があるよね。でも……こう正面きって聞かれると、ごまかすつもりなんかなくても、どう答えていいのか判らない。

「それにね、あんなに外へいきたがっていたのに、あなた、最初に地上車でドームの外へでた時、とっても落胆しておられたでしょう。そのくせ、最初のうちしばらくはかなり興味あり気に窓の外を眺めていて、そのうち突然、傍目でもはっきり判るくらいうちひしがれてしまって、なのにこれから日の出だって聞いたら、少し嬉しそうになって。そういう経緯を一切合財《いっさいがっさい》で見ていますと、いささか興味を覚えますね」

……あたしってほんとに表情を読まれやすい――ううん、ひょっとして、これも〝感情同調〟の現れなのかな。無意識のうちに、とにかくそばにいる人に適当に同調しちゃって、自分の感情を見せつけているんだろうか、あたし。

「別にあなたの表情を観察していた訳ではないんですよ。私は、割と、人の感情に敏感なたちなんです。意図的にそうしようとしている訳ではないんですが、どうも人が何を考えているのか、ぴんときてしまう方なので、お気にさわったらごめんなさい」

と、月村さん、あたしが自分の〝感情同調〟のことを考えて表情をこわばらせたのを、月村さんがあたしのことを観察していたのが不快だってあたしが思って、で、顔をこわばらせたんだって誤解してか、こう言う。

「月村さん……」

弁解なのかも知れない。ほんとは月村さん、あたしの表情を観察していたのかも知れない。でも、その時のあたし、『意図的にそうしようと思わなくてもまわりの人の感情にぴんときてしまう方』だっていう月村さんに、妙な親近感を抱いたのだ。方向としてはまったく逆だけど、意図的にそうしようと思わなくてもまわりの人の感情に影響をあたえてしまうあたしと、月村さんって、ちょっと、似てない？

レイディがさんざん言っていたスペシャル・シークレットって、惑星α《アルファ》とエイリアンさんのことだけだよね。あたしの〝感情同調〟については、別にスペシャル・シークレットでも何でもないよね。

どうしてそう思ったのか、実は、自分でもよく判らない。今まで同行してみて、月村さんがいい人だって確信ができたからかも知れないし、月村さんが、あたしの人生にとって主要な登場人物じゃない、通りすがりの人であるから、何の遠慮もなく、彼なりの意見を言ってもらえると思ったからかも知れない、あるいは、無関係の第三者に、とにかく自分の胸のうちを全部話してすっきりしたかったからなのかも知れない、何でだかは判らないんだけれど――この時、あたし、月村さんに、自分の特殊能力と、それ故に発生した悩みについて、話してみたいって気分になっていたのだ――。

☆

〝感情同調〟って能力について。

信乃さんのこと。

太一郎さんのこと。

バスケットにおける三メートルの身長、四本の手みたいな、ルール違反ではないけど、でもずるいことを、対人関係って場において、自分はしているって感覚。

悩んでいるうちに、とにかくおひさまが見たくなったこと。一回見たくなったら、今度はそれが強迫観念みたいになっちゃって、見ずにはいられなくなったこと。

あたしの話は、自分でも嫌になる程、あっちへ行ったりこっちへ行ったり、まとまりもなきゃ一貫性もない、とにかくこの胸のうちのありったけを話しつくしてしまおうっていう、はなはだ聞き苦しいものになってしまった。でも、月村さんは、途中ただうなずいたりちょっとした間《あい》の手をいれるだけで、終始おだやかな顔をして、あたしの話を最後まで聞いてくれた。その上、最後まで聞きおえても、あたしのことを妙な目で見たり気味悪がったりしないでいてくれて。

「……結論は、でていますね」

それから、心の中にあったこと、それを全部言い終えたあたしが一つため息をつきおえるまでの間、静かにあたしを見守っていてくれて——月村さんは、しみじみとした口調でこう言った。

「森村さんも、それは判っているんでしょう。結論は、でていますよ。あなたは、自分の能力を自分で自分に許してあげるしかないでしょう」

それは判ってる。そんなこと判ってるし、それ以外にどうしようもないことだって判ってる、けど、それができないから悩んでるんだ――って、その時のあたし、言えなかった。何故って、どうしてだか判らないけど、月村さんのこの一言、異様な重みがあったんだもん。まるで――こんなこと、あり得ない話なんだけど、月村さん自身も〝感情同調〟能力者で、過去、自分がまったく同じ悩みを通過してきたような重みが。

「あなたは――いい人ですね、森村さん」

それから、月村さん、とっても優しい口調でこう言うと、あたしにヘルメットを渡してくれる。それから、自分のヘルメットを装着しながら、窓の外を手で示して。

「いろいろと言ってあげたいこともあるんですが、まずは外へでましょう。もうそろそろ、夜明けですよ」

PART VIII

満ちてくる潮

地平線が、ずいぶん近くに、なだらかな弧《こ》を描いて、見えていた。

一回、地球の海で見たことがある水平線は、まるっきり直線にしか思えない、まっすぐな線だったんだけど、火星の地平線たら、一応弧に見えるんだ。

と、その、地平線の下で、一瞬何かがまっ赤に輝き——ついで、みるみるうちに、その赤、地平線ぞいにすうっとひろがってゆく。あれは、雲なんだろうか、靄《もや》なんだろうか、赤い色とすみれいろが大きな波模様を描きながら広がって……。

赤い波。すみれいろの波。うすいラベンダーみたいな色の波。

まるで——まるで、昔、写真でみた、オーロラみたいなイメージ。

これが火星の朝焼けなんだろうか……。

やがて、波の奥、地平線のむこうから、ちいさな、まっ赤な円盤が、少しずつ、少しずつ顔をだす。するとそれにつれて、あたりは徐々に明るくなり——赤やすみれいろの波のうしろから、ゆっくりゆっくり、空がピンクに染まってゆく……。

「……」

どのくらい、あたしはそこに立っていたんだろうか。多分、時計なんかで時間をはかれば、それってほんの数分のことだったんだろうと思う。でも、あたしの心象風景の中では、それは、とても、とても長い時間だった。

ちっちゃな女の子がね、パステルで、自分の好きな色だけを使って、夢にみた朝焼けの情景を描いてゆくの。

まず、地平線。ココアとミルクを混ぜたような色の、優しい、丸味をおびた線。それから、処々ココアの焦茶《こげちゃ》、処々ミルクの白が勝った、不思議な色の大地。

地平線から、小さな、あけの明星くらいのサイズの、おひさま。おひさまはまっ赤なんだけれど、その色は周囲の雲に溶けてしまって、ただ、明るさしか判らない。

おひさまのまわりには——そして、地平線にそってずっと、うすく、波のような模様を描いて、雲がひろがる。その雲は、おひさまの色をうけて、赤い色や、すみれいろや、ラベンダー色に染まり、その色彩は、波模様にそって、まるでおひさまのベールのようにひろがってゆく。

そして、空。全体的に赤味をおびたこの世界では、空はきれいなピンクになって、ピンクの空気がそっと地上へ下りてくる――。

これは――この景色は、まるっきり、そんな夢だ。ちっちゃな女の子が、暖かい色の絵具だけ使って描いた、夢の中の景色だ。空がピンクだなんて、大気がピンク色に染まるだなんて、これは、綿菓子みたいな、甘くて、やわらかで、ふわふわで、ちょっと押されたら溶けちゃうような、子供の夢の世界だ。

これが火星の朝焼けだなんて。これが、よりによって火星の、古代ローマの昔から、戦いの神、赤い火の星と呼ばれてきた、火星の風景だなんて。

いつの間にか、あたしは自分で自分の肩をだきしめていたらしい。らしいっていうのは、あたしが気がついた時には、もうあたしの腕にはほとんど力がこもっておらず、最初は肩をだきしめていたと思える腕が、両方ともひじの処までおりてきていたので。

目が、むずがゆい。

宇宙服なんか着ないで、この景色、見たかったたな。じゃないと――涙がこぼれてしまって、目がむずがゆくなっても、拭うに拭えないじゃない。やだ、むずがゆくて、まばたきすればする程、目尻の方まで、こそばゆくなってきちゃって、やだ、なのに涙がとまらなくて、やだ、あたしったら、泣いてるんだか苦笑してるんだか、判らなくなっちゃうよお。

うしろで、かすかな音がした。

ふり返ると、あたしがあんまり自分の世界にひたっちゃってるんで、あたしに声をかけるのを遠慮したらしい月村さんが、地面の上にそっと菊の花束をおき、しゃがんで合掌している処だった。あたしが自分の世界にひたりこんでいた時間が割と長かったのか、それともマイナス四十度、っていうのがそれだけ凄い環境なのか、菊の花束ったら、もう凍りついてるみたい。地面にふれた菊の花弁が何枚か、粉々にくだけてる。

今度はあたしが月村さんに気を遣う番だよね。そう思ったあたし、そのあとしばらく、月村さんの合掌がとけるまでその場でそのままの姿勢で待ち、月村さんが立ち上がったのを機に、月村さんの方へ歩みよる。月村さんはあたしにむかって笑顔を見せて、それから花のそばの地面に、半ば凍りかけているウイスキーをふりかけた。

そして、おのおのの儀式を終えたあたし達二人は、お互いに一言も口をきかずに、また地上車の中に戻り……そのあとしばらく、やっぱり口をきかないまま、車の中から、火星の空がきれいなピンクに染まってゆくのを眺めていた——。

☆

「どうでした、念願の火星から見た太陽は」

月村さんが口を開いたのは、あたしがもう充分に火星の空を堪能《たんのう》し、ついでに充分いろいろな思いにひたりこんだあとだった。月村さんって、ほんとに人の感情にぴんときちゃう方みたいだな、ほんと、あたしがそろそろしゃべりたくなってきたタイミングぴったりだわ。

「なんか……嘘みたいでした……」

ただ、あたし、いろいろなことを考えすぎてて、しゃべりたいんだけど、でも、どこからどうしゃべったらいいのか、まだ自分で判ってないの。

「ピンクの空なんて、ありなんですね……」

「そりゃ……ありでしょう。なしだなんて言われたら、火星の立つ瀬というものがない」

あたしの台詞があんまり突拍子もなかったせいか、月村さん、こう言うと、目をぱちくりする。

「それに、おひさまがあんなに小さい……」

「地球に較べれば、火星の方が太陽から遠いですからね……」

あたしの台詞が、あんまりあたり前のことだったせいか、月村さん、他になんとも言いようがないみたい。

「でも……でも、あのね、笑わないで聞いていただけます？　あたし——そりゃ、一応学校で宇宙関係の授業なんかもありましたから、頭では、いろいろな世界があって当然だって思っていましたし、納得していたつもりだったんですけど——でも、世界って、みんな、空は青くておひさまがちゃんと大きくみえるもんだって——心の底じゃ、思っていたんです。そんなの、科学的じゃないって判ってるんだけど……でも、おひさまが、一応この太陽系の中心であるおひさまが、まるっきり惑星程度のサイズでしか見えないだなんて、頭で理解できても、心で思えなかったんです。だから……何て言っていいのかよく判らないんだけど、ショックで……」

判ってる、自分でも莫迦なこと言ってるって。でも、頭で知っていることと、実際に見ちゃったことって――やっぱり、違うんだもん。

「世界観の崩壊《ほうかい》って奴ですよ。特に地球で生まれ育った人は、初めてじっくりと他の星の気象条件なんかを見ると、それに陥りやすいようですね。私のように、最初から地球以外の星で生まれ育つと、どんな環境へ行ってもそうショックはうけないんですが――ま、それだけ、地球という星が人間にはあっているんでしょうね」

「みんな……あたしみたいに、空が青くない、とか、おひさまが小さい、とかってことで、ショックうけたりするんですか……?」

「地球出身の人はね。でも、そういう世界観は、崩壊させてしまった方がいいですよ。……もう、人類は、進化せざるを得ない状況になってきているんです。母なる地球の上で自然に過してきた時代とは、そして、あくまで地球をベースにちょっと宇宙へ足をのばしていた時代とは、世界が違ってきているんです。今や人類は、地球の生物ではなくて、地球原産の生物、宇宙の生物です。だから今までの――あくまで基本に、母なる太陽、青い空、そしてそのむこうに広がる広大な宇宙って世界観のままでいてはいけないんです。……地球、月、そして火星の人は、そういう意味では一番遅れていますね」

「……それ……ひょっとして、あたしの〝感情同調〟って能力についてのたとえですか……?」

「そうです。それをね、あなたに言いたかったんですよ。森村さん、あなた、このピンクの空、地球から見た火星程度の大きさにしか見えない太陽って環境を見て、どう思いました? これが、自然な情景に見えましたか?」

「……いえ。まるで童画みたいな……」

「でも、これが、この星のあるがままの姿です。地球の感覚だと、異常な世界に見えるかも知れませんけど、これが、この星の自然です。……あなたの能力だって、そうでしょう。あなたが無理につくりあげたものでも、誰かが無理矢理あなたにおしつけたものでもない、自然に、あなたに、そなわっていたものでしょう」

「……それはそうです……けど……」

「で、森村さん、あなた、この火星の景色を見て、どう思いました? あなたの感覚ではまともじゃないから、嫌だ、気味が悪いって思いました?」

「……いえ。まるで子供の絵みたいで……まともじゃない分、この世のものではないような、夢の中の景色みたいで……」

「あなたの能力も、話に聞いた限りでは、子供の夢のように思えますよ。誰からも好かれ、誰をも好きになれるだなんて、子供の夢みたいに素敵なことじゃありませんか」

「でも……だって、やっぱり、そんなのってずるいです! それじゃあたしだけいい目をみてるみたいで」

「なら、他の人にもそれをわけてあげたらいかがです？　あなた、人に好かれるのは、好きですか？」

「そりゃ、誰だって嫌われるより好かれる方がどれだけ嬉しいか……」

「じゃ、人を好くのは？」

「誰だって、わざわざ人を嫌いになるより好きになる方がずっとあったかい気持ちでいられるに決まってるじゃないですか！」

「ならね、あなたはできる限りの人のいい処をみつけてあげて、できる限りの人を好いてあげればいいじゃないですか。現にあなたは自然にそうしているでしょう？　……例えば、その信乃さんという人だって、いつまでもあなたのことを恨んでいるよりは、あなたのことを好きになった方がずっと温かい気持ちになれたと思いますよ」

「けど……逆恨みをしていた、その対象のあたしのことなんか好きになっちゃったら、余計な精神的負担、全部信乃さんにかかるって……」

「確かに、一時的にはそうなるでしょうね。でも、それは信乃さんという人の個人的な問題です。彼女が自分の心の中で、逆恨みという精神的な荷物を何とか解消させることができれば、終生余計な逆恨みをしょって生きるより、ずっとその人の為になると思いませんか？」

　そう思っていいんだろうか。そう思っていいんなら、あたしは、とても、嬉しい。

「あなたが、もし、自分ばかりいい目をみているだなんて思うんなら、人にもそれをわけてあげればいいんですよ。あなたという人間を媒介《ばいかい》にして、みんなが他人を好きになってゆけたら、それは素晴らしい能力だと思いませんか？　……それに、あなたの能力は、基本的には『人に好かれる』能力ではなくて、〝感情同調〟なんでしょう？　ここであなたが、自分ばかりいい目をみるのが嫌だからって、わざわざ人間嫌いになってしまったら……あなたのまわりにいる人は、みんなあなたを媒介にして、とげとげしい気持ちになってしまうことになる。まして、あなたの能力がより強いものになってゆき、周囲にいる不特定多数の人に影響を与えるだなんてことになったら、どういうことになると思います」

……冗談じゃ、ないや。あたし、今まで、自分がずるをしているって罪悪感にとらわれはしたけど、なら、ずるをやめてあたしが人を嫌ったらどうなるかなんて、考えてみもしなかった。確かに、万一、そんなことになったら、あたし、それこそ自殺でもするしか……自殺する時って、ひょっとして感情、たかぶってないだろうか？　あたしが自殺しようとして、たかぶった感情――それも、命をかけた感情なんだから、尋常じゃなくたかぶった感情が、無作為にあたりの人に影響を与えちゃったら。あたし、殺人者になりかねない！

「ね？　変な表現になりますが、あなたは、あなたのいう処の『ずる』を続けるべきなんです。それが、一番人間としてずるくない、ひどくない行為でしょう」

……確かに、そうだ。

「それに、その様子だと、あなたは自分が何もしなくても人に好かれてしまうのをずるいことだと思っていても、だからって人間嫌いになったり、人間不信に陥ったりするようなことは、なかったのでしょう？　だから、あなたは、そのままのあなたでいいんです。今のままの自分を許容すること、それが正解で——最初に言ったように、結論は、もう、でているんですよ」

「だからあたしはそのままでいいって……その『だから』は、どこから続くんですか……？」

「あなたが、そういう状況に陥っても、自分のことは責めても、決して他人を責めない人間だから、です。……こういう言い方は好きではないんですが、あなたは、選ばれた人なんです。選ばれた人だから、〝感情同調〟能力を持った。生まれた時から〝感情同調〟能力を持っているから、何があっても、反省はしても決して理不尽に他人を責めない人間になった。何かあった時、決して理不尽に他人を責めないような人間であるから——仮に、神様という存在があったとしたら、その神様は安心してあなたに〝感情同調〟という能力を持たせることができた。……ほとんど、鶏が先か卵が先かという問題みたいな、閉鎖された円になってしまいますけどね、この話は」

ついさっきまで、あたしは、〝感情同調〟を自分の能力の一部として許容するしかないと思っていた。実際、今でも、そういう能力がすでに自分にあるのなら、許容するしかないという現実は、変わっていない。その上、更に、話は『許容するしかない』んじゃなくて、『許容しなくちゃいけない』って段階になってきちゃって……。

でも。何だか、さっきよりは少し、心が楽になってきたような気がする。だって、さっきまではあたし、『自分にはそんな能力があっていいんだろうか、自分はそんな能力を持つ権利があるんだろうか』って路線で悩んできたんだけど、今となってはその問題、『あたしは自分がそんな能力を持つことを許容する義務がある』ってものにばけちゃったんだもんね。あたしにそんな権利はあるんだろうかって悩んでいる段階には、罪悪感つきものだったけど、あたしには義務があるんだって悩みには、少なくとも罪悪感はくっつきようがないんだもの。

ただ。一抹《いちまつ》心にひっかかっているのは――そんな考えようによっては重大な能力を、あたしみたいな人間が持っちゃっていいのかってこと。いっそのこと、あたしの能力って奴があんまり大きくならないうちに、ここみたいな、周囲に人がいない処で、太一郎さんみたいに精神力の強い人に、あたしって存在を抹殺してもらっちゃった方が、他の人の為になるのかも知れない……。

「それにね、あとから自分で作りあげたものならともかく、持って生まれた能力について、生き物は悩んではいけないんですよ。たとえば、きりんの首が長くなったのは、うまれつき首が長いきりんの方が首の短いきりんより、高い処にある葉を食べやすく、必然的に生き残りやすく、結果として、きりんの首は長くなったんだっていう説があるでしょう? その最初の一頭の首の長いきりんが、『私だけ首が長くていいんだろうか、そんなのってずるじゃないだろうか』って悩んでいたら、きりんという動物は、この世に存在しなくなっていたかも知れない。

動物のたとえがなんでしたら、人間にも、たとえば天才と呼ばれるような人達が、歴史上には沢山いる訳でしょう？　その人達が、みんな、自分だけこんな能力を持っていていいんだろうかって悩んでいたら、人間は今頃、一体どうなっていたと思います」

月村さんの言うことの、理屈は判る。理屈は判るんだけど、あたしの一抹の不安っていうのも、それなのだ。つまり――あたしは、間違っても人格者って訳じゃないし、人間として質のいい方だって訳でもないし、勿論、歴史上の天才なんかと比べられるような人間じゃないんだ。だから……こんなあたしが、そんな能力を、持っちゃっていいもんなんだろうか……？

「……まだ釈然としませんか？　自分は、たとえばそんな歴史上の天才みたいな人達と並べられるような人間じゃないって気がして」

「ええ」

「そうでしょう、だからあなたでいいんですよ。こういうこと言われて、すぐに自分は偉大なる人間なんだ、選ばれた人間なんだって思ってしまうような人が、特殊能力なんて持っていたら物騒でしょうがありませんから。……でも、とはいえ、あなたがそう思っている以上、この路線で話を続けても何だか禅《ぜん》問答のようになってしまうだけですね。話の方向を変えましょう。家内の話なんですが……」

「はあ。月村さんの……奥さんの話ですか」

唐突にこんなこと言われて、あたし、思わずきょとんとしてしまう。

「家内は——惚気《のろけ》に聞こえると嫌なんですが——結構大した女なんです。仮にね、家内が森村さんと同じ立場にいて、その信乃さんって女性に逆恨みされたら、〝感情同調〟って能力を持っていなくても、絶対、家内は信乃さんの逆恨みをなくさせることができると思います。他人を説得するとか、他人に好かれるっていうのが、とってもうまいタイプなんです」

……そういうのって、タイプの問題なんだろうか？

「仮に家内が森村さんの立場にいたとしたら、考えようによっては、〝感情同調〟能力で無理矢理人に好かれるのよりは、もうちょっと悪辣《あくらつ》と表現してもいいやり方ができると思うんですよ。人の心の襞《ひだ》にわけいったり、情緒的な駆け引きをするのが異様にうまい人間ですから。……森村さんは、何もしなくても人に好かれてしまう自分の能力はずるいっていいますけれど、心理的な駆け引きを意図的に行って、その結果人に好かれてしまうという能力の方が、考えようによってはずるいと思いませんか？」

「でも……そこまで意識してなくたって、それって人間ならみんながやっていることでしょう？　誰だって、嫌われるよりは好かれようと思ってるし、人に自分をよく見てもらいたいって思ってるんですから。それに、人間をある程度やっていれば、嫌でも人を見る目ってできると思うんです。仮に信乃さんがあたしの立場にいる月村さんの奥さんに会って、で、奥さんに説得されちゃったっていうんなら、それって全然ずるいことじゃなくて、奥さんの人間としての器量が大きかったってことだと思います」

「自然と好かれてしまうのはずるくて、意図的に逆恨みをやめさせ、好かれるようにするっていうのはずるくないんですか？」

「だって、もしそういうことができるんなら、それって奥さんが相当いろいろ努力して、人間としての深みだの厚みだのを持っているってことで……で……」

レイディ。そうだよね。まさに月村さんが仮定として言ったようなことをレイディは実際にやった訳で、でも、それってレイディがずるいって訳じゃなくて、レイディはそういうことができるだけ、人間として大きいってことで、もし月村さんの奥さんがレイディと同じことができるんなら、それだってずるいってことじゃなくて……レイディと……月村さんの奥さんが……月村さん？

月村って……レイディの……木谷真樹子の……旧姓じゃ、なかったっけ？　それに……この月村さんって、考えてみれば何だってこんなに一所懸命、あたしから罪悪感をのぞいてくれようとしてる訳？　通りすがりの人にしては確かにあまりに親切で……あまりに親切な……通りすがりのレイディの、旦那……？

「あの……月村さん……ひょっとしてお名前は、信明《のぶあき》さんとかおっしゃいます……？」

「ええ」

月村さん――ええい、やめた面倒くさい、木谷信明さん――悪びれもせず、にっこり笑う。

そりゃ、確かに夫婦どっちの姓を名乗ったっていい筈だから、木谷さんが月村さんって名乗っても嘘じゃないんだろうけど――けど！

「じゃ……じゃ……あの……ひょっとして月村さん、ううん、木谷さん、お役所の処であたしと会ったのって、偶然じゃなくて……」

「やっぱり、尾けていたっていうべきなんでしょうね」

木谷さん、こう言うとちょっと肩をすくめて。

「すみません、騙したような格好になってしまって。ただ、厳密に言えば、私はあなたを尾けていた訳ではなくて、陰ながらあなたのボディガードのようなことをしていたつもりなんですが……」

……そういえば、あんまりいろんなことがあったのですっかり忘れていたんだけれど、あたし、一応レイ・ガン持って、昼日中に人を襲うような連中に命狙われてたんだっけ。

「最初にあなたを狙った連中には、真樹子が一応釘《くぎ》をさしはしたんですが、それでも、あなたが完全に安全だとはとても思えなかったので――昨日までは、安川さんと黒木さんが交代であなたにくっついていたんですよ。二人からの報告で、あなたがドームの外にでたがっているのが判ったので……まさか、こんな人気《ひとけ》のない場所ではあの二人が尾行するって訳にはいかないでしょう」

……そりゃ、まあ、そうだ。どれだけあたしが鈍くても、こんなとこで尾けられたら、一発で判る。

「でも……じゃ……あれ、みんな嘘だったんですか？　亡くなった人の話も、あんなとこに献花なんかしちゃったのも……」

そりゃ、嘘だったんだろう、話がこういう運びになった以上。でも……だとしたら、何だか裏切られたような感じ。故人の好きだったお酒を買うだなんて、変にディテールに凝っている分、裏切られたって気分が大きい。

「総合すると嘘なんですが……ま、部分的には、本当ですよ。昔の話になりますけれど、例のティディアの粉の件が解決したら、本当に私はここへ花を持ってくるつもりだったし、あのウイスキーが故人の好きだったお酒だっていうのも本当です。ティディアの件が解決したら、真樹子と二人でここへきて、故人を偲《しの》んで酒を酌み交わすつもりだった……」

……真樹子と二人でここへきてって……あの……ひょっとしてその場合の故人って……。

「真樹子がティディアの粉騒動に巻き込まれたのは、亡くなった方の仇《かたき》をとる為でしたから……すべてが、一件落着したあかつきには、彼女の心の整理の為にも、ここにお参りして、私が、故人の魂に、真樹子のこれからのことは安心して私にまかせて欲しいと報告するつもりでした。……故人は火星の人だと聞いていましたのでね、あの事故があった現場から、事故当時の火星へ向かってまっすぐ線をおろすと、ちょうどこの辺になるんですよ。……もっとも、ま、事件が完全に解決してみれば、何と亡くなった筈の方が生きていたっていうのは、お笑いだったんですが」

……やっぱり！　じゃ、やっぱり、その場合の故人って――今献花された人って――太一郎さんだあ！

「あの、献花って……故人って……た、太一郎さんはまだちゃんと生きているんですよ！」

話がこんな風になっちゃうと、怒るのも莫迦莫迦しいような、かといって、にこにこ笑っていられるような状態じゃ、勿論、ない、どうしていいのか判らない気分になってしまう。

「よく判ってます。それに……できれば、姓の方で呼んでくださいませんか。名前の方でそう呼ばれると、どうもうちの息子の話をしているようで……」

そうだった。そういえば、この人とレイディの間にできた子供も、太一郎っていうんだった。

「森村さん、あなたにしてみれば、私がまだ生きている人のお墓にこうして花を捧げにくるのは、厭味に思えるかも知れません。でも……何て言ったらいいのかな、私達――私と、真樹子にとっては、これは必要な儀式なんですよ。ここは、彼のお墓ではないかも知れませんが、真樹子にとっての彼の思い出のお墓なんです。私達にとって、彼の事故がすべての始まりでした。彼の理不尽な事故があったからこそ、真樹子は復讐の為の旅にでたのですし、体のほとんどを失うような目にあったのですし……そして、私達は知り合えたんです。彼が生きているにせよ亡くなっているにせよ、真樹子が、本当の意味で過去と訣別《けつべつ》して、私との新しい生活を始める為には、実際に彼のお墓ではなくとも、モニュメントとしての彼のお墓が、必要なんですよ」

思い出の為のお墓。そういう風に言われれば――木谷さんの言うこと、少し判るような気がする。思い出の為にとんでもない事件に巻き込まれ、思い出の為にとてつもなく数奇な運命をたどることになっちゃったレイディの心の整理の為には、確かに思い出の為のお墓が必要なんだろう。それに、考えてみれば、レイディが銀河連邦内部に深く関わっちゃったのも、ひいてはあたしにこんな依頼をするような羽目に陥っちゃったのも、すべてはティディアの粉の件——太一郎さんの失踪——に、端《たん》を発しているんだもん。でも——。

「でも、木谷さん、それ、嫌じゃなかったんですか?」

前に、レイディの子供の名前が太一郎だっていうのを聞いた時にも、ちょっと思ったことなんだけど——木谷さんが太一郎さんのことを知らないならいいけど、知っている以上、レイディがここまで太一郎さんとの思い出にこだわり、自分の子供の名前まで思い出によってつけちゃうのって……今の夫である木谷さんにとって、決して嬉しいことではないと思うんだけど……。

「真樹子が私と知り合った後で彼と知り合い、その彼との思い出の為に子供に彼の名前をつけたというのなら、あるいは、単に昔の恋人の名前を感傷から子供につけたっていうんなら、私だっていい気はしませんよ。……でも、そうではないでしょう? 真樹子が私のいる世界にやってきた、そして、真樹子がああいう女性になった、そのすべての原因は、彼との思い出にあるんだから……森村さん、おそらくあなたにとって彼が運命であったより以上に、我々夫婦にとって、彼は『運命』そのものだったんです。それにね、森村さん、私が最初に真樹子に会った時、すでに彼は、真樹子の一部だったんです。私が魅かれた真樹子は、私が妻にしようと思った真樹子は、彼の思い出を含む真樹子だったんでね。今更、それについて悪い感情もいい感情も抱きようがありませんよ」

思い出を含む真樹子って……大抵の人間は、どんなものであれ、過去の思い出を含んでると思うんだけど……。

「真樹子が今の真樹子になったのは——真樹子の人格形成には、彼の事故というのがかなりの影響をおよぼしているんです。多分、もともと真樹子は、意志の強い、一旦こうと思いこんだら何としてもそれをやり通すような性格の人間ではあったんでしょう。でも、それがここまで強くなったのは、やはり、彼のことがあったからでしょう。……私はね、気が強くて意志が強い普通の女に惚れた訳じゃないんですよ。単に意志が強いなんてものじゃない、一旦こうと決めた以上、どんな目にあわされようとも、どんな手をつかおうとも、絶対それをやりとげてしまう、まさにこの火星の化身《けしん》のような——私にとっての軍神マルス、戦いの女神を愛したんです」

思い出していた、いつかのレイディ。高層ビルの窓辺に身を寄せて、窓の外は夜で。あっちこっちの建物のイルミネーション、地上はるかにひろがる光点、それらすべてがレイディのうしろに従っているように見えて——彼女はさながら、この世界に君臨する、戦いの女神のように見えたのだった……。

「人というのはね、人間の赤ちゃんであっても、生まれおちたその瞬間は、まだ、人ではないんですよ。この世に生まれて、いろいろなことがあって……そして、人は、みずから自分を形成してゆくんです。現在の真樹子は、過去の真樹子がさまざまなことにあいながら、自分で組み立てていった真樹子です。現在の真樹子を愛しているという以上、私は、過去の、真樹子をつくりあげた、そのすべての要素を認めます」

認めます。許容する——許して認める、許して受け入れるんじゃなくて、認めます、か。

「それは……レイディの話であると同時に、あたしのことでもあるんですね」

人間は、生まれおちた瞬間はまだ人ではなく、のちに、自分で自分を組み立ててゆくものであるのなら。あたしは、あたしを構成するすべての部分を、許容するんじゃなくて、努力して認めるんじゃなくて、自然に、意識することなく、認めていてしかるべきなんだろうか。たとえば——それが〝感情同調〟って要素であっても。

「日常会話においてあなたがとんでもなく鈍いと真樹子は言っていましたが……それ、真樹子の誤解だったようですね」

木谷さん、こう言うとあたしにウインクしてみせる。太一郎さんの、あの、片目をつぶろうとしてるんだか、片目にごみがはいっちゃったんだか判らないようなウインクに較べれば、同じウインクだって形容しちゃいけないような、見事に決まる奴を。

「今は特別です。いつもはもっとずっとちゃんと鈍いです」

あたし、そのウインクにどきどきしちゃって、ついつい『ちゃんと鈍い』だなんて莫迦なことを言う。そして、それから。

「木谷さん……レイディに頼まれて、で、あたしを説得にきたんですか？　あたしが〃感情同調〃って能力をちゃんと許容できるようにって」

実を言うとあたし、もうかなり説得されているような気がする。木谷さんの台詞のどれが効いたっていう訳でもないんだけど、彼と、こうしてここで火星の空を眺めているうちに、何だか、あのやるせない、自分がずるしてるんだって感覚が、少しずつ、少しずつ、うすれてゆくような気がして。それはとっても嬉しいことだしありがたいことでもあるんだけれど……自分でも贅沢なことを言っているとは思うんだけど、でも、何となく、説得されてそう思っちゃったっていうの、嫌だな。

「説得する気なんてまるでありませんよ。そういうのって、説得できる問題じゃないって、知っていますから」

知っていますから。前にも思ったんだけど、木谷さんのこういう時の台詞、何だか妙に真実の重みがあるんだよね。まるで――あり得ないことだけど、木谷さん自身が同じ能力を持っていて、自分もいろいろ悩んだことがあるって雰囲気で。

「どっちがより精神的に克服するのがむずかしいかは知りませんけれど、私も、最初に自分の予知能力に気づいた時は、かなり落ち込んだものでした。だからって私があなたのことを判ってあげられるとは思いませんけれど、でも、ちょっとほっておきたくなかったんですよ」

……！　そうだった！　この人は、銀河連邦公認のエスパーだったんだっけ！

「親友がね、何か仕事を始めようとして、で、彼がその仕事に賭けているのも、その仕事の必要性も、彼がそれをせざるを得なくなった動機も、すべてよく知っていて……なおかつそれが失敗すると最初から判ってしまうというのは、嫌なものですよ。自分の予知に百パーセントの自信があれば、止めることもできるでしょうが、予知なんていうのは変動する要素が多すぎて、百パーセントということは絶対ないんですから……何てうっとおしい能力なんだろうと、時々、思います。……もっと切ないのは、ごく稀にですが、その人の死が見えてしまう時ですね」

ぞくっと、体中に胴ぶるいが走った。予知なんて能力、持ってなくてよかったよお……。

「どうやって……どうやって、それ、克服したんです。どうやったら、そんな能力を持っているってこと、我慢できたんです」

知りたかった、あたし、それを切実に。分野がちょっと違うとはいえ、木谷さんはあたしの先輩にあたる訳で、彼がそれを克服した道を教えてもらえれば……。

「どうもできませんでしたよ。……言ったでしょう、『説得できるようなことではないと知っている』って。何か方法があって、で、克服できるものではないんですよ、こういうものは。答なんてでるものではないし、自分で納得する方法もない、ただ、ある日、何となく、これが自分というものなんだって静かに思える日がくるのを待つしかないんです。だから私は、あなたをここに連れてきたんです」

「……？」

「たとえ傍《はた》から見ればどんなに意味がないことに見えようとも、あなたはドームの外にでたがっていた。だから私は、あなたをここへ連れてきた。ここへ来れば何がどうなるって訳でもないでしょうが、でも、今のあなたにはそれが必要なんだと思った。……どんな能力を持っていようが持っていまいが、本質的なことは、人は人に教えることも、教わることもできないんです。知識や智恵は、確かに教えることも教わることもできます。でも、その人間がどういう人であるのか、もっとも根本的なことは、決して誰も教えることはできないし、そもそも教われることではないんです。自分で、自分に教えてやらなきゃいけないことなんです。……あなたが、あれだけここへ来たがっていたということは、きっと、ここには、あなたに必要なものがあったんでしょう。あなたにものを教えることができ、あなたをつくりあげることができるのは、もうあなた自身しかいないんですから……私にできるのは、あなたがしたいと思っていることを手伝うことだけです」

あたしがここにきたがっていた。何でだか判らないけど、そう、確かに、あたしはここに来たくてしょうがなかったんだ。ここへ来て——そして、ピンクの空と、ちいさなおひさまを見て……。

……そうか……そうだ。

あたしはそっと両手をまわして、自分で自分の体を抱いてあげた。ゆっくりと、優しく、ありったけの思いをこめて。

田舎で見た、満天の星。やっぱり、あれがすべての始まりだったんだ。あそこで見た星が、あたしの運命だったんだ。

シノークの砂漠で。家に帰ろうと思った。帰って、あったかい部屋で、窓の外に降っている雨を見ながら、紅茶いれて、ショパンのピアノ曲なんか聴きたいと思った。でも――あの時あたしは、帰らなかったんだ。

あの時帰っていれば――あるいは、そもそも星へ行く船になんか乗らなかったら。きっとあたし、地球の家で、生涯〝感情同調〟がどうのこうのなんて話も知らずに、みんなに好かれて大切にされて、ぬくぬく、幸せな一生を送ることができたのかも知れない。でもあたしは帰らなかったんだし、星へ行く船に乗ってしまったんだし……そして、今、振り返って、人生の、どこでも好きな時点からやりなおすことを許されたとしても、やっぱり同じ道を通ってきてしまうだろう。

あたしは、こういう能力を持って生まれたかった訳じゃない。あるいは、ひょっとしたら、星だってああいう風な状態になりたかった訳じゃないかも知れないし、地球だってそこで生命を発生させたかった訳じゃないかも知れないし、火星だってもっとおひさまの近くでおひさまの光をさんさんとうけたかったのかも知れないし、あるいは逆に、もっと遠くからこっそりおひさまを見ていたかったのかも知れない。でも、結局。でも、結局、あたしはこうなんだし、星々だって地球からじゃ銀色の幾千万もの地球を見下ろす目のように見えるんだし、地球は生命の故郷なんだし、火星は童画のような世界に小さなおひさまが昇るんだ。すべては、あるように、あるんだ。

そうだ……そうなんだ。

こんな能力を持っちゃって、凄いことなのかも知れないし、可哀想なことなのかも知れない、でも、これが、あたしなんだ。

ぎゅっ。

自分で自分の体を抱いた手に、わずかに力をこめる。

あたしって、そう絵に描いたようないい子でもないし、今までだっていい思い出ばっかりがあった訳じゃない。二度と思い出したくないことや、二度としたくないような失敗だって、沢山している。でも――でも、あたしは、あたしの過去が大好きだし、あたしって子が大好きだし――それこそ、過去の思い出も、そして、どういう風になるかどうかまだ全然判らない未来も、あたしに関するすべてを含めて、あたしは、あたしが大好きだし、あたしは、あたしがこうして生きているのが嬉しいし、あたしは、あたしがここにいる世界をみんな、愛してる。

もし星々に、地球に、火星に感情というものがあるのなら。もし、全宇宙に、感情というものがあるのなら。

みんな、あるがままに、あるように、この世に存在しているのなら。

きっと、どんな星でもどんな宇宙でも、過去も現在も未来も、自分がここに、あるがままにあるということが好きだろう……。

「木谷さん……」

彼の方を向いて。でも……何て言っていいのか判らない。

「木谷さん……あたし……レイディの依頼、受けます」

その台詞は、とっても自然にあたしの口からでてきていた。

あたしは、こんなにもあたしが好きだし、こんなにもこの世界が好きだし……だから、この世界にあるものはみんな、生きとし生けるものだけじゃなくて、宇宙をただよう隕石《いんせき》の一つ一つが、空気の分子の一つ一つが、みんな、自分のことを好きでいてもらいたい。みんな、この世界を好きでいてもらいたい。あたしが少しでもそれに役にたつなら、ぜひ、そうであるように、そういう状態が続くように、尽力したい。

そっと、目をつむる。

宇宙服の中で、寒くもないのに、腕にとり肌がたってくるのを感じる。

ゆっくり、ゆっくり、体の奥の方から、お腹の中の、あたしの体の中の、どこからとも知れない処から、どろっとした熱いものがこみあげてくるのが判る。

また、何か、感情が爆発しようとしているに違いない。それは判ったけれど——でも、あたし、それをとめようとは思わなかった。

そして、その瞬間。

背骨を、下から上にむけて、何だかひやっこいものが走り、それと同時に体中がぞくぞくして――一瞬にして、そのぞくぞくは消え去り、次の瞬間、あたしは、心の中が、体全体が、少しずつ、じわじわっと、温かくなるのを感じていた。

あたしは、ほんとうにこの世界が好きだって思って――そうしたら、この世界も、あたしのことを好きだって思ってくれたような気がした。

前よりも、少し温かく、少しねっとりと、あたしにからむように、ピンクの大気が地上におりてくる――。

PART IX
出発

インターホンをおすと、すぐに部屋の中でがさがさって音が聞こえ、誰何《すいか》もされずにぱっと目の前のドアが開いた。

「お帰り」

ドアに半分よりかかるようにして、あたしの為に玄関のスペースをあけてくれながら、まったく当然の挨拶のように、この部屋の主・太一郎さんはあたしにこう言う。一方、あたしの方も、別にどこにでかけていた訳でもないのに、ここがあたしの部屋だって訳でもないのに、これまたごく自然に「ただいま」って台詞を口にしていた。

「コーヒーがはいってる。適当にカップ用意して、お茶の支度してくれないか」

「うん。ミルク、あるの?」

「冷蔵庫の中」

玄関からダイニング・キッチンに抜ける間も、一見きわめて日常的にみえる、でも、落ち着いて考えてみればかなり異常な会話は続いていた。太一郎さんはそもそも家に一人でいる時は、まずコーヒーなんて飲まない。豆をひいたりコーヒー・メーカーをセットしたりカップを洗ったりするのが面倒くさいからだ。同じ理由で、あたしが遊びに来ていて、コーヒーでも飲みたくなった場合、用意するのは今まで全部あたしだった。その太一郎さんの部屋で、あたしが来る前からすでに二人分のコーヒーがはいっているっていうのも異常だし、何よりまず、誰何もせずに太一郎さんがドアを開けたっていうのも異常、事務所を休んだあたしが突然太一郎さんの家にあらわれたのに何の質問もされないのも異常――つまり、太一郎さんは、さっき突然思い付いてあたしが太一郎さんの家を訪ねる気になったのを、前もって予測していたっていう異常な結論がでてきてしまうのだ。そう言えば、部屋のカーテンは全部窓の左側によっていたし。

(それ、太一郎さんが人を待つ時の癖なのである。)

「判ってたの？　今日、あたしが来るって」

「ああ」

「どうして？　あたしだって、ついさっきまで、ここへ来ようだなんて思ってなかったし――少なくとも、今朝起きた時は、まだとても太一郎さんと二人っきりになれるような精神状態じゃなかったのに」

「最初からそのくらいのことは判ってたよ。……気持ちの整理がついたんだろ、つまりは、いろいろなことに対して」

「……ん」

「だとしたら、おまえがくるのは、俺の処しかない」

それはまったくもって自明の理だって感じで、太一郎さん、自分でこう言って自分の台詞に自分でうなずく。うふっ、この自信過剰男め。

それから、あたし達二人は、しばらくの間だまってゆっくりコーヒーを飲んだ。太一郎さんはかなり前からあたしのことを待っていてくれたらしく、コーヒー・メーカーの中のコーヒーはいささか煮詰まり気味でやたらと熱く、猫舌のあたしがそれを飲み干すまでには、かなりの時間がかかった。

「行くんだろ」

やがて。あたしのコーヒー・カップが空《から》になり、何となくお互いに視線をあわせづらく、あたりを所在なくただよっていた二人の視線が、のろのろやっと出会った時、ゆっくり太一郎さんはこう言った。

「……ん」

ゆっくり、あたしもこう答える。

「……だろうと思ってた」

太一郎さんはこう言うとそっと目を閉じ、かすかな、ほとんど聞きとれない程かすかなため息をつく。その、ため息をついた時の太一郎さんの顔が、少し哀し気ではあるものの、何だか妙に悟ったようなものだったので、あたし、言おうとしていた言葉のほとんどが、喉の奥につまってしまうのを感じる。とはいってもそれは、『どうせ言っても判ってもらえない』、とか、『言ってもしょうがない』っていうあきらめのつまり方じゃなくて、『何も言わなくてももうこの人は判っている』っていう、不思議な安堵感に満ちたものだったけれど。

あのね、太一郎さん。

心の中で、もう彼には判っているに違いない台詞を、太一郎さんにむけて連《つら》ねる。

ドームの外で、木谷さんに、今となってはあたしに何かを教えることができるのはあたししかいない、あたしを作ってゆけるのはあたししかいないって言われた時、突然ふっと思ったんだ。あたし、その、惑星α《アルファ》とかいう処へ行こうって。

一つには、あたしがこういう風に自然に生まれついちゃったからには、あたしの能力が一番自然に必要とされていることをやるべきだって思いもあったし、それにあたし、あの時ほんとに、この世のものが、すべて、心から好きだって感じた。それこそ、この世にあるものならば、原子の一つ一つ、クオークの一つ一つまで、心から愛してるって思った。どこがどうってうまく言えないんだけど、世の中のものみんなが、お互いに調和しながら、この世界を作ってるんだって何の衒《てら》いもなく思うことができた。そして、あたしもその世界の一部なんだから――そういう能力を持っているのなら、レイディの依頼を受けるのが、一番調和していることだと思った。

　そして。その時、同時に、判ったんだ。

　とりあえず今は、なしくずしに認めちゃってるけど、でも、ほんといってまだ、あたしは自分が〝感情同調〟って能力を持っていることを、感情的に許容できない。あたしがまわりみんなを好きになることで、まわりみんながお互い同士を好きになることがもしできるんなら、それはとっても素敵なことだとは思うけど、その副産物として、あたしがみんなに無条件に好かれちゃうって、仕方のないこととはいえ、ずるいことだって気が、やっぱり、する。けど。あたしが努力して、あたしの能力を使って、人類とエイリアンさんとの友好っていうのが、もし、ちょっとでもうまく行ったら。そうしたらあたし、自分の能力に、今より罪悪感を持たずに済むかも知れない。せっかく住み慣れた居心地のいい今の環境をでて、友達みんなと連絡もできず、いささか自虐的にせよ仕事にはげめば、あたし、自分で自分のずるを、ちょっとは許してあげられそうな気がする。

　これから先のうんと長い人生、あたしが胸をはって生きてゆく為には、いささか自虐的だけど、そうした方がいいと思った。生まれた時は何も考えていなかったけど、もう、こうして二十年以上も生きてきて、これからあたしが森村あゆみって人間を形成してゆくなら、まず、そうするのが将来まで考えると、自分の為だと思った。

でも、太一郎さん。

あなた、言わなくても、判ってくれてるよね、そういうこと、みんな。

火星をでたら後悔するだろう。毎晩毎晩、泣くだろう。太一郎さんのことを思って、事務所のみんなのことを思って、楽しかった火星時代の思い出を偲んで。昼間は多分いろいろなことに忙しくそんな感傷にひたっている時間がない分、夜毎《よごと》泣くことになるだろう。涙って結構養分があるだろうから、ひょっとすると枕の二つや三つ、涙で腐らせるくらい、泣いちゃうかも知れない。でも——それでも。

それでも、ここで何もせずに、これから先一生、いわれのない罪悪感を抱いて生きたり、あの時あたしは自分の感傷にかまけて自分がやるべき一番自然なことをやらなかったんだって後悔にまみれて生きるのより、ずっとましだと思う。

「悪かったな、ため息なんかついて」

と、太一郎さん、ゆっくりあたしの方を向いて、何とか微笑だと思える表情を作ってくれる。

「俺がため息なんかついたから、言いたいことが言えなくなっちまったのか？」

「……ううん。言わなくても、判ってるでしょう」

「……ああ」

それから太一郎さん、今度こそ、自然に、笑みを浮かべてくれる。

「それが正解だよ。俺がおまえの立場でもそうするだろう。おまえの人生の主役はおまえだからな。俺はおまえの人生における最重要登場人物にはなれても、主人公には決してなれない。……おまえがこれから先、山崎太一郎の恋人、とか、水沢事務所の所員、みたいな誰かの被保護者として一生を終えるならともかく、森村あゆみっていう一人の人間として一生を過ごすつもりなら、まず、どこにだしても恥ずかしくない、余計な罪悪感も、自分は自分のするべきことをしなかったって後悔も持ってない、ちゃんとした森村あゆみって人間を作らなきゃいけないしな」

「……うん」

それから、あたしと太一郎さん、二人とも黙ってお互いの顔をみつめる。太一郎さんの顔を見ているうちに、あたしは段々、『ああ、あたしは本当にこの人のことが好きなんだ』って感傷がもりあがってきて……。

太一郎さんがそっとあたしの目にふれた。あたし、いつの間にか涙ぐんでいたらしく、太一郎さんは優しくあたしの涙を拭ってくれた。

「おまえは運がいいんだろ」

それから、太一郎さん、人差し指で軽くあたしの額《ひたい》を弾いて。

「だったらね、あんまり悲愴《ひそう》にして莫迦なことを考えるなよ」

「……?」

「早いとこ仕事済まして帰っておいで。みんな待っててくれるから」

「だって……あの……」

　だってあの、一日二日で終わるような仕事じゃないし、多分〝感情同調〟能力の訓練だけで何ヵ月って単位の時間がかかるんだろうし（今のままじゃ、あたし、自分で自分の能力を制御できないんだから、危険すぎて何もできないでしょ）、下手すれば寿命が尽きるまで終わらない仕事になるかも知れないし、うまくいったって、あたしが帰ってくるの、十年、二十年って未来の話だよ。

「運がいいんだろうがおまえは。普通の人間なら二十年くらいかかる仕事、その運のよさで二年くらいでおしまいにしてきなさい。二年なんてあっという間だぜ」

「お、おしまいにしてきなさいったって……相手がある仕事なんだよ？　あたしの都合だけで」

「おまえの都合で切り上げろって言ってるんじゃない、おまえの運のよさでおしまいにしちまえって言ってんの」

「……運のよさって……そんな積極的に利用できるもんなんだろうか……」

「できると思えばおよそどんなことでもできる」

　うーん。さすが、銀河系一の自信過剰男の台詞だ。

「何てったっておまえの運のよさは俺の折り紙つきだ。俺を夫にできるなんて幸運な女はおまえしかいない」

……！

これは……その……プロポーズなんだろうか……？　プロポーズにしてはあまりと言えばあまりのお言葉って気もするけれど……でも、反面、とてつもなく太一郎さんらしいと言えば、こんな太一郎さんらしいプロポーズもないような気がする……。

「早いとこ終わらせて帰ってきな。男の一人暮らしっていうのは、基本的にウジがわくようになってんだから、うちが火星における蝿《はえ》の一大生息地《せいそくち》にならないうちに」

……でも……だって……もしここであたしが『うん』って言っちゃったら、太一郎さん、あたしがその惑星に行っている間、ずっと待ってくれるんだろうか……？　それは……確かに……とってもありがたいことではあるんだけれど、いつ終わるかまったく判らないことの為に、一人の人の一生を束縛するなんて、していいことじゃない。あたしが帰ってきた時、まだ太一郎さんが一人だったら、それはその時考えるべきことであって、今から何年先、何十年先になるか判らない、ひょっとしたら永遠にそういう日はこないかも知れないことを、約束しちゃ、いけない。

「返事が遅い。早く返事しなさいよ。ま、別に俺はいいけどね、うちが蝿の自然保護区域か何かになっちまっても。掃除するのは、おまえだから」

「でも……」

「イエス？　ノー？　あんまり返事が遅いと、俺は断固として掃除を手伝ってやらない決心をするぞ」

「……でも……」

「……そんなにウジ退治と大掃除をやりたい訳？」

「そんなことない！」

太一郎さんのこの台詞で、一瞬、台所の流しの排水管で大量発生しているウジの幻が目の前にうかび、ついあたし、慌てて返事をしてしまう。こういう状況下で結婚の約束はしちゃいけないと思うけど、それとはまったく別問題として、大量のウジ退治はしたくない。

「じゃ、なるたけ早く帰ってくるように」

って、ちょっと太一郎さん、結婚するか大量のウジ退治をするか二者択一って、それは一体どういう理屈なのよ！　あたしはウジの相手をするのが嫌だって言ったんであって、太一郎さんと結婚するって約束した訳じゃ……。

心の中では、あたし、わりと興奮気味に、いろいろな言葉をまくしたてることができた。でも——現実に、言葉としては。どうしてだか……どうしてだか、何も言うことができなかったんだよお！

だって。

そんなこと望んじゃいけないと思ってた、ううん、過去形じゃない、今だって思ってる、太一郎さんを束縛しちゃいけないと思う、でも、でも、やっぱり、心の底では、いつ帰れることになるのか判らなくても、たとえ帰ってこられなくても……でも、太一郎さんに待ってて欲しかったんだもん……。

「俺は」

太一郎さん、それから一転して真面目な口調になる。

「何かことが起こった時、人のうしろで待ってるのが、一番苦手だ。苦手というより何より、正直言って絶対にやりたくない。たとえ、俺の前を走っているのが、水沢さんだとか真樹子だとか、あいつらならほっといてもある程度は大丈夫だろうなって連中でも、断固としてごめんだ」

それはそうだろう。一旦何か事件が起こったら、事務所内のポジション的にも、能力的にも、そして何より性格的にも、まっさきに走り出すのは太一郎さんだもの。

「誰が何と言おうと、俺はそういうことをしたくないし、それより何よりできないだろうと思ってた。今だって、正直言ってそう思ってるし、そんな立場にだけはなりたくない」

うん。そうだろうと思う。けど――それが何か？

「実にやりたくない、不本意な、主義に反することだ、何かことがあった時、自分が第一当事者にならず、人のうしろで見てるってのは」

そうだろうとほんとに思うよ。でも――くどいようだけど、それが何な訳？

「……何も判ってないな。おまえは」

と、太一郎さん、あたしの顔を見て、苦虫《にがむし》をかみつぶしたような表情になる。

「これだけ人のうしろで待ってるのが嫌な俺が、一体何回おまえのうしろで待たされたと思う」

「へ？」

……え？　そんなことあったっけ？

『カレンダー・ガール』事件の時は、生きた心地がしなかった」

……ああ。そういえば、そんなこともあったわ。

「それまでの俺は――いや、今の俺だって、前を走ってるのがおまえじゃなかったら、前の奴の襟首《えりくび》ひっつかんで蹴倒してでも、俺の方が先を走るよ。けど、おまえだけは……しょうがない、先を譲って、うしろから危ないことがないようについていってやることができるんだよ。実にしたくはないし、不本意なんだが、何故だか、できるんだ」

「……」

「そう思っていろいろ振り返ってみると、おまえと知り合って以来、何かっていっちゃ、俺は自分が先頭走らずに、前走ってるおまえを心配しながらおっかけてるんだ。それが判った時に、ああ、これはもう駄目だって思った」

「駄目だって……何が」

「一生おまえのうしろくっついててやって、危ないことがないかどうかはらはらしてなきゃなんない巡り合わせだって判ったんだよ、まったくもって不本意ながら。……それはね、俺がおまえの能力を信頼してるとか、おまえにほれてるっていうのとは、まったく別の問題なんだ。俺はね、自分で言うのも何だが、かなりかっとなりやすい方だし、性格的にすっとんでる方だから、何かっていっちゃ、すぐ走りだしちまう。誰かがそんな時の俺の邪魔したらひどく腹がたつだろうし、走ってる俺の襟首を誰かがひっつかんで俺の前にでたら、欲求不満で爆発しかねない。……で……そういう自分の性質をつくづく考えて、それからおまえのことを考えると――実にまったくひどい話なんだが、おまえの方が性格的にすっとんでて、おまえの方が俺よかすぐかっとなっちまうんだよな……。俺は自分が先頭を走っているのを邪魔されたら感情的にたまらなくなる、でも、おまえは俺よかもっとたまんなくなるタイプなんだよな。……何の因果なんだろうと思うぜ、ほんとに。何で俺がおまえのうしろから心配してくっついて歩かにゃならんのだ」

「……ごめん」

「謝るな。これは俺の精神的な内部での問題なんだから。とにかく何の因果でだか、俺が自分の前を走ることをたった一人許せる人間、それがおまえなんだ。これはもう、しょうがない。……現にこれからだって、おまえはそのどっかって星へ行っちまう訳だろ、したら、俺にできるのは『大丈夫かな、大丈夫かな』ってうしろではらはら心配することだけだ」

……そういえば、そうだ。

「だからね、もうしょうがないと思いなさい。俺が助けてやれない分野でおまえが危ないことしてるのかと思うと、ほんと、生きた心地がしないんだから、素直にとっとと仕事済ませて、早く帰ってきて、俺の目の届く処で俺に心配させてなさい。……じゃないと俺、三十で総白髪《そうしらが》になっちまうかも知れない」

「……太一郎さんの場合……はげるんじゃない？」

「世の中には言っていいことと言ってはいけないことがあるんだぞ」

「ごめん」

「謝るなよ！　そこで謝られたら、まるで俺がはげるみたいじゃないか」

……うーん。この件に関しては、論評をさけよう。

「まあとにかく」

太一郎さん、こう言うと一つ咳払いして。

「無事に帰ってこいよ。くれぐれも危険なことはするな――っつって、しない人間じゃないっていうの、誰よりも俺がよく判ってるしなあ……。えーと、その、ある程度危険なことをするのはしょうがないかも知れないが、でも、極力安全であるように危険なことをするようにね」

「極力安全であるように危険なことをするって……具体的には、どうすればできるの？」

完全に言ってることが矛盾してるもんなあ。

「知るか、俺が、そんなこと。……ああ、じゃ、こうしなさい。おまえが何か一つ危ないことをするたびに、俺はもれなく髪を白くしたり、胃に穴あけたり、心臓発作おこしたりしてやるからな。俺の若さと俺の健康は、ひとえにおまえの双肩《そうけん》にかかっている」

「……あのね」

「ある程度以上危険なことしやがったら、胃潰瘍《いかいよう》なんかすっとばして、一気に脳卒中起こしてやるからな」

「……」

「死にそうな目になんかあってみろ、こっちはクモ膜下出血起こして寝たきり若者になってやる」

「……」

「無事に帰ってこいよ。さもないと帰ってきた時には、ウジの大群とクモ膜下出血が相手だぞ」

「……」

「とにかく」

太一郎さん、立ち上がると、ダイニング・テーブルをまわって、あたしの脇に立つ。それから、あたしの肩をきつく握ってあたしを立たせて。

「無事に、帰ってこい。それだけは約束してゆけ。絶対、無事、帰ってこいよ」

太一郎さんの指があたしの肩に喰い込んで——それこそほんとに、太一郎さん、あたしの肩の骨折ろうとしてるのかしらって感じに喰い込んで――痛かったけど、でも、この痛みが太一郎さんのあたしに対する気持ちなんだって思うと、あたし、嬉しいんだか、ありがたいんだか、これからのことを考えて哀しいんだか、とにかく、ありとあらゆる感情がこみあげてきて……。

「あたし……帰ってきていいんだよね。ここへ――太一郎さんの処へ、帰ってきていいんだよね……？」

半分すすり泣きながら、ただ、これだけを繰り返してた。

「あたり前だ。絶対、帰ってこい。約束しろよ」

「……うん……」

それから。

太一郎さんはあたしの肩からそっと右手をはずすと、人差し指で軽くあたしのあごを上向かせる。段々太一郎さんの顔が近付いてきて、あたしはそっと目を閉じた。

でも、どうしてだか。目を閉じたあとも、見えるような気がした。

ダイニング・キッチンの窓から、そろそろ日暮れの――人工の、夕陽が、差し込む。その、少し赤味を帯びた光が、ななめにあたし達を照らしてくれて。

背後の、まっ白な壁にうつる、二つの少し長めの影が、ちょっとずつ、ちょっとずつ近寄ってゆく。

やがて二つの影があわさり――それは、いつまでも、いつまでも、決して二つに分かれようとはしなかった……。

☆

それからあとの何日かは、まるで羽がはえたみたいに飛び去っていった。事務所のみんなに事情を話して休職届を出したり(ほんとはいつ帰ってこられるのか判らないんだから、退職届にするべきなんだけど、所長は、がんとして休職届以外受け取ってくれなかった)、れーこさんだの何だの火星でできた友人には、一時地球の実家に帰るからってさり気なく嘘のお別れをし、アパートを引き払う手続きをし、家具の始末をし(いくら何でも家具もってその惑星α《アルファ》ってのに行く訳にいかないじゃない?)、レイディと相談してバタカップは連れてゆくことになり、結果として動物検疫《けんえき》の手続きもしなきゃならず、この仕事中はあたしの公式な身分は銀河連邦所属の公務員になるんだそうで、そっちの方の手続きもしなきゃならず、合間をぬって木谷さんから〝感情同調〟制御の為の基礎訓練のやり方のレクチャーを受け……もう、正直言って、何が何だか自分でもよく判らないくらい、忙しかったのだ。

もっとも、これは、半分くらい太一郎さんとかレイディとか所長とかが、わざと仕組んであたしを忙しくしてくれたらしいのね。おかげで、明日が出発、今日が送別会って日まで、あたしは感傷にひたっている余裕もなかった。おまけに、太一郎さんも、感傷にひたるのは嫌だって感じで、とにかく何だかんだやたら積極的にとびまわっているんで、余計、感傷にひたるべき土壌もなかったし。

でも。それでもやっぱり、所長と麻子さんが所員募集の広告を新聞に打つ話をしているのを小耳にはさんじゃったり、自分の部屋からどんどん家具がなくなっていっちゃったりするのを見ると、時々は哀しくて、一晩泣きあかしちゃうこともあったけど。

そして、何より。

珍しく、きれいに片付けられた太一郎さんの部屋で、あたしの送別会なんてものがほんとに始まっちゃうと——これはもう、感傷的にならずにはいられなかった。そもそも、もう最初の乾杯の時から、麻子さんなんか涙ぐんでたし、中谷君はわざとあたしの顔を見ないようにそっぽむいてるのがよく判っちゃったし……こういう状態になると、お料理がおいしいのも、今日がいい天気なのも、何もかも、意味もなく哀しくなっちゃって。

「不躾《ぶしつけ》なことを聞くようですけど、山崎先輩」

やがて、特に男性陣にかなりお酒がまわった頃、部屋のすみの方で、中谷君が太一郎さんとこっそりしゃべっているのが聞こえてきた。中谷君本人は、声をひそめて内緒話をしているつもりなのかも知れないけど、いい加減お酒がまわっていることもあって、中谷君の声、相当大きく、聞く気がなくたって、部屋の中にいる人には丸聞こえだった。

「あゆみとのことは、はっきりさせたんでしょうね」

……ちょっと思い出すな、盗み聞いてしまった会話。あたしがあの時の話を聞いていたっていうの、太一郎さんも中谷君も知らない筈で、だからあたしもなるたけそのことは意識の上にのせないようにしていたんだけど……。

「ああ。結婚するよ」

「ならいいんです。それと……もう一つ、確認しておきたいんですが、先輩は人生はそう長いもんじゃないってことを知らない程度に莫迦じゃないですよね」

「人生はそう長いもんじゃないってことを知ってる程度に頭がいいと言い換えて欲しい」

「判りました。……ここんとこ、いろいろつっかかってすみませんでした」

「いや。……どうする、広明、一発殴《なぐ》ってみるか？」

「山崎先輩をですか？　今日の処は、やめときます。まだ、ちょっと、こっちの方が不利だもんな」

「まだちょっとっていうのは何なんだよ。今日じゃなくたって、明日だって明後日だって、一年後だって二年後だって、俺はおまえに負ける気はない」

「そっちに気がなくたって、こっちが追い抜いちまえばいいだけの話でしょう」

「おまえな」

太一郎さん、鼻の頭にしわ寄せると肩をすくめて。

「最後まで充分つっかかってるな」

あの二人——何を話しているんだろう。多分あたしのことだと思うんだけど、人生が長いのどうのって、意味がよく判らない。

中谷君が太一郎さんのそばから離れたのを見て、あたし、太一郎さんに今の話の意味を聞いてみようと思ったんだけど、移動しようとした瞬間、所長に袖《そで》をひっぱられた。

「あゆみちゃん……俺、プライバシーに介入する気はまったくないんだけれど……太一郎は、ほんとにプロポーズしたのか？」

「……ええ」

あれをプロポーズと呼べるかどうかには、いささか疑問はあるけれど、でも、したと言えばしたんだろうな。

「差し支えなければ、何て言ったのか教えて欲しい」

「は？」

「いやその……あいつがそんな芸当をするより、あゆみちゃんとこのあの気の強い猫が人間語をしゃべる方がずっと確率としてはありそうなことだと思ってたんで……」

確かに、今、時間を戻して、『太一郎さんがあたしにプロポーズするのと、バタカップが日本語しゃべるのと、どっちがよりありそうな話か』って質問されたら、あたしも、バタカップが日本語話す方に一票いれちゃうだろうな。

「あゆみはウジの大群を退治するのは嫌だって言ったんだ」

と、いつの間にかあたしのうしろにまわりこんでいた太一郎さんが、真剣にぶすっとした顔をして、所長にこう言う。

「ウジの大群……？」

言われた所長、この台詞と自分の質問の間に、当然のことながら何の相関関係も認められないらしく、しばらくぽかんとして、それから。

「その……それが、プロポーズなのか？」

「あゆみの返事だ。何か文句あるか」

「いや……別に……俺は何も恋人同士の会話にいちゃもんをつける気はないんだが……でも……」

所長、やたら口ごもりながらこう言うと、ややしばらくして、何か奇怪なものでも見るような目つきになって、あたしと太一郎さんを等分に眺めて、こう言った。

「でも……おまえら、一体全体どういう愛のかたらいってのをしてたんだ？」

それは、正直言って、あたしの方が教えてもらいたかった。

★

次の日――いよいよ、出発の朝。

あたし、口をすっぱくして、事務所の人誰にも、決して見送りに来てくれるなって頼んでいた。

勿論、自分で決心して、自分で行く気になった話だし、今更後悔するとか、今更行くのが嫌になるなんてことはない筈だし、自分でもないって思ってはいたけど——いざ、宙港なんていう、もうどうしようもなく火星と訣別しなきゃいけない場所についてしまったら、自分がどんな感傷的な反応を示してしまうか、まったく自分に自信っていうものが持てなくて。

けど。

いざ、こうして、着換えだの何だの、ほんとに身のまわりの品だけをいれたボストンバッグ一つと、バタカップがはいっているバスケット一つだけ持って、一人で宙港にきてみたら。自分が、家出した時より更に荷物の少ない、ほんとによるべのない身の上になってしまったような気がして、これはこれでたまらなくなっちゃったんだから、ほんと、人間って勝手なもんだと思う。

そうよ。いくらあたしが固辞したからって、誰か一人くらい見送りに来てくれたってよさそうなもんじゃない。せめて——太一郎さんくらいは。

太一郎さん。

この単語が、引き金になり、火星での、水沢事務所でのありとあらゆる思い出が心の中で騒ぎ出して、出入国管理所のゲートの直前で、あたし、思わず足をとめてしまった。

駄目だ、こりゃ。

いかにも荷物が重いんですってふりして、あたし、ボストンバッグを床の上におろすと、ちょっとその場に佇んだ。

駄目だよ、太一郎さんに見送りに来てもらわなくてよかったんだよ。太一郎さんって名前を思い出すだけで、もう、あたし、火星から出てゆきたくなくなっちゃうんだもん。ここで実物の太一郎さんなんかと会ったら、あたし、二度とここから出てゆけなくなっちゃうような気がする。

ほんとは行きたくなんかなかった。今ここでしゃがみこんで泣きだせば、すべては御破算になるっていうんなら、どんな恥をかいたっていい、あたし、ここで大声だして泣きだしちゃいたかった。

でも。

この道の先には、あたしを必要として、あたしが到着するのを待っている人達がいるんだ。果たしてあたしなんかで役にたつかどうか判らないけど、でも、そんなあたしの可能性にかけて、ベースⅢより前に戻ることもできず、じっと待っている人達がいるんだ。

それに、今、この瞬間のしあわせよりも、あたしはやっぱり、遠い将来まで含めた、あたしにとってのすべてのしあわせを選びとりたい。あたしが、〝感情同調〟を自分の一部として受け入れる為には、自分がずるをしていないって思う為には、少なくともあたしはこの仕事をクリアすることが必要だし、その能力が、自然にあたしにそなわっているものなら、その能力を必要としている人達の処へ行くのが、一番自然だろう。

それに何より。あたしが本当に好きなこの世界で、あたしという人間が、余計ないさかいをへらす力になり得るのなら、何はさておき、あたしはまず、それをするべきなんだ。

そう。あたしは、行かなくちゃいけない。何より、自分で自分をちゃんとした一人前の人間だって思えるようになる為に。

そう。あたしは、行かなくちゃいけない。一刻でも早く行って、一刻でも早く仕事を済まし、一刻でも早く帰ってくる為に。この火星にも、あたしのことを待っていてくれる人がいるんだから。

あたしは、ゆっくり首をまわすと、ボストンバッグをまた手にとった。そして、ゆっくり、でも着実に、出入国管理所のゲートへ向かって歩きだす……。

ENDING

そして、星へ行く船

切符は、レイディが用意してくれたものだった。まず最初に、小型宇宙艇で火星付近に停泊中の銀河連邦所属の大型宇宙船まで行き、そこから〝感情同調〟制御の訓練をうけつつ、銀河連邦本部のＥＳＰ研究所まで行く。そこでまた訓練を受け、あたしの能力が実用レベルに達したところで、改めて惑星α《アルファ》へ行く。この手順を聞いただけで、仕事にとりかかる前に充分時間がかかるっていうのが推測でき、正直言ってあたしはちょっと憂鬱《ゆううつ》になった。

でも、ま、その訓練っていうのを精一杯やって、あっという間にクリアすれば、それってそうたいした問題でもない筈だし。

一所懸命、自分で自分をこうはげまし、レイディにもらったチケットを見せてゲートをくぐろうとする――と。

何故だか判らないんだけど、ゲートの係の男の人が、あたしの切符を見た途端、くすくす笑いだしたのだ。

「あの……何か？」

あたしどっかおかしい処があるんだろうか。ゆうべやっぱりほとんど眠れなかったから、今朝も頭がそうはっきりしている訳でもなく、とんでもないミス、してるのかな。たとえば、唇のまわりに歯磨き粉がくっついてるとか、目尻と口許に涙とよだれのあとがしっかりついているとか、うっかりパジャマのまんま出てきちゃったとか。

「いえ、別に、何でもありません。どうぞお通りになってください」

係の人、何とか真面目そうな顔を作ってこう言うんだけど、でも駄目。真面目そうな顔をしようとすればする程、あとからあとから笑いがこみあげてきちゃうみたい。と、どうやら管理所の窓口の中にいた同僚らしい人が、係の人の異常に気付いたらしく、あたしが二、三歩進んだところで、背後から『おい、どうした』だの何だのこそこそ内緒話している気配が伝わってきた。

「あれ……あれだよ、あの切符。例の宇宙船」

「あれか！」

……何なんだろう。察する処、別にあたしの格好がおかしかった訳じゃなくて、宇宙船自体がおかしいみたいなんだけど……レイディったら、どんな船、用意してくれたんだ？　仮にも宙港勤務の職員が、『あの船』っつって笑い出す船なんて、想像もつかない。

と、あたしが怪訝《けげん》な様子で立ち止まっているのに気がついたらしく、内緒話していた係の人二人、こっちをむくと慌てて二人して真面目な顔を作って、どうにも不得要領《ふとくようりょう》な顔をしているあたしに、二人して同時に頭をさげた。

「どうも失礼しました」

「どうぞ、御遠慮なくお進みください。モス・グリーンの表示に従って進んでいただければ、すぐ判りますから」

「すぐ判ります……ほんと、すぐ判りますから……」

すぐ判りますって言っては、笑いをこらえてる。……これはよっぽど、何かしら異常な宇宙船なのかしらね。

首をかしげながらも、宇宙船の様子がおかしいなら、自分の目で確かめるのが一番だと思って、あたしが荷物を持って歩きだすと。最初に笑った方の係の人が、背後からこう声をかけてきた。

「すみません、笑ったりして。どうぞ、おしあわせに」

……宙港の職員が、『よい御旅行を』って言うのは、聞いたことがある。でも……おしあわせにっていうのは、何事だ？

まったく訳が判らないながらも、とにかくモス・グリーンの表示にそって進む。モス・グ

リーンの表示は、結構宙港の奥の方までのびていて――のびていて――何だ、あれは⁉

目の前に、宇宙船があった。

小型宇宙艇も小型宇宙艇、ほとんど個人用って感じの小さな奴が。

それは、いい。それはいいんだけれど……。

その宇宙船、目もあやな極彩色《ごくさいしき》にぬったくられていたのだ！　ピンク地にオレンジだの黄色だの黄緑だのの色が溢れ……まるで幼稚園の送迎バスみたいに、お花模様だのお星様模様だの動物模様だのも描かれてるみたいだし、こっちからだとよく見えないんだけど、ローマ字か英語で大きく何か文字も書かれてるみたい。そして、きわめつけ――何故か判らないけど、やっぱり極彩色のペンキをぬったくったらしい、あき缶が、色とりどりのリボンで山のようにくくりつけてあるのだ！

どんっ。

音がして、あたし、ようやく茫然自失から回復する。

あまりと言えばあまりのことに、一瞬あたしの体からすべての力が抜け、あたし、ボストンバッグとバスケットを、同時に床の上に落としちゃったみたい。バタカップには悪いけど、あたし、そのまま、ついついまわれ右をする。だってこれは、どう考えても悪い冗談としか思えなかったし、いくら宇宙船は飛べばそれでいいとはいえ、一大決心をして旅に出ようって人間の門出《かどで》が、これじゃやっぱりあんまりだから……まず、何はともあれ、レイディに抗議しようと思ったのだ。

ところが。

「行くな、莫迦あゆみ」

一歩前に足を踏みだそうとした途端、うしろから声をかけられた。あたし、その声を聞いた瞬間、ふたたび体中から全部の力が抜けたようになって、立ち止まる。この声の主って、間違いない、でも、万一、振り返って別人だったら、その時あたしがうける精神的な打撃ってきっと大きすぎるだろうし……。

「俺は二時間近くもこの恥ずかしい代物の前で待ってたんだぞ。この上おまえがどっかへ行っちまったら、更におまえが帰ってくるまで、俺はこの世界一恥ずかしい宇宙船と一緒にいなきゃならんだろうが」

ゆっくり、ゆっくり、振り返る――。

「昨日広明をしめ殺しておかなかったのは、俺の一世一代の不覚だった……」

「あの……太一郎さん……見送りに来てくれたの……?」

振り返っても消えもしなければ、人違いでもなかった声の主の顔を、あたし、なるべく見ないようにしてこう聞いてみる。今ここで、太一郎さんの顔しげしげ見ちゃったら、さっきの悲愴なまでの決意はきっとどっかいっちゃうだろうし……。

「ああ、事務上の手続きを先にすましちまおう」

太一郎さんは、あたしの質問を無視し、こう言うと脇においてあった自分の鞄《かばん》をとりあげる。

「えーと、あなたは森村あゆみさん本人ですね」

「太一郎さん、何言ってんのよ!」

「質問に答えてください。あなたは、森村あゆみさん本人ですね?」

「……はい」

不承不承《ふしょうぶしょう》、あたしはこう言う。太一郎さんたら、今更何を言ってるんだ?

「身分証明カードの提示をお願いします」

そんなもんがなきゃあたしがあたしだって判らないのかって、よっぽど太一郎さんにかみついてやろうかと思ったけれど、しょうがないあたし、カードをだす。

「はい、OKです。それから、木谷さんにもらった証明書がある筈ですが」

太一郎さんがあたしのことを森村さんって呼ぶのも異様だし、レイディのことを木谷さんって呼ぶのも異様だなあ。

「書式の確認は終わりました。一応、自己紹介しておきますと」

……あたしが今更太一郎さんの自己紹介を聞いてどうするっていうんだ。

「俺は銀河連邦Sプロジェクト・チーム選任パイロットの山崎太一郎というもんです。とりあえず、あなたを銀河連邦本部まで護送し、そのあと多分問題の星まであなたを護送する任務につくことになるでしょう。ま、結構長いつきあいになると思うので、よろしく」

「……!!」

……た、た、た、太一郎さん、今、何て言った!?

「聞こえなかったのかよ、おい。一応だぞ、おまえより目上の同僚がよろしくって言ってんだ、それに対して返事もしないっていうのは、これから先の態度として、よくないぞ」

「……そ、そりゃ、あたしだって、相手が太一郎さんじゃなきゃ……知らないパイロットの人だったら、ちゃんとよろしくって返事をしてる……」

「じゃ、何で俺が相手だと返事ができないんだよ」

「だって……だって……太一郎さん、こんな処で何やってんのよ!?」

「……おまえ今の俺の自己紹介、聞いてなかったのかよ」

「聞いてたけど……聞いてたけど……」

混乱しちゃって、もうあたし、何が何だか判らない。だって、どうして、こんな処に太一郎さんがいるの!?

「ま、昨日までまったく構ってやれずに悪かったよ。突然就職しようと思うと、銀河連邦って結構就職しにくいのな」

「あの……太一郎さん……就職って……」

「ほんと、嫌になるな。俺の自己紹介、まったく聞いてなかったのかよ」

それは……確かに……銀河連邦の何とかパイロットとか言ったような言わないような……。

「だって、じゃ、事務所は？　どうして急に」

「水沢さんの了解はとっくにとってある。おまえが辞める前から、水沢さん、従業員募集の広告を出すだの出さないだのやってたろ」

「……ああ……うん。でも、あれ、あたしが辞めるからじゃなかったの？」

「おまえが辞めるくらいで、ああまで慌てて募集広告出すかよ」

「でも……じゃ、何で、何であたしに教えてくれなかったのよ!?」

　この台詞の後半、もうほとんど悲鳴みたいになっちゃってた。

「ひとつには、果たしてうまいこと銀河連邦に就職できるかどうか、やってみなきゃまったく判らなかったんでね。下手なこと言ってぬか喜びさせちゃ可哀想だろ」

　……それはそうかも知れない。でも、せめてそういう意志があるってことくらい、話しといてくれたってよさそうなもんじゃないかあ。したらあたしだって、あんなに感傷的に、あんなにべそべそしなくて済んだかも知れないのに。

「それと、もう一つ。俺が行くから行く、俺が行かないなら行かないなんて覚悟で決心されたんじゃ、はた迷惑だからだよ。あゆみはあくまで自分の意志だけで行くことに決めた、俺も自分の意志でこう決めた、で、二人は偶然出会っちまったってだけの話だろ、今のケースは」

「でも……じゃ、『帰ってこい』だの『待ってる』だのっていうのは……」

「俺は一言も俺が待っているとは言ってない。『みんな待っててくれる』って言ったんだ。それに、ま、二人して出掛ける時に、一緒に出掛けるからって『帰ってこい』って言っちゃいけないって話もないだろうと思ったしな」

……それって……それって、ほとんど詐欺《さぎ》じゃない。

「それに大体、おまえが何か危ないことしたからって、俺が脳卒中おこしたり胃に穴をあける為には、おまえを見張ってなきゃならない理屈だろ？ それと、もう一つ。俺の部屋は物置がわりに水沢さんが使いたいっていうんで、あのまま借りてある。仕事が終われば、ちゃんとあの部屋に帰ることはできる」

太一郎さん、こう言うと、どうだまいったかって感じであたしにウインクよこす。そうか、送別会の時、あの部屋がきれいだったのは、別に太一郎さんが一所懸命掃除してくれたって訳じゃなくて、所長が使うっていうんで、麻子さんか誰かが掃除したんだ。

「他に何か御質問は？」

太一郎さんの声が、何だか完全にあたしをからかっているものだったので、あたし、ちょっとむかっとした声音で聞く。

「ひょっとして、あたし一人が知らなかったの？ ま、そりゃ……確かに、太一郎さんが行くからあたしも行く、なんて動機で仕事選ぶべきじゃないっていうのは判ってるから、そのことについては怒らない。でも、もし、事務所でそれ知らないのがあたしだけだったら……」

「いや。俺が言ったのは、水沢さんにだけだ。ま、水沢さんは麻ちゃんには話しちゃったかも知れないが、あとの二人は知らなかったろ。ま、色々と察する処はあっただろうが。だから昨日広明は『人生はそう長いものじゃない』云々って言ってたんだろうが」

「へ？」

「あいつはおまえに甘いからな、この仕事をするのが最終的にはおまえの為だって判っていても、おまえが可哀想だって気がしてしょうがなかったんだろ。いやー、もう、この数日、煩《うるさ》かった煩かった。決して口にだしてそうは言わないんだけど、やたらほのめかすような口ぶりで、暗におまえにくっついてゆくべきだって責め立てられて。そんなこと、こっちはちゃんと考えてるってのに」

「あの……それと人生がどうのこうのって言うのは……」

「あいつ真面目な顔して言うんだもの、『人生が五百年あれば、二十年間の別離はそうたいした問題にならないかも知れないが、九十年しかない人生において、二十年は大きい』だの何だの。おまえのことを思って言ってるっていうのは判ってたからほっといたんだが……あれでそういう含みがなかったら、俺、確実にあいつぶん殴ってた。――いや。今にして思えば、絶対、断固として、ぶん殴っとくべきだったんだ」

「そうかあ……。中谷君、そんなにあたしのこと心配して」

「感謝なんかするなよ、広明に。ありゃ、とんでもねえ野郎だ」

「どうして」

「だっておい、信じられるか？　これがあいつの餞別《せんべつ》だって」

太一郎さん、こう言うと、真剣にうんざりって表情になって、問題のやたら派手な宇宙船をあごで指す。

「え……餞別って……」

「二日かけて塗装したらしい。そういう莫迦を許す真樹子も真樹子だが、やった広明はもっと悪い」

「塗装って……」

「まさかこんな莫迦莫迦しい塗装をした宇宙船がほんとにあると思うのか、おまえ。広明が徹夜でしこしこしこしこ塗ったんだよ」

「……何の為に……」

……信じられない。どんなに小さいとはいえ一応宇宙艇、趣味でペンキを塗るようなものでは……。

「それにこの缶から。あいつは一体どういう趣味してるんだよ」

「で……結局、これ、何な訳？　中谷君って何の意味もなくこういうことする人じゃないでしょ？　レイディだって何の意味もなくこういうことを許すとは思えないし」

「あっち」

太一郎さん、見るのも嫌だって風情で、ローマ字だか英語だかが書かれている方をまたあごで指す。

「これが広明の好意のあらわれだって、うんと拡大解釈すればやってできないこともないだろうけど……けど、俺はそんなことしたくない。はっきり言って、これのせいで俺達は宙港中の笑いものだ」

で、あたしがそのアルファベットの前へ回ってみると。そこにはかなり大きな文字で、こう書いてあったのだ。

JUST MARRIED!

「じゃ……じゃ……この宇宙艇って、中谷君の気分としては、あたし達の新婚旅行用の車みたいなもんな……訳?」

「だろ。けど、広明の気分は推測でしか判らないとして、今、二つ程、推測でも何でもない、事実として判ってることがある。一つは、俺達はこの宙港の笑いものだってことだし、もう一つは、銀河連邦の大型宇宙船でも間違いない、笑いものになるってことだ。……俺が広明をしめ殺しておかなかったことを後悔するのも無理はないって思うだろ?」

太一郎さん、これ以上真面目な顔はできないってくらい、真剣に真面目な顔をして怒っているんだけど……。でも、太一郎さんには悪いけど。あたし、怒るより前に……怒るより前に、笑っちゃうよ、ここまでやられると。

こりゃ、職員さんは笑うわ。笑うだけじゃなくて、『おしあわせに』くらいは言うわよ。

だって、もう、他にどうしようもないじゃない。

しばらくあたしは息もたえだえに笑い続け、太一郎さんは不機嫌の生きて歩く標本みたいになり——そして。

やがて、あたし達は、どちらからともなく気をとりなおし、一応二人とも真面目な表情になった。それまで不機嫌のかたまりみたいだった太一郎さんも、一回情けなさそうに肩をすくめて鼻をならすと、あらためて気をとりなおしたらしい笑顔を作って。

「さて、じゃ、あゆみ、そろそろ行くか」

「うん。……でも、黙って勝手に飛んでいいの？」

「ちゃんとコックピットはいったらフライト許可とるから。おまえはそんな心配しなくていいよ。俺がパイロットで、おまえはお客だ」

「ん」

それからあたし、さっき手を放した処でそのままころがっているボストンバッグとバスケットを両手で持つ。太一郎さん、ふとあたしのバスケットみて、慌てたような顔になって。

「あの猫は、絶対バスケットからださないか、さもなければシートベルトでも何でもしめて、とにかく固定しといてくれ。俺は二度と無重力空間漂流猫の相手はしたくない」

「はい」

太一郎さんったら、よっぽどバタカップにこりてるんだなあ。こいつ、あたしには本当にいい猫なのに。

あたしのそんな思いが判っちゃったのか、太一郎さんはあたしと視線があうと、ちょっとあたしを睨むようにして、先にすたすた船の中に乗り込んでいってしまった。あたし、慌てて太一郎さんにおいすがろうとして——わざと、ちょっとだけ、足をとめる。何の面白みも、火星らしさもない、まるっきり地球のと同じような、宙港の建物に黙礼《もくれい》を送って。

さようなら、火星さん。ここへ来た時のあたしって、まだ何も知らない、ほんとに子供だった。ここを出てゆく今のあたしだって、来た時よか少しはましだって程度で、まだまだ人間としてはとっても未熟だろう。

でも。次にここに来る時は。

もうちょっとましな人間になっていると思うの。

もし、火星さん、あなたにも心っていうものがあるなら。もしよければ、それを楽しみに、あたしが帰ってくるのを待っててちょうだい。

ちょっと前まで。あたしにとって、レイディが理想だった。いつか木谷真樹子みたいな女になりたいって思っていた。勿論、今だってレイディがあたしの理想だってことに変わりはないんだけど——でも。

今度来る時は、レイディみたいになっているんじゃなく、かといって今のままのあたしでいるんじゃなく——森村あゆみとして、理想の森村あゆみ像に向かって、ちょっとは近付いているあたしでありたい。ううん、きっとそうなってみせる。

それまで――さようなら、火星さん。

軽く、目をつむる。網膜《もうまく》の上で、地球の田舎で見た星空だとか、火星の朝焼けの情景だとか、その他、ありとあらゆる、過去の思い出の像が踊っているのが見える。きりん草の黄色の夢。火星の夜の光を従えていたレイディ。麻子さんの結婚式ではじけとんだクラッカー。

さようなら、火星さん。そして、さようなら、火星にいた時代の、あたし。

一回、小さく首をふって、目をあけた。

そして。

そして、あたしは、星へ行く船に乗った――。


〈Fin〉

α《アルファ》だより

『親愛なる麻子《あさこ》さま。

お元気でいらっしゃると、風のたよりに聞きました。

何でも、赤ちゃんが生まれたとか。それも、女の子。

単純に、赤ちゃんができたってだけで、あの所長のことですもの、どれ程すさまじい親莫迦ぶりを発揮するか判らないのに、お嬢さんじゃ、さぞ、さぞ、所長、すごいことになっているでしょう。もう、それこそ、外に連れだすこともできないんじゃないか、うん、赤ちゃんは日光浴させないといけないから、さすがにそれはないかな、でも、赤ちゃんがくしゃみ一つしただけで、所長がどんなに大騒ぎをするか、離れていても想像がつく分、おかしいです。

ああ、あたしも早く、〝姪《めい》〟に会ってみたいなあ。

いつ〝姪〟に会えるのか判らないって、なんだか寂しいですね。』


と、ここまで手紙を書くと。

あたし、ちょっと考えこみ、それから軽く肩をすくめて、便箋《びんせん》を破る。〝寂しい〟なんて単語書いたら、所長も麻子さんもきっと心配しちゃうだろうと思って。

でも。

所長と麻子さんの赤ちゃん、かあ。

どんな子なのかなあ、どっちに似てもきっと可愛い。麻子さんに似てたらきっと美人になるだろうし、所長に似てるってことは太一郎《たいちろう》さんに似てるってことだから、これも、えーい、可愛いって言い切ってしまおう。

それから、もう一回、便箋に向かい。


『親愛なる麻子さま。

お元気ですか？　赤ちゃんが生まれたって、風のたよりに聞きました。（レイディ――あ、木谷真樹子《きたにまきこ》さんから、時々私信《ししん》をいただくのです。……これ、ほんとは規則違反なんですけどね。）

女の子だそうですね。

おめでとうございます。

ここ、遠く離れた〝惑星α《アルファ》〟にいても、所長の親莫迦ぶりの想像がついて、おかしいです。きっと、所長、朝から晩まで一日中、もう、なめるように赤ちゃんの世話をする、理想的な（……と言っていいのかどうか、いささか疑問もありますが……）パパになっていることでしょう。

どっちに似ても絶対可愛い子だと思うし、一日も早く仕事を終えて、姪に会える日を楽しみにしています。』


うん。

この文面ならいいかな、姪に会える日を楽しみに、元気に仕事にはげんでるって雰囲気で。

あたし、一回うなずくと、続きを書く。


『事務所のみなさまは、お元気でしょうか。

レイディからの手紙って（まあ、もともと、〃惑星α〃にいる人間に私信を出すってこと自体が規則違反なので、しょうがないことではあるんですけれど）、まず滅多にこないし、来てもほんの数行の簡単なメッセージなので、他の方の消息が判らないのです。


あ、あたし達は、元気です。

あたしは、まあ、初めて肌身で〃宇宙の厳しさ〃って奴に触れて、たまに落ち込むこともありますけれど、何たって、前向きな姿勢だけが自分の取り柄だって判ってます、できるだけ物事をいいように考え、元気でやってます。（それに、あたしって、肉体面ではかなり頑丈にできてますし。）

太一郎さんは——えーと、あの人が、落ち込んだり悩んでいたり、あるいは、肉体的に病気になってる処《ところ》って……麻子さん、想像、できますか？

実はあたしにはできません。

という訳で、太一郎さんも、元気です。

バタカップに至っては……「惑星α最強のペット」と呼ばれております。数少ない猫の女ボスになっちゃったのはまあいい、オウムやハムスターや熱帯魚より強いのはあたり前として……数匹いる犬すら、バタカップ見ると逃げます。

という訳で、この星において、水沢《みずさわ》事務所火星組は、非常に頑丈であるってお墨付《すみつ》きをもらっています。』


うーむ。

事実をそのまま書いただけなんだけど、何か凄い文面だな、これ。

そんなことを思い、軽くくすっと笑ったあたし——同時に、何となく、この星に最初についた時のことを思い出していた……。

★

あたしは、森村《もりむら》あゆみっていう、二十四歳の、ごく普通の女の子だ。（……習慣でこう言っちゃうんだけど、一体女って、いくつまで自分のこと、〝女の子〟って言っていいんだろう？　でもあたし、どう考えても、〝女性〟って呼べる程、自分のこと成熟してはいないって自信があるの。ま、しょうもない自信ではありますが。）

そんでもって、ごく普通の人間であるあたし、只今、仮称〝惑星α〟って処で、その、何というか……極めて特殊な仕事に従事している。（えーと。この仕事、および、それに付随することっていうの……只今の処、冗談でも誇張でもなく、銀河連邦の最大機密なんだよね。という訳で、この仕事については、触れることはできないの、ごめん。）

んでは、〝ごく普通の女の子〟が何故〝銀河連邦最大機密〟なんかにまつわる仕事してるのか。その答は非常に簡単で、あたしがある種の特異体質だったから。

その、体質の特殊性っていうのが、また、銀河連邦極秘《ごくひ》事項に属したりするんで、詳しい話はできないんだけど……まあその、要するに、あたしって、一種の超能力者だった訳よ。とてつもない数の人口を擁《よう》する、銀河連邦って集団の中に、今までの処、たった一人しか発見されていない、極めて特殊な超能力者。

それでまあ、あたしは、請われて〝惑星α〟へやってきた。この星へきちゃったら最後、この仕事が終わるまで後戻りはできない、なつかしい、火星や地球の人々とも、仕事が全部クリアになるまでもう会えないっていう、とてつもない覚悟を決めて。場合によっては、一生をこの仕事にかけることになるかも知れないって、悲壮きわまりない思いを抱いて。

だから。

ああ、今にして思えば、すんごい思い上がりで、恥ずかしくなっちゃうんだけれど……αに第一歩を印《しる》した時、あたしは一種の期待を持っていたんだ。

その……一介《いっかい》の女の子が、ここまで覚悟を決めてやってきたんだもの、αの人々は、温かく、優しく、そして期待に満ちた目で、あたしのことを迎えてくれるものだって。

ところがこれが、もうのっけから、どんでん返しの連続だった。

★

αの宙港は、いっくらど田舎《いなか》でもこれはないだろうって感じの、ほとんど掘っ建て小屋みたいな奴だった。(あ。詳しくは書けないけど、過去、ここに不時着した宇宙船がある訳。んでもって、その船員が、ここで何年も漂流暮らしをして、そして、今の事態に至っているのね。と、まあ、そんな事実でお判りのように、ここの大気及び自然は、かなり地球型に近いのだ。)

太一郎さんの操縦する小型宇宙船でαについた瞬間、(あ、その……山崎《やまさき》太一郎っていうのはね、えーと、あたしの旦那さまです。事情があって籍《せき》はいっていないんだけど、だから今でもあたし、〝山崎あゆみ〟じゃなくて〝森村《もりむら》あゆみ〟なんだけど、でも、誰が何と言おうと、絶対彼は、あたしの夫)、あたし、そのあまりの設備の酷さにまず茫然とし――それから、どうやらあたし達を出迎える為に、三人程の人が掘っ建て小屋の中にいるのを見て、慌てて頰に笑みを浮かべる。

「あ、あの……はじめまして、森村あゆみと申します。あたしなんかでお役にたてるかどうか、自信はありませんけれど、精一杯がんばるつもりです。どうぞよろしくお願い致します」

のち、太一郎さんに言わせると。まず、この時のあたしが、いささかおどおどしていたのがいけない、それに何より、謙譲《けんじょう》表現がとってもいけなかったってことになるらしいんだけど……でも、この意見、今振り返っても、ちょっとないんじゃないかって思う。だってあたし、それまで、地球日本、及び火星の日系移民区っていう、初対面なら遠慮がちにふるまうもんだ、謙譲表現は礼儀の一種っていう文化圏で育ってきたんだもの、初対面の挨拶がこういうものになるのって、当然じゃない?

「ゴードン・ムーン、ここの責任者」

三人の、一番手前にいた髭面《ひげづら》の大男、極めてぶっきらぼうにこう言うと、実に遠慮がちな、辛《かろ》うじて会釈だって判る程度の会釈をよこし……それから、今度は完璧に遠慮会釈もなく、あたしのことをじろじろと見る。その、痛いような凝視に耐えかねたあたし、何となく、こころもち、太一郎さんのうしろに隠れるような感じになり……太一郎さんに言わせると、これがあたしの二番目の失敗になるらしい。

「リサ・キャラウエイ。住居及び生活担当」

それから、金髪の女の人が、あたしの目をまっすぐ見てこう言う。そこであたし、おずおずと微笑み——すると、キャラウエイさん、何故かあたしからすっと視線を外して、太一郎さんの方を見て。

「アユミ・モリムラは独身女性だって聞いていたけど、今見た感じじゃ、パイロットさん、彼女の住居はあなたと一緒でいいのかしら？　それとも、フライト中だけの一時的な関係？」

この辺で。

そもそも、ムーンさんもキャラウエイさんも、お辞儀をしたあたしたちにろくな挨拶をかえしてくれなかった。握手を求めもしない。そんな小さなことが刺《とげ》となって心にひっかかっていたあたし……完全に、腹をたててしまった。

だって、何、この台詞《せりふ》、なんなのっ。

そりゃ、この時すでに、戸籍以外の面ではあたし、太一郎さんと結婚していたから、お部屋は太一郎さんと一緒がいい。そうしてくれるんなら、それは、嬉しい。でも、だからって……初対面で、この台詞は、ないんじゃない？　それに……それに……〝フライト中だけの一時的な関係〟っていうのは、何なんだ！

けれど。この時あたし、太一郎さんに言わせると、どうやら三番目の失敗を、おかしてしまったらしいのよね。

だって、これが初対面なんだし、住居と生活方面を担当してくれる人なら、これからキャラウエイさんにはお世話になる訳なんだし、何も最初っからけんかごしに物事をすすめることもあるまいと思ったあたし……心の中では怒り狂いながらも、何となく、意味もなく、にこにことしてその台詞を聞き流してしまったのだ。

「山崎太一郎」

でも。そんなあたしの思いになんかまったく頓着《とんちゃく》せずに、太一郎さん、この時、ムーンさんとキャラウエイさんがそうしたように、ぶっきらぼうにまずこう言う。

「俺とあゆみは夫婦だ。居住関係で、それを考慮してくれるのなら、嬉しい。故に、二度と〝一時的な関係〟がどうこう言うなよ、不愉快だ」

こう言うと、太一郎さん、キャラウエイさんを睨《にら》みつける。そして。

「それから、俺もここのベースにつめることになる。だから、固有名詞を覚えて欲しい。俺は、あゆみの専属パイロットじゃない」

「OK。タイチロウ・ヤマサキ、ね」

「いや、山崎太一郎。あんたらの習慣では、ファミリー・ネームより先にファースト・ネームがくるらしいが、俺の習慣は違う。だから、フルネームで俺を呼ぶ時には、『山崎太一郎』と言って欲しい。俺があんたを、『キャラウエイ・リサ』って呼ばないように、『タイチロウ・ヤマサキ』なんて呼ばないでくれ」

この時。

あたしに較べれば、太一郎さんははるかに辺境《へんきょう》宇宙に慣れているって判っていたのに——でも、あたし、あせった。だって太一郎さん、何が哀しくて、わざわざ自分からけんか売るようなこと……。

でも。不思議なことに、ムーンさんもキャラウェイさんも、簡単に『判った』って言うだけで、この太一郎さんの台詞に、何の不快の意も表明しなかったんだよね。

そして。

「初めまして、関口始《せきぐちはじめ》です」

三番目の人が、やっと、常識的な口をきいてくれた。それも、日本語で。

「森村さんが日本人だっていうんで、一応、念の為の通訳として、僕はこの場に動員されました」

でも。関口さんの台詞って、言葉だけは常識的なんだけど、視線が、その、あまり常識的じゃあないんだよね。通訳として動員されたのが、とっても嬉しくない、そんな思いが、台詞の合間から、こぼれ落ちてくる。

「何せ、森村さんの経歴を見ると、地球の日本で生まれ育ち、火星の日本地区で過ごしてきたんでしょ? 生粋《きっすい》の日本人地区育ちの人って、どうも日本語以外、あまりうまく話せない傾向があるんですよね」

悪かったですねえ、その通りよ。実際、あたし、ここへ来る前に一応特訓したっていうのに、でもまだ、簡単な会話ならともかく、あんまり複雑な話を、複雑な構文では、日本語以外でできる自信はない。(あ、つまり、今までの会話は、一応只今の処《ところ》国際語である、地球英語で交わされていたのだ。)

でも。あたし(何たって、この人だけが、三人の歓迎メンバーの中で、唯一《ゆいいつ》日本語が通じるらしい人なんだもの)、頼みの綱の関口さんに、この場でけんかを申し込むだけの度胸はなく——しょうがない、またまた、意味もなくにこにこする。

と。関口さん、そんなあたしの様子を見て。

「あの二人は日本語理解できませんし、おなじ日系人のよしみとして忠告しますけど……あなた、覚悟してた方がいいですよ」

「……?」

「今のまんま莫迦なふりしていると、ろくなことはないって言ってるんです。……それともあなた、本当に莫迦なんですか?」

えと? あたし、莫迦なふり……した? ……それとも……あの……あたしって……誰から見ても、すぐ莫迦だって判る程莫迦なの?

と、ここまで言われても。今から思えば実に情けないことに、あたし、頬にはりついたにこにこ笑いを撤回しなかった。

だって……何らかの理由があって、あらかじめ彼らがあたしに悪感情を持っているならともかく（んでもって、あたしの立場とあたしがここへ来た訳を考えると、そんなこと、ある筈がないのだ）、初対面の人間がここまで敵意を剝き出しにしてくる訳がないって、その時のあたし、思っていたから。二度と親しい人々に会えない、そんな悲壮な覚悟を決めてこの星にやってきたあたしが、歓迎されない訳はないって信じていたから。だから、これにはきっと、何かとんでもなく大きな錯誤《さくご》か誤解があって、すぐに、この敵意は笑い話になる筈だと思っていたから。そして、そういうことを考えると、とにかく、こちらには悪意や敵意がないんだってことを、笑顔で示すべきって思ったから。

「ムーンさん達は、思うような成果があげられないんで、そりゃ、辛いんです。特にムーンさんは、最初にこの問題に直面した宇宙船の乗組員でしたから……」

最初にこの問題に直面した宇宙船の乗組員。

その言葉を聞いた瞬間、何か、ずきんってものが、心の中を走った。

ということは、ムーンさん、もう何年間も、故郷に帰れなければ、家族だの親しい友人にも会えない、そんな生活をしていたってことになる。

あたしは、そういうの、あらかじめ知ってて、諦めきれないとはいえ全部覚悟して、そしてこの星へやってきたけど……ムーンさんは、そんな覚悟、一切なしに、とにかくこの事態に唐突に直面してしまった訳だ……。

「だから、ムーンさん達は、期待してました。あなたに。銀河系で唯一の能力を持っているって、木谷夫人が断言する、あなたに」

うーむ。その期待は、重いぞ、はっきり言って。

「けれど、実際、そんな期待を背負って登場したあなたの第一声が、『自信がありません』じゃあねえ」

……え……え……だって。そんな関口さん、日系人なら判るでしょ、それってあくまで挨拶の言葉であって、何もあたし、最初っから仕事を放棄する発言をしたって訳じゃなくて……。

「それに、何だってあなたは、そうおどおどしているんです。何だってあなたは、ここまで言われて言い返さないいんです。地球英語で会話している時はね、あるいはあなたには地球英語に対する理解力が殆どないのかと思いましたが、日本語でもそうだとすると、それ、語学上の問題では、ないいんですね。これが、莫迦以外の何に見えます」

「あの……莫迦って……でも、あたしの表情と会話能力がどうあれ、それはあたしの性格だって面も……」

「ああ。莫迦は、言い換えましょうね。無能力者」

ずんっ。

平生《へいぜい》太一郎さんに言われ慣れてる『莫迦』って単語に較べ、『無能力者』って単語は、いわれつけてないだけ心に響く。

「能力がないならないでいいんです。それはどうしようもないことですから。でも、僕達の時間をとるのは、以後、やめてくださいね」

「……！　……！」

「はい、いくらでも口ごもって下さい、僕の時間をとらない限り、別に僕はそれを気にしませんから」

「！　!!　!!!」

んで。

あたしが、関口さんの、余りと言えば余りの台詞に、心底憤《いきどお》っちゃって、もう何も言えないでいると、ふいに、ムーンさんが、これまたまったくあたしを無視して。

「ハジメ、何だい、二人で長いこと話しちゃって」

「いや、別に。これといった内容のある話ではありませんでしたから」

この会話は、わざとらしく（と、いう訳でもないな、ムーンさんは日本語が理解できないそうなんだから）地球英語だった。

「じゃ、リサ、あとは頼むよ」

「ＯＫ」

こう言うと、ムーンさんと関口さん、太一郎さんに軽く会釈をし、そのますたすた、あたしのことをほっといて、ベースの方へ歩いてゆきかけたのだ。

んで、つんつん。

ここで太一郎さん、あたしのことを、ちょっとつつく。何かなって視線を向けると、太一郎さんの瞳《ひとみ》、「言いたいことがあれば主張すれば?」って言っており……でも、あたし、ここまで水をむけられても、まだ、ムーンさん達とけんかをしようって気になれなかった。だって、今日って、あたしがこの星に最初の一歩を印した、その当日なんだもん。そこであたし、しょうがない、あいまいに微笑むと下をむく。

そしてまた、一人残されたキャラウェイさんは、何かもう露骨に、『あーあ、あたしだけ貧乏くじひいちゃった』って表情になると、あたしに、顎《あご》をしゃくって、自分の荷物を持つようにジェスチャーする。そして。

「あ、ヤマサキタ、イチロウ、あなたは一応地球英語は判るのよね?」

「ああ、上手に厭味《いやみ》が言えない程度には。ちなみに、俺の名前は、太一郎だ。山崎た、で切らないでくれ」

「あら、そうだったわ、失礼。日系人でイチロウって知り合いがいるもので。イチロウっていうのは、何か日本で由緒《ゆいしょ》ある名前なの?」

「由緒はないけど、ありふれた名前だ。伝統的に、日本文化圏では、長男につける名前だってことになってる」

「成程《なるほど》。では、荷物を持って、アユミ・モリムラと一緒についてきてちょうだい。とりあえず、部屋と食堂に案内するわ」

★

そして。

キャラウェイさんに案内されて、あたしと太一郎さんに割り当てられた部屋につくと――すぐにあたし、爆発してしまったのだ。

「何なの、何なのよあの、キャラウェイさんだのムーンさんだの関口さんの態度って！」

けれど。

多分、他人の失礼、他人の不作法に対しては、あたしよりも先に怒る筈の太一郎さん、何故か、このあたしの台詞に同調してくれなかった。

「何なのって……まあ、あんなもんだろ」

「あんなもんだろって……あんなもんだろって……太一郎さん、あなた、口惜しくなかったの？」

「口惜しいって……何が」

んで。こう言われてみれば、確かに太一郎さんは、あたしと違って、そう不作法なことを言われたって訳でもされたって訳でもないんだよね。

「だって……ムーンさんも、キャラウェイさんも、妙にあたしに挑戦的で、その上、握手すら求めなくって……」

「初対面の人間と握手するかどうかっていうのは、その人の自由裁量で決めていいことだろう？　……俺だって、初対面の人間と握手するかどうかは、その人間を見極めてからにしたいね、ぜひ」

「……」

そう言われてしまえば、それはほんとに、その通りなのだ。

「俺が、タイチロウ・ヤマサキって呼ばれたくないって言ったら、彼らはそれを了承した。ま、キャラウェイ女史は、俺のことをヤマサキタ・イチロウって名前だって思ったらしいけど、彼女に以前、一郎って名前の知り合いがいたんだとすると、その誤解を責めるのは狭量ってもんだ」

これまたほんとに、その通り。しかも、彼女、太一郎さんに抗議されてすぐ、ヤマサキタで切っちゃう呼び方を改めていたもんな、文句なんて言っちゃいけない。

「でも……あの、関口さんの台詞は？　……あれ……酷いと思わなかった？」

「思わなかった、残念ながら」

「……だって、彼、あたしのこと、『莫迦』だの『無能力者』だの……」

「けど、実際、俺が聞いてても、おまえの台詞って、莫迦丸出しだったもの。あの台詞を聞いて、おまえのこと『賢《かしこ》い』って思える奴がいたら、俺、むしろ、そいつの方がおかしいって思っちまう」

「え……だって」

「実際、そうなんだよ。……順をおって説明しようか?」

「あ……うん」

「まず。おまえが持ってる『特権意識』、それ、すべて捨てちまってくれ」

「え……特権、意識?」

そんなもん、あたし、持っていただろうか?

「おまえは、真樹子に要請され、嫌々、このプロジェクトに嚙むことになった訳だ。……確かに、そういう意味で、おまえって、可哀想な立場ではあるんだよな。拒絶するって選択肢がないも同然だったんだから」

……まあ……それはそうよね。

「だから、おまえには、自覚がなくても、ある種の被害者意識がある筈なんだ。……いいか、俺、こういうの、優しく言うの苦手だから、もろに言っちゃうけど……『ああ、可哀想なあゆみちゃん、何て健気なあゆみちゃん』って、おまえ、思ってるだろう」

ずきん。

……そう……なの……かも、知れない。

「だから、そんな自分がこの星へ来るって決意したんだ、この惑星の人はみんな自分を歓迎してくれる筈だ、そんな甘えが、絶対ある筈」

あ……ああ。そうなのかも知れない。

「んで、それ、捨ててくれや。……つうのはね、只今、この惑星上にいる人は、おまえに限らず、全員、かんっぺきに皆、そうなの。自分で選択したこととはいえ、みんな、おまえと同じ、とっても可哀想な運命に直面している訳だ」

ムーンさん。最初に不時着した船の乗組員。そうだ、確かに彼なんか、あたしとは桁《けた》が違うくらい可哀想な運命の人だって、言えるに違いない。

「だからね、誰もとりたてておまえに優しくしなくてあたり前。おまえには確かに特殊な能力があるけど、それとこれとは話が別」

そうか……そうだ。

確かに、只今この惑星αにいる人ってみんな……完璧に平等に、完璧に一人残らず、あたしと同じ、『この仕事が終わるまで、地球にも母星にも帰れない、親しい人に二度と会えないかも知れない』運命を持っているんだ。ううん、私なんて、愛する人と一緒にいられるだけ、彼らから見れば、恵まれた環境にあるのかも知れない。

だとすると……「ああ、森村さん、よく来てくれました、よくこの星へ来ようって決心してくれました、ありがとう」って類《たぐい》の迎えられ方しなくて……まったく当然なんだ。

「う……うん。それは、判った。確かにあたし、ちょっと甘い考え持ってたと思う。……でも……それと、あんなにも三人の態度が挑戦的だったのって、また、話が違うんじゃない？　何だってあの三人、わざわざあたしにけんかを売るような……」

「売りたかったんだろ、けんかを。だから俺、買ってやれってサインだしたと思うけど」

うん、確かに。でも……でも……。

「何で？」

それが大問題だ。何だってあたし、まったく初対面の人から、唐突にけんかを売られなきゃならない訳？　あたしの態度って、あれでも傲岸《ごうがん》だったり、生意気だったりしたっていうの？

「おまえがあんまりへりくだっておどおどしてたから」

「……？」

えーと、もしもし？　話が何か、逆なんじゃないですか？　何だって、へりくだってるとけんか売られる訳？

「これはね、俺、あゆみの性格からいっても、自分で一回経験しないと納得できないと思ったから、わざと注意しなかったんだけど……辺境宇宙では、地球だの月だの火星だのっていう、いわば文化的で安全な世界と、常識がまるで違うんだ」

「？」

「辺境宇宙には謙譲の美徳《びとく》って奴は、ない。ここでは、自己主張した奴が勝ちだ。遠慮している奴には、いつまで待ったって、絶対そいつの順番は来ない」

「……?」

「ま、この星はね、幸いにも大気と環境が地球型だけど……普通の惑星じゃ、不用意に住居空間から出るってことは、大抵の場合、そのまま死を意味する。辺境の、設備が整っていない惑星じゃ、実にしばしば、居住空間にいてさえ、簡単に人は事故で死ぬ」

「……うん」

「言い換えると、地球や月や火星では何でもないことが、そのまま死に直結する世界なんだよ、辺境宇宙って」

「……うん」

それは、判るけど。

「だから、礼儀だの何だのなんて、発達しようがない。そういう、悠長なことをやってる奴は、死ぬしかないんだ。何か突発事故が起きた時、最寄りの宇宙服だの生命維持装置《いじそうち》だのを最初に手にいれた奴だけが、生き延びられる。何か問題が起きた時、『この件については誰々さんの方が適任です』『いやいや、私なんて』なんてやってれば、待っているのはコロニー全滅《ぜんめつ》だ」

「そりゃ……そうかも知れないけど……」

「その上、辺境宇宙っていうのは、他人のミスを許してくれない世界だ。だって、まったく無関係な他人のミスのせいで、全然その問題とは関係のない自分が、いつ、死ぬ羽目になるか、判らないんだから」

「う……うん」

「だから、辺境宇宙で謙遜《けんそん》する奴って、まあ、大抵、その謙遜どおりに受け取られるね。謙遜して、『いやそんな大任《たいにん》は私には』って言ってんのか、それとも事実、そういう能力がないのか、それをのんびり待っていられるような余裕が、ここにはないんだ」

「……」

成程。そんな側面は、ありそうな気もする。

「ということは、おまえが、『自信はありませんが』って言った瞬間、おまえは自分で自分に『大きな仕事は任せられない』ってレッテルを貼ったことになる訳。下手にそういう奴に大きな仕事を任せて、実際にそいつに能力がなかった場合、最悪、待ってるのは〝コロニー全滅〟だから」

そ……そっかー。

あたし、今まで、太一郎さんのこと、銀河系一の自信過剰男だって思ってきた。(あ、でも。太一郎さんの場合、その過剰な自信を、過剰な自信のままにしておかない——実際に、実力の裏付けがあるんだけどね。) そして、火星みたいな環境では、太一郎さんの自信って、過剰以外の何物でもなかった。でも。

考えようによっては、辺境の宇宙で生活している人間って……そうならざるを得ないのかも……知れない、な。過剰なまでの自信を持ち、そして、それに見合う実力を身につける、それ以外に、辺境宇宙で生き延びる術《すべ》は、ないのかも知れない。

ぞくっ。

そう思った瞬間。

あたし、ほんとうに怖くなったのだ。事実、腕に、とり肌がたった。

だって……ということはあたし……ここ、辺境宇宙では、太一郎さんと同じくらい自信過剰になり、そして、同じくらい、過剰な自信に見合う実力をつけないと……生きてゆけないって……こと？

んでもってそんなこと……あたしに、できるだろうか？

そして。

あたしがそんなことを思い、全身にとり肌をたてたまま黙りこくっていると、ふいに太一郎さん、まるでそんなあたしのことをからかうかのように台詞を続ける。

「ま、とはいえ、地球・月・火星の文化がまったく違ったものであるっていう認識は、辺境に住む連中にもある訳。だから一応、おまえが、『自信はありませんが』って言った時、ムーン氏もキャラウェイ女史も関口氏も、それをおまえの謙遜なのかなって、知識として、推測した訳だ」

「あ……なら……」

「でも、彼らにできるのは、文化の違いを考慮した、〝推測〟まで。実際、おまえに能力があって謙遜しているのか、事実上おまえが無能力者なのか、それを見極める手段が、彼らには、なかった」

「あ……うん……」

「だから彼らは、おまえにけんかを売った。おまえが、多少なりとも自尊心って奴を持っていて、自分に自信があるのなら、あのけんか、買う筈だって、彼らは思ってたんだろ。んで、おまえがけんかを買えば、それ以降のおまえの扱いについて考える、買わなければ無能力者だってことに決める」

「え……え……それ……それじゃ……」

あのけんか、あたしが買わなかったのって、大失敗ってことになるじゃない。

「実際、おまえは失敗した、俺は成功した。……したら、それ以降、彼女の俺に対する態度、そして、あの三人の俺に対する態度、変わったろう?」

た……確かに。

ムーンさんも関口さんも、あたし達の前から去る時、あたしのことはまったく無視して、でも、太一郎さんにだけは、会釈したもんなあ。キャラウエイさんも、あたしのことは、アユミ・モリムラって呼んで、太一郎さんのことは、ヤマサキ・タイチロウって呼ぶよう努力しているみたいだし。

「と、まあ、辺境宇宙では、これが普通なの。だから俺、彼らの態度が、とりたてて不愉快だとも思わなかったし、とりたてて失礼だったとも思わない。実際、俺がこの星の住民だったら、あれくらいのこと、しない訳がない」

……何てことだろう。今まであたし、太一郎さんって、初対面の人にだって妙にずけずけとものを言う、とんでもない性格だって思っていたのだけれど、それ、太一郎さんの性格っていうよりは、辺境宇宙で過ごしたっていう環境のせいだったのだ。

「……」

「あん? おまえ、怒ってる訳? この程度で怒っているようじゃ、この先やってゆけないよ」

「……!」

違うっ!

この時。

あたしが怒っていたのは、ひとえに、太一郎さんへ、なのだ。

だって……だって、だって、だって。

この程度の扱いが普通だって、辺境ではそういうのが常識だって……太一郎さん、その気になれば、この惑星αへ来るまでの間に、百回くらい、あたしに注意してくれる時間的なゆとりがあった筈。

そして、そういう注意さえしておいてもらったら、あたし、間違いなく、ムーンさんやキャラウエイさんや関口さんが売ってきたけんかを買ったし、あたしがそれを買いさえすれば、事態は今とは違ったものになっている筈。

ところが。

そんなことを思っているあたしの顔色を見ても――それでも、太一郎さん、にやにや笑いを崩さなかった。そして。

「ばーか。甘いんだよ」

こんなこと言うんだよね。

「今、おまえが何考えて、俺のこと酷いって思い、そして、そういう顔になってるのか、かなり正しい処まで、俺は推測できるぞ」

こう言うとにこっと笑う。

それはとても……人の悪い、何とも言いがたいような顔。

「でも、それが、辺境ってもんだ」

「……?」

「とても人が悪く、あらかじめ忠告なんてしてくれる親切心はなく、何をするか判らない、も、何とも形容しがたいようなもの」

……え。あたし、今、思ったこと、口に出して言ったかな。

「それにね、おまえ、今、思っているだろう。そういう常識さえ知っていれば、自分はもっと上手く立ち回れた筈だって」

「う……うん」

「それは、夢だ」

「でも……」

「そう、一回はね、おまえも、無事、辺境に慣れているふりができるかも知れない。でも、これに関しては、知識で知ってたんじゃ駄目だ、肌で知らなきゃいけない。そうじゃないと、すぐ、ぼろがでる」

「でも、ぼろなんてもう、一回目で出まくっちゃったじゃないっ！　この先あたし……」

「大変だろうねえ。一回なくした信用を得るのは」

太一郎さん、にやにや笑いながら、こんなことを言うんだよね。

「じゃ、それが判ってて、何だって……」

「けど、本当の信用を得るまでは、どんなケースだって、とっても大変なんだよ」

「んと?」

「仮に、あゆみ、おまえが俺のアドバイスをいれ、俺みたいな態度でムーンさん達に対したとする。ま、大抵の場合、初回でその付け焼き刃は落ちるけれど、運良くそれが落ちなかったとする。ムーンさん達は、おまえのことを信用したとする。……けど、それって、その場限りだぜ」

「……えと?」

「真実おまえが信用を得る為には、おまえは、それなりの能力を見せなきゃいけない。例えば、初仕事でね。それで万一、おまえの働きが期待にそうようなものでなければ、かりそめのおまえへの信用なんて、あっという間にはげ落ちる」

まあ、そりゃ、そうだ。

「でも、第一印象が悪ければ、そもそも〝初仕事〟って奴がなかなかこないかも……」

「けど、いずれ、来る。何せ、その為におまえは、ここへ来たんだから」

……まあ……そりゃ、そうだ。

「その時だよ、おまえの真価《しんか》を、ムーンさんだの誰だのに教えるのって」

「でも……それでも……第一印象がいい方が……」

「第一印象なんて関係ない。……真実、使えるか使えないかは、その能力で決まるんだ。おまえが、本当に有能で、能力があるなら、たとえ第一印象がどんなに悪くても、それは回復できる。おまえが無能で、能力がないならば、たとえ第一印象がどんなに良くても、それ、何か意味があるのかよ?」

……それは確かにその通りなんだよね。

でも。

やっぱり太一郎さん、とんでもない性格していると思う。あたし、執念深くそんなことを繰り返し思い——と、太一郎さん、そんなあたしの思いを見取ったのか、にっこり笑って。

「いいんじゃないの、どうせおまえ、本物なんだから」

こんなことを言うのである。

「え?」

「俺はおまえが本物だっていうことを知っている。本物なら、第一印象がどんなものであろうとも、そんなの、関係ないだろ」

そして……そして、同時に、ぱっちん。

まるで、ゴミが目の中にはいったとしか思えないような、ウインクをしてみせるのだ、太一郎さん。

太一郎さんにこんな顔されて、こんな殺し文句を言われて、そしてこんなウインクをされて……それでも、文句を言うことができる女の人なんて、果たして、この世に存在するのだろうか? (……あ。……かなり沢山、存在するような気がしてきた。……もっとはっきり言っちゃうと、あたし以外の女性は、かなりの確率で、太一郎さんに文句を言うに決まってる。けど、でも、あたしは……駄目、なの。あたしはもう、あははは、これが〝惚れた〟ってことなんでしょうか、太一郎さんにこういう顔をされると、もう何も言えなくなっちゃうんだわ。)

そして。

その上。

事実までが、その、何と言おうか、太一郎さんの予言したとおりに、推移したのだ。

実際、そのうちあたしには仕事が来、不承不承《ふしょうぶしょう》ムーンさんがあたしにその仕事をまかせ、あたしはその仕事、見事に綺麗にクリアしてみせたのだ。(あはは。ほんのちょっと、自慢していい？　えーとあたしは、単に言われた仕事をクリアしてみせただけじゃありません。この仕事自体が、これまた銀河連邦最高機密に属することなんで、詳しいことは書けないんだけれどムーンさん達の期待の、五十パーセント増しの仕事を、あたしはしたつもり。……おっとお、まっずいかなあ、やっぱり、辺境宇宙にいると、人間、どんどん自信過剰になってくるのかも知れない……。)

んで、そういうことが、二回あり、三回あると、彼らのあたしに対する態度も、段々、徐々に、変わってきて……赴任《ふにん》十日目にして、あたしは関口さんから謝罪をうけ、二週間目には、キャラウエイさん——あ、もう、リサって呼んじゃお——と親友になり、一月たたないうちに、あたしと太一郎さんは、この惑星の主軸である、ムーンさんの片腕になっていたのである……。

★

『えーと、仕事に触れる訳にはいかないから、他の話題っていうと……。

この星にきてから、あたしには、リサっていう親友ができました。

これがあたし、嬉しくて。

というのは……こういう書き方をしたら、あるいは麻子さんには怒られちゃうかも知れませんが、それまでのあたしには、そういう友達がいなかったでしょ？

やっぱり、麻子さんは、あたしにとって、友達よりは先輩って立場にいる人だし、れーこさんもお姉さんって雰囲気、レイディにいたっては何か最近、あたしの保護者なんじゃないかって気分になってきたし、まりかちゃんは妹で、信乃《しの》さんは……友達って言ったら、あちらから怒られそう。

その点、リサは、まったく対等な友達です。口げんかするのはしょっちゅうだし、一回なんかお互いの髪の毛ひっつかんで取っ組み合いまでしましたけれど、そんなことができるのさえ嬉しい。

彼女は、αの、住居及び生活関連全般をとりしきっている女性です。

えーとね、これはほんとはずるいんですが、リサと親友でいるおかげで、レイディからの手紙も受け取れるし、便箋だの封筒だの、αでの貴重品を、あたし、存分に手に入れることができるんです。

あうう、こんなの、他のαの住人が聞いたら、怒るかな?』


あたし、手紙を、書きつづける。


『ところで、コングラチュレイションズ。

そろそろ、また、麻子さん達の結婚記念日が来るのではありませんか?

ああ、残念だなあ、あたしが火星に残っていたら、盛大なお祝いをしてあげるのに。

残っているのが、熊《くま》さんと中谷《なかたに》くんだと思うと、あんまりそんなこと期待できないような気がします。

そもそもあの二人、所長達の結婚記念日なんて、覚えているのかしら?』


うん、結婚記念日。

あたし達の場合……それって、いつになるんだろう。

明日だ、という、考え方もある。

うん、実際、これから先は多分、あたし、結婚記念日っていったら、明日のことを思い出すようになるだろう。

でも……。

あたしには、実はもう一つ、〝これこそがあたし達が結婚した瞬間だ〟っていう記念日があって……明日をすぎれば、このあたしの思い、どう変化してしまうか、実は自分でもまだよく判っていない。

けど。でも。

覚えておきたいと思っている。

あたしが、本当に太一郎さんと結婚したんだって思った、その瞬間のこと。

あたし、また、ほけっと、追憶《ついおく》にひたってしまった……。

☆

あたしが火星にお別れをし、事務所のみんなにお別れをし、せいぜい涙をこらえ……にもかかわらず、あまりと言えばあんまりな、中谷君塗装の宇宙船により、喜劇のヒロインになってしまった、あの日。

火星から、銀河連邦本部へと向かう、その大笑いの宇宙船の中。

そこには、あたしと太一郎さん、二人しかいなかった。（ま、バスケットの中のバタカップは、人数に数えないことにしよう。)

太一郎さんがパイロットで、あたしがお客で……そして、太一郎さん、しばらくの間計器と格闘すると、もう困難な処はないのか、操縦をオート・パイロットに任せ、あたしと向き合って。

「という訳で、あゆみ、ま……あとは、当分、パイロットの俺は、必要じゃない。だからここから先は、山崎太一郎個人の時間だ」

「う……うん」

こっちへ来た太一郎さん。何となく、じりじりとうしろへさがる、あたし。

「んで……ところで」

ここで、太一郎さん、思いっきり頭をのけぞらす。首の処の骨が、ぽきっと音をたてる。

「おまえに言うことがある」

「あ……はい」

しゃきん。あたし、思わず背筋をのばしてしまう。と。

「かしこまるなっ!」

太一郎さん、殆ど、絶叫していたみたいだった。

「え?」

「かしこまるなっ! そうされると、言いたいことの半分も言えんっ!」

「あ……うん」

うーん、「かしこまれ」って言われてかしこまってみせるのは簡単だけど、「かしこまるな」って言われてリラックスしてみせるのって、中々大変（と言うより、どうやったらいいのかよく判らない）。そこであたし、しょうがない何となく猫背気味になり——でも、太一郎さんの〝言いたいこと〟は一言も聞きもらしたくなかったので、じりじりと前へ出る。すると。

「だからって前へ出るんじゃねえっ！」

太一郎さん、もうすでに息をぜいぜいきらしている。けど……太一郎さんってば、一体あたしにどうして欲しい訳？

「えーと」

と。あたしの目の表情に気がついたのか、太一郎さん、こう言うと、思いっきり、空気を飲み込む。それも、一回じゃなく、二回も三回も。

そして。

「これじゃ、げっぷが出るわな」

「……あん？」

「じゃないっ。げっぷがどうのこうのっていうのは、他の話だ。こんだけ空気を飲み込んじまった以上、これは必ず将来げっぷになるって話で、もし、げっぷにならなかった場合は」

「……あの……太一郎さん……それが……その……言いたいことなの？」

「莫迦者っ！　誰が消化器系の話をしてるんだっ！」

「太一郎さんだけど」

ごん。

その瞬間、太一郎さん、自分の頭を手近な機械にぶつけてしまった。

と、まあ。

こんな様子を見て。

あ、ううん、実は、見る、前から。

あたし、心の奥底で、何か、くすくす、笑い出すものを感じていたのだ。何か、くすくす、くすくす……うん。

うん、うん、うん、判ってる太一郎さん、実はあたし、あなたが何も言わなくても、あなたの言いたいこと、判ってるっ！

それは、不思議な感覚だった。

それまで。

最初、あたしが太一郎さんに片想いしていた時から、プロポーズされてそれを受け入れた後まで、実はあたし、自分と太一郎さんが対等であるって思ったことは、一回もなかったんだ。どうしても、あたしにとっての太一郎さんって、対等な恋人じゃなく、人生の先生であり、あたしはその太一郎さんの掌《てのひら》の上で泳がせてもらっているような気がしていたのだ。

けれど。

ことこの瞬間、ことこの問題に関してだけは……あたし、太一郎さんと同等か、あるいは、太一郎さんより上だ。太一郎さん、あたしの掌の上で、殆ど言いたいことも言えず、酸欠《さんけつ》の金魚みたいに口をぱくぱくさせている。

ことこの問題――恋愛問題。太一郎さんが、あたしのことを愛してくれているのを、あたしは信じて、疑わない。あたしが太一郎さんを愛していることだって、彼は百も承知の筈。なのに、普段はあんだけしゃべる人だっていうのに、いざ、言葉にしてそれを言おうとすると、酸欠の金魚になってしまうのが、太一郎さんって人なんだよね。

かわいい。

あたしの心の奥底に、太一郎さんがかわいいっていう、まったく新しい認識が生まれる。うん、あたしの大先輩で、人生の師で、あたしの行動、何もかもが太一郎さんの掌の上だっていうのに……なのに、こと、この問題にかんしてだけは、太一郎さんって、かわいいっ。何て、もう、抱きしめてあげたいくらい、かわいい人なんだろう。

でも。

意地悪なあたし、わざとそんなことは口にしない。

わざと、酸欠の金魚の太一郎さんに、すべて言葉にして言ってもらおう。

「……俺はおまえにプロポーズした。んでもって、おまえはそれをうけた」

と、金魚の太一郎さん、今度は心から怒っているような表情になると、まず、事実を口にする。それから、再び、何回も何回も、未来のげっぷを製造する行動に出て――そして。

「けど、俺、今回このプロジェクトに噛むってことは、最後までおまえに内緒《ないしょ》にしていた訳だから……『帰ってこい』とは言ったけど、言ってない台詞があるような気がする」

「……」

「言ったかも知れない。けど、言ってないかも知れない。そんなこと、思い返すのも嫌だから、念の為にもう一回、言っとく」

「……」

そして、太一郎さん、何か、言った。でも、それって、あまりに小声で、あたしの耳にはまったく届かなくって……その上、太一郎さんったら、心から怒り狂っているみたいに、こめかみの処がぴくぴくしてる。

「……あの……ごめん、太一郎さん、聞こえなかったの。今何て……」

「すきだよっ」

その瞬間、あたし、怒鳴りつけられたのかと思った。(実際、太一郎さんはどなってた……。)

「俺は、あゆみが、好きだっ、悪いかっ!」

形相は、まったく、怒っているそれ。こめかみなんか、まだぴくぴく動いている。その癖、出た台詞がこれだと……。

「太一郎さんっ！」

その瞬間あたし、自分から太一郎さんに抱きついていた。

太一郎さん。

知ってた。そんなことずっとずっと知ってた。

そして、あたしが太一郎さんのこと、この世で一番好きだってこと、太一郎さんだって知っているだろうに。太一郎さんがそれを知っていることを、これまたあたし、信じて疑わない。

なのに、なのに、この反応、この形相……。

太一郎さん――かわいいっ！

あたし、あたし、本当に好きだよ。本当にあなたを愛してるっ！

戸籍だの、結婚式だの、そういう形式や現実的なことはどうあれ。

この瞬間が、あたし達の結婚記念日だって、あたしは思うんだ。

たとえ、太一郎さんが忘れたって、あたしだけはいつまでもいつまでも忘れない、とても大切な二人の記念日だって、あたしは思うんだ。

だって。

これ、あたしが太一郎さんのことを〝かわいい〟って心から思った日なんだもん。

人間同士の組み合わせだから、夫婦にはいろいろな面があって、そして、どっちかの方が、どっちかより、絶対、ある面で優れているのよ。そういう意味では、あたしと太一郎さんって、大抵の面では、もっぱら、太一郎さんが優れている方専門で……でも、この日だけは。この時だけは。

あたしが、太一郎さんのこと、心からかわいいって思えたもん。

この時だけは、あたしと太一郎さん、少なくとも対等の関係だったんだもん……。

★

……と。

只今、この手紙を書いてるあたしの背中に……ふと、風が、触れた。

誰かが、あたしがいる部屋のドアを開けたのだ。

「おかえんなさーい」

あたし——あれれ、そんな追憶にひたっていたせいかな、何か妙に恥ずかしくなり、振りかえりもせず、こう言ってしまう。

「はいよ、只今」

案の定、この部屋に帰ってくる人——太一郎さんの声が、うしろから聞こえる。

「……ああ、疲れた」

そして。この台詞と同時に、太一郎さん、ぐてっとあたしの背中によっかかる。ぷーんと漂ってくるのは……これはお酒の匂い、かな？

「太一郎さん、酔ってる？」

「俺が？　この星で酔いつぶれることができたら、そら嬉しいだろうな」

まあ……そうだろうな。

あたし、自分にかかっていた太一郎さんの体重を、それまで坐っていた椅子の背もたれにゆずり、立ち上がると太一郎さんから背広を脱がせる。

えっと、またまた出ました、銀河連邦最高機密で書いてはいけない理由により、只今、この惑星αは、他の星との交易《こうえき》を一切していないし、また、農業等、産業も一切ないのだ。故に、この星であたし達が食べたり飲んだり住んでたり着てたりするものは、すべて、銀河連邦が直接送ってよこす物資に依存しており……こういう状況下だと、お酒って、まあ、あんまり来ないのよ。その理由は簡単に判るよね、どう考えても、水だの食料だの医療品だの何だの、優先して送らなければならないものが沢山あるから。だから、只今、この星では、お酒だの煙草だのコーヒーだの紅茶だのっていう嗜好品は、かなり貴重な物資であり、太一郎さんが酔いつぶれる程の量のお酒、飲もうったって飲みたくったって、飲めないのである。

「はい、左手あげて。……今度は、右手」

酔いつぶれる程の量（でも、太一郎さんの場合、これってかなりの量よ）のお酒を飲めなかった、なのに何故かぐてっとしている太一郎さんを介抱《かいほう》しながら、あたし、太一郎さんから背広をはぐ。それから、ネクタイとワイシャツも。

「おめー、つめてーなー」

と。だらんとして、あたしが靴下を脱がせるにまかせていた太一郎さん、ふいにこんなこと言ったりするんだ。

「何が」

「この星の酒場で、俺が酔いつぶれる訳ないって、よく知ってるだろーが」

「うん。……あたしはそれ、ありがたいことだと思ってるけどなぁ」

はっはっは、恋人時代はそんなに気にしなかったけど、人間、結婚すると、旦那の健康が心配になるもんです。んでもって、こと、健康面で考えると——太一郎さんには可哀想だけど、お酒と煙草があんまりない、αの環境って、実に嬉しいじゃありませんか。

「んで、何で気にしないいんだ?」

「……何を」

「酒がそんなに飲めない環境で飲んで、何だって俺がこんなにぐてっとしているのか」

「ふふん、理由なら、判っているもん」

絶対、明日のことなんだ。

「判ってるんならなあっ」

太一郎さん、瞬時、激昂《げっこう》しかけて……そして、やめる。

「……おまえに言っても、しょうがないか」

「そうよ。しょうがないの」

うふうふうふ、あたし、笑ってしまう。

「おまえも一応女だからなあ……あんな、仮装《かそう》行列みたいな奴でも……でも、やりたいのか？」

「やりたいもん。……悪い？」

「悪いっ！　と、言い切ってやりたいが……そうもいかねーんだろーな」

「そうよ、そういう訳にはいかないの」

あたし、にこにこ笑いながら、太一郎さんを寝室の方へおいやろうとする。すると太一郎さん、ふっとあたしがそれまで書いていた手紙を見て。

「……何だ、また、趣味の手紙か？」

「あ……うん」

「誰へ……麻子さんへ、か」

「……うん。そろそろ、所長の処も結婚記念日かなって思ったら、何となく……」

「まあ、趣味だから、俺は文句言わないけれど……でもおまえ、よくもこう不毛《ふもう》なことをやるよなあ」

「いいでしょ、趣味なんだから」

「……まあ……いいけど……」

と、言いつつも。太一郎さん、あたしの手紙の文面をざっと見たみたいで。

「最後の処、書き直しな」

寝室に消える直前、太一郎さん、こんなことを言うのだ。

「え……何か、まずかった？」

「広明《ひろあき》の扱い。もうちっと、気を遣《つか》ってやれや」

「……え……」

「今は、知らん。今の広明には、可愛い恋人って奴が、いるのかも知れん。……が、いないのかも、知れん」

「う……うん」

「んでもって、あいつはおまえに惚れてた。ま、俺がいるってことを思えば、そりゃあいつの大失敗なんだが、まあ、目は悪かないわな」

「……」

返答に困るな、こんな台詞は。

「そのおまえの手紙に自分の名前があって……んで、内容が、これ、じゃあ、なあ。いっそ、広明の名前はない方がましだ」

「でも……だって……」

この手紙は、絶対、中谷君の目には触れない。

あたし、ふっとそんなことを言いそうになり——その台詞を、飲み込む。だってあの……何だかんだ言いながらも、一見全然優しいように見えない太一郎さんの、これが優しさだって、知っていたから。(あはは、惚気《のろけ》じゃありません、事実です。……あ、まずい、やっぱりあたし、辺境に来てから、どんどん傲岸になっているような気がする。)

それから。寝室へ向かった太一郎さんに、パジャマを持ってついてゆき、さんざっぱら悪戦苦闘の末、何とか太一郎さんにパジャマを着せることに成功すると、あたし、また、机の前へ戻ってくる。

そして。

『ところで、コングラチュレイションズ。』

そう書いた便箋を破くと、太一郎さんの忠告に従って、あらたに手紙を書き直す。

『ところで、コングラチュレイションズ。

そろそろまた、お二人の結婚記念日が来るのではないでしょうか。

あの所長のことだから、よもや結婚記念日を忘れるだなんてことはないでしょうが(病的な程、祝うだろうって推測してますが)、その日は、あたしと太一郎さんも、ここでワインを一本あけようかと思っています。

で……で……あの……実は。

こんなことを書きだしたのにはね、訳があるんです。

あたしは、その、太一郎さんと結婚していて、戸籍以外の面では、すでに妻だと思っていますが、そして、太一郎さんもそう思っていてくれ、また、周囲のみんなもあたし達を夫婦として扱ってくれていますが……その……明日。

先程書いた、リサのおかげで……あたし達、ほんっと、仲間うちだけの、ささいなものですけれど、結婚式をあげることに、なったんです。』


あは。

結局、これなんだよね。

今日、あたしがこの〝趣味の手紙〟を書きだしたのって、所長達の赤ちゃんのニュースを聞いたって理由もあるし、所長達の結婚記念日が近いのを思い出したってこともあるけど……でも、結局、これが書きたいが故《ゆえ》だったのだろうと思う。

そう、つまり明日は、あたしの結婚式なのである……。

★

きっかけは、二週間程前の、食堂でのパーティだった。

その日（また出た、よくもまああ飽きずに出るもんだと思わないでね）、銀河連邦最高機密で書くことのできない、とある仕事が首尾よく片づいたので、太一郎さんやあたしやリサを含む、八人程の連中が、食堂で祝杯をあげていたのだ。

そんでまあ、多少お酒がまわると、リサ、その日の成功がとっても嬉しかったのか、珍しく、問わず語りに、自分の身の上話なんかしだしたのよ。それによると、何でもリサは、このαに来る前、ベースⅠでの訓練中に、そこの職員と恋におちたんだそうで……。

「娑婆《しゃば》にまったく何の未練もなかったから、この仕事に志願したのに、よりにもよって、訓練中に恋におちちゃうなんて、笑い話もいいとこだと思うわ」

「え……で、それでリサ、どうしたの」

リサの話は、何かこう、他人事《ひとごと》ではないっていうか、身につまされる処があるっていうか……あたし、思わず、こう聞いてしまう。

「どうしたもこうしたもないわよ。今更、『好きな男ができましたから、志願取り消します』って言う訳にもいかないじゃない」

「まあ……そうよね……」

「それにさ、相手の男は、いい奴で、頭もよくて、能力もあったけど、いかんせん、体があんまり強いほうじゃなかったのよねー。こんな、未開の惑星にやって来たら、一番初めに未知の病気かなんかにかかりそうな、そんなタイプだったんだよねー。本人もそれが判っているから、一緒に行くとは言ってくれなかったし、あたしだって、来てくれとは言えなかった」

「うん」

その頃にはあたし、辺境宇宙の流儀って奴にもずいぶん慣れていて、——だから、このリサの台詞、素直に判ることができた。あたしや太一郎さん——ううん、そもそも水沢事務所の人達ってみんな、平均から見れば、異常に肉体的に頑健《がんけん》な方なのだ。ごく普通の銀河連邦市民って、重力や一日の長さみたいな外的条件がある程度地球に似ていないと適応できない人だの、ある程度以上の長距離移動をすると病気になってしまう人だの、ある種腺病質《せんびょうしつ》で整備されていない環境にどうしても適応できない人だのが、過半数を占めるのだ。んでもってそれは、その人の能力だの意思だの努力だの何だのにまったく関係ない、あくまで肉体上の問題っていうか、肉体上の適性であって……どうしようもないことなのだ。

「ま、待つって言ってくれたけどね。あたしが帰るまで、五年でも十年でも二十年でも待つって、言ってはくれたけど……実際、二十年、会えもしなければ手紙も電話もやりとりできない女を、待ってくれる男って、いるもんかしら」

「……」

……これは。どう考えても、下手になぐさめたりはげましたり、第三者が口をはさんでいいこととは思われなかったので、あたし、しょうがない、黙る。と、リサ。

「莫迦ね、アユミ。何だってここであんたが、そんな顔するのよ」

「え……あたし、別にどんな顔もしてないけど」

「それにね」

リサ、下手な言い訳を口にしたあたしを軽くこづくと、ふいに笑って。

「今日のあたしは、アユミに感謝してるんだから、だからそんな顔すんの、やめなさいよ」

「え……感謝って」

「彼も、数年なら、絶対待っていてくれるって、あたしは信じている。んでもって、今日のアユミの仕事のおかげで、この任務、片づきそうな目処《めど》がついてきたじゃない」

「あ……あはは、んでも、それって、別にあたしのおかげってことはなくて、それまで努力していたムーンさんだの他のみんなだのの……」

「莫迦アユミ。あんた、いつまでその、訳の判らない〝謙遜〟って奴をするつもりなの？　それがさあ、日系人の美徳だってことは、あたし、知識で知ってるけど、どう考えたってそれ、自分で自分を莫迦に見せてるだけだよ？　今回のプロジェクトの成功は、ひとえにアユミの能力故じゃない、どうしてそれを誇らないのよ？」

「えへへへ、まあまあ」

それまでの学習で、こういう時、下手に何も言わず、弁解もせず、ただ、リサをこづくのが正解だって、あたし、知ってる。それでまあ、そんなことをしていると、リサ、段々自分の打ち明け話が恥ずかしくなってきたのか、今度は妙に、あたしと太一郎さんの結婚話を聞きたがるのである。

「……という訳で、密出国した為、あたし達二人の戸籍は、実は未《いま》だに地球にある訳」

「んー……戸籍、ねえ。今、普通の結婚は、結婚証明書があればできるのに……そうか、地球の日本人には、まだ、戸籍ってものがあるのねえ。それに、地球は、今は入国するのがかなり大変だから……成程、そういうわけで、あなたは、ミセス・アユミ・ヤマサキじゃなくて、ミス・アユミ・モリムラなのね」

「そうなの」

「けど、それってあくまで形式の問題よね。で、形式じゃない、実際のあなた達の結婚式は、どんな感じだった？　あたしも……アユミのおかげで、どうやら彼と結婚式あげられそうな予感がするから、知っときたいわ。そんな時、花嫁はどんな気分になるものなの」

「え……」

結婚式。まあ……その……実際、そういうの、あたし達は、まだやっていないわよ……ね。で、まあ、あたしがそんな話をすると……お酒がはいっていたせいもあるのかなあ、リサ、何か急に燃えてしまったみたいなのだ。

「それはいけないわっ」

リサ、太一郎さんをひっぱってきてしまう。

「タイチロウ、あなたには、アユミと結婚式をあげる義務があるわっ」

まったく唐突にリサにこう言われた太一郎さん、それまでの経緯も何も知らないから、何か、最初のうちは、やたらと泡くって驚いていたみたい。

「純白のウェディング・ドレスに身を包んで、ヴァージンロードを歩む。女には、皆、それを夢みる権利があるのよっ。いくらアユミが、タイチロウのことを愛しているからって、だからって、タイチロウが、その、女の当然の権利を踏みにじっていい訳はないわっ」

「え……え……えーと？」

「確かに、戸籍の問題は、今ここではどうしようもないと思う。でも、それってあくまで形式でしょ？　そういう、形式じゃない、実際問題として、タイチロウ、あなたはアユミと結婚式をあげなくちゃ」

「……だって……結婚式なんて、そもそもが形式の問題だと……。俺があゆみのことを妻だと思っていて、あゆみが俺のことを夫だと思っている以上、そんな形式はどうでもいいんじゃ……」

「結婚式は形式じゃないわっ！」

あたしが、何も口をはさめずにいる間、リサ、激昂して、こう叫んだのだ。

「女の夢よっ！」

ここで太一郎さん、おずおずとあたしに視線を送る。『女の夢』っていうのは、事実かって。

でも……実際、それはそうなので、あたし、太一郎さんに、否定的な見解を示してあげない。

「言っとくけど、タイチロウ、あたしはアユミの味方だからね。たとえ、あなたがどんなに優秀で、どんな能力があったとしても、あたし、アユミとちゃんとした結婚式あげない以上、あなたのことを認めてあげない。……そして、判っているんでしょうね、あたしが認めてあげないってことは、αの生活実行委員会、そのすべてが、あなたのことを認めないってことであり、……いーい、タイチロウ。ただちにアユミと結婚式をあげなさい。じゃないと、今後のあなたを待っているのは、日常生活での困苦と窮乏《きゅうぼう》よ」

リサの台詞。実は無茶苦茶なのである。

生活実行委員会が意地悪をしようと思ったら、太一郎さん、そりゃ、恐ろしい程、実生活上で不自由がある筈。んでも……太一郎さんは、事実上あたしの夫っていう扱いを今まで受けてきた訳で……その太一郎さんが不自由をするっていうことは、妻であるあたしも、不自由をするってことになる訳で……。あたしの味方のリサがこう言うのって、何かこう、根底からしておかしな話なんだよね。それに大体、まっとうなシステムである生活実行委員会が、いくらその責任者のリサの主張でも、そんな無茶を通す訳がないんだし。……ま、酔っぱらいの言うことだから、おかしくてもしょうがないんだけれど。

けれど。

太一郎さんったら、こんなリサの台詞に、まったく負けてはいなかったのだ。

「成程、判った。俺は、あゆみと結婚式をあげるよ」

と、まあ、リサを喜ばせる台詞は、ここまで。

「ところで、俺の家は、神道《しんとう》の家なんだ」

「……は？　シントウ？」

神道って、地球の日本古来《こらい》の――っていうか、地球日本土着《どちゃく》の――宗教だから、さしものリサも、その名前すら聞いたことがないみたい。

「そう。地球日本古来の、地球日本固有の宗教。……俺の両親は、神社っていう、神道の――まあ、その、何だなあ、教会みたいな処で結婚式をあげた訳だ。俺も、もし、結婚式をあげるなら、そういう処でやりたい」

確かに太一郎さんの御両親が、今時珍しい神道式の結婚式をあげたって話は、聞いたことがある。でも、太一郎さんが神道を信じてるだなんて……あたし、絶対、信じないぞっ！

「神社があって、神主《かんぬし》さん――えーと、キリスト教で言う処の、牧師さんとか神父さんとかそういう聖職者ね――がいれば、〝夢〟とまで言われたんだ、俺だって、覚悟を決めて、結婚式をあげよう。それは約束する。……けど、神社もなくて、神主さんもいないなんて、嫌だ。これはその……俺の信仰にかかわる問題だから、いくらあゆみの友達でも、リサの容喙《ようかい》することじゃない」

太一郎さん。ず、ずるい。信仰にかこつけて、〝結婚式〟って問題を、見事な程どっかへやっちゃってる。

だって……だってこんな、日本はおろか、地球そのものからはるかに離れた辺境宇宙に、神社があったり神主さんがいるわけないじゃないかあっ。そもそもここには、日系人って、関口さんと太一郎さんとあたししかいないっていうのに。

「そ……それは……そのシントウっていうのは、アユミも信仰しているの？」

ここで。あたしが口を挟むより早く、太一郎さんが口を挟んでくる。

「ああ」

……ま……それはねえ……嘘ではないのよ。確かにあたし、仏教もキリスト教もイスラム教もなーんも信じてないけど、信仰なんて何も持ってはいないけど……でも、八百万《やおよろず》の神様なんて概念だけは、なーんとなく、あるんだよね。

その、これは、信仰とはちょっと違ったもののような気もするけれど……何かこう、鳥居《とりい》っていうのは神聖なものだって意識があるし、樹齢何百年って樹木を見れば、「ここには神様が宿っている」って気分になるし、深い沼や湖には竜神《りゅうじん》さまがいるんじゃないかなって自然に思える。太陽系を出てしまったら、太陽はそこにはないって知っているのに、にもかかわらず、「お天道《てんとう》さまの下で悪いことはできない」って気分が、確かに、ある。

これはその……宗教ではないけれど、でも、神様の話だし、この場合の神様って、該当するのは神道の神様だけじゃないかと思うし……。

んで。こうなるとあたし、確認を求めてきたリサに、曖昧にうなずいてみせるしかない。

「じゃあ、ジンジャってものと、カンヌシサンってひとを探して来ないと、あなた達の結婚式はあげられないの?」

そんなことはないと思う。日本人の宗教観ってかなりいい加減だから、八百万の神々を信じていようが、仏教でお葬式あげて、なおかつ、クリスマスだって祝っちゃうもん。

あたしの理性は、確かにそう言うんだけれど……でも、一回、「自分は神道を信仰している」って条件を否定しなかったあたし、それについて文句を言えない。

と。

「あ、俺」

ふいに、名乗りを上げてきた人がいたんだから……人生って、まったく予断はできないわよね。

「俺の、父親の、母親の、母親の、母親が、〝ミコサン〟だった」

手をあげたのって、私達が普段、通称〝サー〟って呼んでいる、地球イギリスの貴族の血を引く人だったりするんだもの、も、人生って、よく判らない。

「俺の、四代前の父は、地球イギリスの貴族だった。んで、四代前の母親は、イズモって処のジンジャのミコをやったことがあるんだそうだ。しかも、イズモっていうのはシントウにおける聖地なんだそうで、イズモのジンジャのミコっていうのは、かなり位《くらい》が高いらしい。俺のばあさんは、ばあさんのじいさんが家柄《いえがら》自慢をするたび、ばあさんのばあさんがそう言い返してたって、よく言ってた。……ところで、地球イギリスの貴族っていうのと、地球日本のイズモのジンジャのミコ、その、どっちがより身分が上だか、あんた達、判るか？　実は、俺も俺の両親も祖父母もみんな、それがよく判らなくって」

……判るもんか、そんなもん。

「日系人――いや、地球日本で生まれたんなら、生粋の日本人だな、そのあんた達なら判るんじゃないかな、イズモのジンジャっていうのは、そんなに大したジンジャなのか？　……あ……待て……あれ、ジンジャじゃなかったかなあ。タイシャって、言ったかも知れない。……ひょっとして、タイシャとジンジャは違うのか？」

うー。そんなこと、唐突に言われたって、あたし、満足な説明はできないぞ。そう思って太一郎さんの方を見たんだけれど……あまりと言えばあまりの展開にあっけにとられたのか、それとも、詳しく説明をすればする程、自縄自縛《じじょうじばく》の世界に陥ってしまうと思ったのか、太一郎さん、口を開くつもりがないみたい。そこであたし〝サー〟に、かなり自己流の、その上自分にとって都合のいい神道の説明をする。

「出雲大社《いずもたいしゃ》って言ったら、それはたいした神社よ。えーと、大社って、〝大きな社《やしろ》〟って字を書いて、この場合の〝大きな〟っていうのは、面積が大きいっていう意味じゃなくて、格式が高いって意味なの。だから、大社っていうのは、神社の中でも特別に格式が高い神社のこと。

その上、一般に〃大社〃っていうと、それ、出雲大社のことを指すって言われているくらい、出雲大社って格式が高い神社なの」

この説明……嘘じゃないよね。

「それに、出雲っていうのが、またただの土地じゃなくて……。えーと、日本では、陰暦《いんれき》——は説明があんまりうっとおしいからおいといて——とにかく、古い暦の十月のことを、〃神無《かんな》月《づき》〃っていうのよ。これは、〃神様がいなくなってしまった月〃って意味なのね。なのに、出雲だけは、その月のことを、〃神在月《かみありづき》〃っていうんだわ。あ、〃神様がいる月〃って意味ね。これ、どういうことかというと、古い暦の十月には、日本国中の神様が全部、出雲大社に集まってしまう、だから、出雲にとって十月は神様がいる月で、出雲以外のすべての土地では、神様がいない月なのよ。……とまあ、こんな言い伝えがあり、しかもそれが暦として、正式に採用されてしまうくらい、出雲って特別な、日本の神様にとっての聖地なの」

この説明も……嘘では、ないと思う。

「神さま……達が集まって、で、何をするの？　パーティでも？」

このリサの質問は、悪いけれど無視させてもらう。だってそもそも、一神教の風土で育った人にとっては、〃神〃が複数なのも理解の外だろうし、ましてて、その神々が集うこと自体……別に宗教家でも何でもないあたし、そんな説明できないよお！

「成程。ということは、俺の四代前の母は、れっきとした聖職者だった訳だ」

巫女《みこ》を〃やったことがある〃って表現。自分の夫の家柄自慢に対抗するような形で、語られた話であること。この辺から推測するに……その……〃サー〃の四代前のおばあさんって……。

まあいいや、巫女さんって、たまに女子大生がバイトでやることもあるって事実、あたし、意図的に黙っておくことにする。

「だとすると、俺はそのれっきとした聖職者の血をひいている訳だな」

〃サー〃はこう言い、太一郎さんに見えないように、あたしにこっそりウインクを寄越す。

「ということは、俺がカンヌシサンをやっても、血統的に何の問題も」

「あるっ！　あるに決まってるだろうがっ！」

ここで、それまでだんまりを決め込んでいた太一郎さん、ふいに大声を出す。

「信仰っていうのはなー、そんな、血をひいているからどうのって問題じゃないだろう？　大体、聖職者の妻帯《さいたい》を禁じてる宗教じゃ、血統の残しようもないじゃないかっ。それに……何か、俺が今まで知らなかっただけで、〃サー〃、あんたは神道を信仰してんのか？　大体あんたに、神道式の結婚式の式次第《しきしだい》なんて、判るのかよっ！」

「判ると思うよ」

「え……」

なんで。これはあたし、ほんとに不思議で、思わず太一郎さんと目と目を見交わしてしまう。

だって……まさか〝サー〟、ほんとに神道を信仰してるの？

そんなあたし達の驚きなんてほっといて、ふっと皮肉な笑顔を作り。

「ちょっと資料をあたれば、あっという間に神道式の結婚式の式次第くらい判るさ」

「そ、そんなの、信仰の問題とはまったく別な」

「それでも、タイチロウ、あんたが神道について知っているのと同じ程度の知識は手にはいると思うぜ」

ここで、〝サー〟、にっこり。

あはっ。

あはは、そうなんだ、〝サー〟、太一郎さんの思惑なんて、もうすっかりお見通しな訳ね。んでもって（ほんっとに、辺境の人々って、人が悪いっていうか何て言うか……）、太一郎さんが、結婚式を逃れる為に「神道云々《うんぬん》」って言いだしたこと、百も承知で、あたしの為に、ただ、結婚式をやってくれる為だけに、こんな台詞を口にしたんだ。

すると。さっきのウインクの意味も、おのずから、判ってくる。そしてあたし――火星にいた頃の、今に比べればまだおしとやかだったあたしとは違う、辺境でもまれて、いい加減すれてきたあたし――、勿論、一も二もなく、この、〝サー〟の台詞に乗せてもらう。

「お願いします、サー。出雲大社の巫女さんの子孫にあたし達の結婚式をとりしきって頂けるのなら、それはもう、望外《ぼうがい》の幸せってものです。あ、そうそう、確か出雲大社って、縁結《えんむす》びの神様なんですよ」

「おお、それならまさしくぴったりだ！」

「最高じゃない、アユミ。何百万だかいる神様……達の中でも、とりわけ縁結びを専門にやっている神様のジンジャなんて」

そして、あたしの台詞にのっかって、適当なことを言う〝サー〟とリサ。

「……」

その、あたし達の台詞にまぎれて、太一郎さんも、何か言ったみたいなんだけど……この場合、あたしも〝サー〟も、そしてリサも、太一郎さんの台詞なんか気にしない。んでもって、この三者が太一郎さんの台詞に気をとめないと、そもそも、あたしと太一郎さんの結婚式に積極的な関心がある人って……この惑星には、もう、いないのよね。

「あたしは、アユミの為に、結婚式をあげたいだけだから。それが、シントー式であろうが、他のどんな宗教式であろうが、それはあたしの関知したことじゃないわね」

と、まあ、これが、一貫したリサの姿勢。

そして、おそらくは。

「一貫して、俺はあゆみと結婚式なんざあげたくないっ、いや、別にあゆみが悪いって訳じゃないが、俺は、他の誰が相手でも、とにかく、結婚式をあげるだなんて茶番劇《ちゃばんげき》を演じる気は、一切ないんだあっ！」

というのが、太一郎さんの主張なんだろうけど……なまじ、結婚式をのがれようとして、〝神道〟がどうのこうの言ってしまった分、太一郎さん、こんな台詞を口にすることは、もうできない。

かくて。

あたしと太一郎さん、〝サー〟の主導で、神道式の結婚式をあげることになってしまったのだ……。

☆

そのあとも。太一郎さんの、無駄な抵抗は続いた。

例えば――日本酒が、ない。

「あのな。ワインだのビールだので三三九度《さんさんくど》の杯《さかずき》をあげる奴がどこにいる」

……ま……この意見は、感覚的に、あたしも判る。〝サー〟やリサみたいな、もともと日本人としてのメンタリティをまったく持っていない人にとっては、ワインもビールもウイスキーも日本酒も、お酒であるっていう事実は変わらないんだろうけど……確かに、ワインで三三九度をあげる結婚式って、変だよね。

もっとも、最初は〝サー〟もリサも、太一郎さんのこの台詞を無視しようとしたんだけれど……関口さんが、「確かにビールの三三九度っていうのは、変ですね」って言ったせいで、事態は多少紛糾《ふんきゅう》した。

そして。おそらくこの時から、あたし達の結婚式って、リサと〝サー〟をオブザーバーにした、あたし達個人の問題じゃなくて……只今惑星αにいる人達の大半を巻き込んだ、格好の娯楽になっていったんだと思う。（あ、〝娯楽〟っていうのはね……その……普段はあれだけしゃきっと仕事していて、人に弱みを絶対みせない太一郎さんが、ことこの問題にかんする限り、もうめろめろになっちゃってて……。何せ、人が悪いことは太一郎さんの折り紙つきの惑星αの連中だもん、みんな、完璧に無責任に、この太一郎さんの状態を楽しんでいたんだわ。それに……えーと、はい、何をかくそう、あたしも、です。）

でも。これについては、ゴードンさんが発酵促進装置《はっこうそくしん》の中にお米をぶっこんで、話は終わりになった。

うん、お米が発酵してお酒になったら、それって、〝どぶろく〟だろうが、どんな状態の液体だろうが、とりあえず、日本のお酒には違いないもん。

「この星には榊《さかき》がない。玉串《たまぐし》っつーのは、榊じゃなきゃいけないんだあっ」

この辺から、太一郎さん、もうやけである。やけになってこんなことを言い……αの地上を探査にでた関口さんが、榊そっくりの樹の枝を持って帰ってきてしまったので、太一郎さん、その日は殆ど寝込んでしまった。

そして。

「打ち掛けは？　つのかくしは？」

太一郎さんの最後の切り札が、これ。

「日本の神道式の結婚式には、それ相応の民族衣装っていうか、装《よそお》いってやつがある。日本式の花嫁さんは、白無垢《しろむく》で、打ち掛け着て、あ、かいどりって奴もある、んで、文金高島田《ぶんきんたかしまだ》の、つのかくしして、わたぼうし被って……。とにかく、俺は自分の嫁さんにはちゃんとそういうの着せたいんだっ！」

この辺が、太一郎さんの知識のいい加減さの露呈ね。もう、きっぱり、太一郎さんが花嫁さんに何着せてもいいって思ってるって、この台詞だけで判る。だって、そりゃ確かに太一郎さんが名前をあげた装束《しょうぞく》は、全部結婚式用のものだけど……言ってることが、目一杯、矛盾だの重複だのしてるんだもん。だって、打ち掛けとかいどりってそもそもが同じものだし、つのかくしとわたぼうしって被りものだ。お色なおしして両方やるっていうならともかく、普通、この二つを同時に被ることはできないと思うし、文金高島田に至っては、民族衣装どころか、髪型じゃないかあ。

けれど、対するリサ達が、太一郎さん以上に、〝日本式〟ってものを理解していなかったので――話はどんどん混迷してゆく。

「ほら見ろ！　日本――かどうか、今一つ特定はできなかったけど、とにかく、地球アジア地方の昔の民族衣装だぞっ！　おまえの言ってる〝白無垢〟だか〝打ち掛け〟だか〝かいどり〟だか〝文金高島田〟だか〝つのかくし〟だか〝わたぼうし〟だか、とにかく、そのうちの一つくらい、これが該当するんじゃないか？」

ある日、ふいに〝サー〟が、何やら布のかたまりを抱えてあたし達の部屋へ意気揚々と駆け込んできて、こんなこと言ったんだよね。んで……自信満々で〝サー〟が広げたのが……確かに地球アジア地方の昔の民族衣装、チマ・チョゴリだったりしたの。

つまり、〝サー〟、わざわざ自分の裁量で、『地球アジア地方の伝統ある民族衣装』って奴をとりよせてくれたらしいんだよね。これはもう、とってもありがたいことで、〝サー〟の好意には感謝以外の念を抱けないんだけど……けど。

でも、やっぱりその、好意はとても判るし、好意はとてもありがたく思うんだけど……日本の神道式の結婚式で、チマ・チョゴリを着るっていうのは、変だ。

そもそも結婚式をあげたくはない太一郎さん、まず、頑迷にそう主張し、私も……その……やっぱりこれは変だって気分が否めず、公平な第三者の日系人の関口さんが「これは日本の民族衣装ではありません」って言ったので……結局、チマ・チョゴリは、結婚衣装としては使えないってことになった。（あ、このチマ・チョゴリはね、最終的には〝サー〟の奥様が、結構気にいって普段着にしてくれたので、関係者一同、ほっとしたのであった。）

ま、でも。

この〝サー〟の勇み足のせいで、正しい日本式の結婚衣装が、非常に注文しにくくなってしまったのも、事実。

何せ、この惑星αって、何回も書くけれど、すべての物資を、ただ、輸入だけに頼っているんだよね。しかも、物資を載せた船がそうそう来る訳にはいかない環境だから、一回、どこか特定の地区の特定の民族衣装みたいな特別な奴を取り寄せちゃうと……そもそも、輸送船にそんな趣味嗜好《しこう》の偏《かたよ》った物資を載せてもらえること自体異例なんだもん、もう当分、そんな幸運は有り得ない。

んで。

関口さんのおかげで、〝チマ・チョゴリ〟は結婚衣装にならないってことが決まると、太一郎さん、やたら嬉し気に、『ちゃんとした結婚衣装を手にいれられるチャンスは、もうないも同然だ』って事実をリサに告げ、『だから、残念だけど、俺とあゆみとの結婚式はなしだ』って言いだしたの。

でも、そんなことでひっこむリサでは、なかったのだ。

何せ、あたし達の結婚って、今や完全にαにおける公認の娯楽になっていたから、いろいろと協力してくれる人は出てくるし、そもそもリサは燃えてるし……。

そして。ある日。

「タイチロウ、これなら、どう？　今度こそ間違いない、絶対的に、これは、地球日本の民族衣装よっ！　誰が何と言おうとも絶対そうだし、ハジメもこれは日本の民族衣装だって認めたわよっ！」

　両手の指に七ヵ所も絆創膏《ばんそうこう》を巻いたリサ、審判役としてか関口さんを連れ、そしてどうやら衣装のはいっているらしい袋を手にもって、さながら宣戦布告のような調子で太一郎さんにこう言ったのだ。

「え……リサ……ひょっとして打ち掛けなんかとりよせてくれたの？　まさか、あたしの為に無理なんてしなかったでしょうね？　もう当分、そんな趣味の輸入は無理なんじゃなかったの？」

　あまりにリサが自信満々だったし、関口さんも保証したっていうんで、あたし、一瞬最悪のことを考えてしまった。例えば、リサがあたしの為に、自分の職権を濫用《らんよう》したのではないかって。そして万一にも、そんなことをさせてしまったら、あまりに申し訳ないって思い、青くなり……と、リサ。

「作ったのよ」

「……え」

　作ったって……その……〃制作した〃って意味の……作った？

「さすがにね、もう当分、特殊な衣装の注文なんてできない。けど、原材料ならまだ輸入可能だもの。それにあたしは、〃サー〃みたいに、アジアってだけで、地球日本と他の地方を同一視するようなへまはしない。実は、『地球日本、伝統的な民族衣装』って項目で、データベース検索したのよ。するとまあ、そこには、〃キモノ〃っていったかしら、日本の伝統的な民族衣装についての資料がかなりあったし、作り方もでていたから……えへへ、それをもとにして、あたしが縫わせていただきました、日本のキモノ！」

……成程、そうか、自分で縫う分には——布地なら、それは充分、一般物資として輸入可能だもんなあ。すると、リサの指の絆創膏って……それ、あたしの結婚衣装を縫ってくれたせい？　だとしたら……。

ああ、友達って何てありがたいんだろう、リサって何ていい人なんだろう。

そんなことを思ったあたしが目をうるませると——ふいに、つんつん。

見ると、関口さんが、何か妙な顔をして、あたしのことをつついているのよね。

「あの……あんまり期待しないでくださいね」

え。何だろう、この関口さんの台詞。だって、リサが作ってくれたのがちゃんとした着物だって、関口さんが保証したんでしょ？

「とりあえず、アユミのとタイチロウのと、キモノだけは作ったの。上着は、これから作るからね」

おっと。リサが作ってくれたのが打ち掛け（太一郎さんの方は、紋《もん》付き）だとすると……この台詞は、何か変だ。打ち掛けの上に着るものって……一体全体、何なんだろう？　それに……よくよく考えてみれば、打ち掛けって、しろうとさんがそう簡単に作れるものなんだろうか？　そして……もっともっと考えてみれば、確かに布地は簡単に輸入できるだろうけれど……日本の反物《たんもの》なんて、そう簡単に輸入できるんだろうか？　反物が輸入できなかった場合――普通の布地で打ち掛け作るのって……何か、かなり、難儀な処がありそうな予感が……。

「と、まあ、口でいろいろ言ったって、それでタイチロウが納得するとは思えないわよね。だから、見せるわ」

あたしの不安そうな表情、関口さんの何と言っていいのか判らない表情を見ると、リサも何か感じた処があるのか、ふいにこう言うと袋に手をつっこんだ。そして、そこからひっぱりだしたのは……。

「どう？　ハジメも、『これは確かに日本のキモノだ』って断言してくれたのよ、れっきとした日本の民族衣装でしょう」

……はい。

確かにそれは、れっきとした〝着物〟で、れっきとした日本の民族衣装だった。

そして。

はい、確かにこれなら丁寧な作り方さえ書いてあれば、器用な人なら着物縫った経験がまったくなくても作れるだろう。また、確かにこれなら、〝上着〟と呼んでおかしくないものがあると言えばある。

それは……その……何と言うのか……その……確かに日本の民族衣装で、確かに着物で……はいはいはい、ぶっちゃけて言いますとその……〝浴衣《ゆかた》〟だった。

「……あの絆創膏を見ると、ですね……僕は、とてもキャラウエイさんに否定的なことは言えませんでした」

浴衣を見て、茫然としているあたしに、関口さん、リサには聞かせたくなかったんだろう、小声の日本語でこんなことを言う。

「それに、確かにあれは、日本の民族衣装であるって言えばある訳で……〝違う〟とは言えないでしょう?」

……ま……その通りではある。

「結婚衣装かって聞かれたら、僕としても返答に困ったでしょうけれど、幸いなことにキャラウエイさん、そういう質問はしませんでしたので」

……ま……そりゃ……関口さんはいいわよ、嘘ついてる訳じゃないし。……けど……あたしと太一郎さんは。

あたし、太一郎さんの方をちらっと見る。太一郎さん、思いっきり目を見開いて……もう何も言えないでいる。

「あの、〝上着〟っていうか……丹前《たんぜん》の方はね、キャラウエイさんが作る前に僕の方からさり気なくとめておきますから。……だって……浴衣の結婚式ってだけでもかなり、その、何ですけど……これに丹前がくっつくと、どう見たって、温泉旅行か何かの余興って雰囲気にしか、なりませんからねえ」

……浴衣だけでも、かなりその雰囲気だと思うんだけど……。

すると。

困惑しているあたし達を等分に見やると、ふいに関口さん、いささか人の悪い笑みを浮かべて。

「でも、ま、浴衣でよかったんじゃないですか？」

「な……どうして、です」

「実は僕、山崎さんが和装をするって言いだした時から、一つ、とても疑問に思っていたことがあるんです。もしちゃんとした結婚衣装が手にはいったとして……一体全体、どこの誰が、着付けをやってくれるんですか？」

あ……あ……あ、そうだっ！　着物にはそういう問題もあったんだっけ。

「森村さんができるんならともかく、その表情をみた限りでは、森村さんもできませんね？あの結婚衣装に関するとんでもない発言から言って、山崎さんができないことは確かだし、言っておきますが、僕もできません」

そして、この惑星には日系人って、この三人しかいないんだった……。

「これでね、他の誰かが、万一ちゃんとした結婚衣装を手にいれてごらんなさいよ。苦労して手にいれた衣装を着ることもできないだなんて……山崎さんと森村さん、袋だたきになる処だったと思います」

……確かに。お説、誠にごもっとも。

「その点浴衣なら、まだなんとかなるんじゃないんですか？」

「ええ……」

そうよねえ、あたしが何とか自分で着ることができる着物って、浴衣ぐらいだし、太一郎さんだって、絶対そうだと思う。

「だとすると、まだ茫然自失している山崎さんに忠告した方がいいと思いますよ。ここは一つ、せっかくのキャラウエイさんの御好意ですし、あの人だって忙しい仕事の合間をぬって、指を絆創膏だらけにして作ってくれたんだ、ありがたく浴衣を着た方がいいんじゃないですか？」

そうかも知れない。

それに。〝着付け〟って言葉を言われて、それでようやく思いついたんだけど……考えてみたら、和式の結婚衣装って、すんごく小物が多いんだよね。帯は勿論必要だろうし、紐《ひも》っていうか、あっちこっちしばるものが、多分とても沢山必要な筈。お腹の処にいれるものもあったような気がするし、足袋《たび》だの草履《ぞうり》だって、なきゃ困る。

そして、そういう和装用の小物……あたしは勿論よく知らないし、太一郎さんだって、知らないこと、これはもう賭けてもいい。とすると、二人共よく知らないんだもの、そういうもの、ちゃんと注文できる訳がなく……。

「……成程ね」

と、あたしと関口さんの会話（いくら小声でやっていたからって、そりゃ、聞く気になればまわりの人には聞こえるわよ。日本語でやってるから、リサには多分意味不明だろうけど、太一郎さんは判って当然）を聞いて、まだ茫然自失している態《てい》の太一郎さんが、口をはさんできたのだ。

「あんたの言うことはよく判る。事態がこうなりゃ……しょうがない、俺達は、ありがたく浴衣で結婚式をあげざるを得んだろうよ」

と、こんな太一郎さんの、目一杯皮肉に彩《いろど》られた台詞に対して、関口さん、しゃらっと。

「ま、山崎さんに限っては、ある程度、自業自得ってものでしょうね。無宗教式の奴でも何でも、もっと一般的な結婚式を了承しておけばよかったんですよ。『あくまでも神道式で』なんて無茶言わなければ、多分、話はここまでよれていなかったと思いますね。森村さんは、まあ、多少お気の毒だって気もしないでもありませんが……選んだ男が悪かった、ということで」

こんなことを言っちゃうんだよね。

そして。

それを聞いた太一郎さん、苦虫《にがむし》を、もう五百匹くらい、まとめて嚙みつぶしたような表情になり。

「確かに俺は自業自得だよ。……けど、あんた、この事態を楽しんでないか？」

すごんでみせる太一郎さん。でも、関口さん、普段の柔らかな物腰を維持したまんま、こんな太一郎さんのすごみに怯えず。

「はい、楽しんでますよ。……でも、言わせていただければ、僕だけじゃない、只今αにいる人間で、あなたの結婚式を楽しんでいない人って、少数派だと思いますね」

うー。

太一郎さん、うなってる。

「お……お……おまえらってな、おまえらって、ほんっとおに」

しゃらん。あくまで気軽く関口さんはこう言って、ほんっとおに人の悪い笑みを浮かべる。

「人が悪いんです」

そして。

「ところで、宇宙辺境地域に〝人がいい〟人間が生息してるって思える程、山崎さんって人がいいんでしたっけ？」

半《なか》ば笑みを含んだ、この関口さんの台詞を聞いて——ああ、この台詞って、あたしが最初にこの惑星についた時、太一郎さんに言われた奴とかなり似てるな——、太一郎さん、ついにその辺につっぷしてしまった。

『もっとも、まあ、結婚式って言っても、それ、殆ど温泉地での余興みたいな感じのものなんですけれど。（太一郎さんは、「正しい日本語では、そういうの、〝仮装行列〟って呼ぶんだぜ」なんて言ってます。）

……えーと……今の台詞は、多少、照れがはいってますけど……でも、かなりの部分、本当です。

何せ、太一郎さんとあたしの衣装って浴衣だし、神主さん（あ、太一郎さんがあくまで神道式の結婚式って主張をしたせいで、話がよれたんです）はモーニング姿ですし。』

★

「カンヌシサンって、とにかく聖職者なんだろ、どんな格好をしたもんだろうか？　とりあえず、俺が持ってる一番まともな奴って、モーニングなんだが」

って〝サー〟が言った時、太一郎さん、ここを先途《せんど》と思いっきり文句をつけかけたんだけど、「あ、じゃああたし、〝サー〟の分もキモノ作りますわ」ってリサの台詞を聞いた瞬間、『はい、モーニング、結構です、モーニング、大歓迎です』って感じの態度になってしまった。

まあ、そうだよね。浴衣姿の新郎新婦だけでもかなり頭の痛いものがあるのに、浴衣姿の神主さんじゃ……。

『それにまた、お神酒《みき》も、実際に味見してみた太一郎さんが、「健康の為に、飲むふりだけしときな。飲み干すんじゃねえぞ」って言ったようなものになりそうです。』

……まあ、基本的な材料はお米なんだから、毒ってことはないとは思うんだけど。


『多分、明日は記念に写真をとるでしょう。

そして、いつか、火星に帰ったら、その時の写真、お見せしますね。(太一郎さんはもの凄く抵抗するでしょうけど、お約束します、見せちゃいます。きっと、大笑いの写真になると思うんです。)

あ、でも。

大笑いの写真になる、だなんて書いたからって、変に気をまわしたりしないでくださいね。

あたし、幸せなんです。

太一郎さんにめぐりあえたことも、彼を愛したことも、あたしにとって、本当に幸せな出来事でした。

そして、あたしは、今、太一郎さんのあたしへの愛を信じています。

これだけだって、もうあたし、神様に何回感謝したっておいつかない、もし、そういうものがあるのなら、あたしはきっと前世でとてもいい行いをしたのだ、だから神様はあたしに太一郎さんをくれたんだって、心の底から思えるくらい……そのくらい、幸せです。

そして、その上。

友達にも恵まれて（たとえ大笑いなものになろうとも）、結婚式をあげてもらえる。

結婚衣装が浴衣でも、その浴衣って、リサが、仕事の合間に慣れないお裁縫《さいほう》をして、指にいくつもいくつも絆創膏を巻いて、そして作ってくれたものなんです。

だから。

明日はあたし、思いっきり笑っちゃおって思っています。

結婚式が厳粛なものにならなくたって、大笑いだって、いいじゃないか、心からそう思っています。

大切なのは、真に愛する人を夫にできたこと、その夫に、愛されているって確信できること、そして、とてもいい友達を持てたことだと思いますから。』

ここまで書くと、あたし、便箋から視線をあげる。

うーむ、今の文章って、ちょっと悋気が酷すぎるかな、そんな気がして……でも、相手は麻子さんだもんね。あの悋気界の女王みたいな人が相手なら、まあ、大抵の悋気は許してもらえるような気もするし……。

結局あたし、便箋を破らず、そのまま、手紙を書き続ける。

『結婚式のことは、終わってから、また、書きますね。』

それから、便箋の数をかぞえて、ちょっと驚く。

『それにしても、もう何だか、ずいぶん長い手紙になってしまいました。

この辺で、筆を措きたいと思います。

それでは、麻子さん、どうぞ、お元気で。

所長をはじめ、事務所のみなさまにも、どうかよろしくお伝えくださいませ。』

書きおえた便箋を、折りたたむ。

そんなことをしながら——あたし、ふっとまた、幸せの発作《ほっさ》に襲われた。

幸せの発作——そう、さっき、太一郎さんを無理矢理寝室にひっぱってゆき、何とかパジャマを着せた時襲われた、とてつもなく贅沢な発作に。

☆

パジャマの上着に何とか袖を通した処で、かなり酔ってた太一郎さん、ふいにこんなことを言ったのだ。

「俺は自業自得だよな」

「あん？　何？」

「いやね、明日の結婚式だけど……まるっきし仮装行列になっちまったの、俺にとっては自業自得だけど……おまえはそうじゃないだろうが」

「あはは。その……選んだ男が悪かったって、関口さんなんか言ってたじゃない。けど、あたしにとっての最高の男って、あなたなんだからさあ、も、こりゃ、しょうがないんじゃないの？」

半ば照れて、あたし、しょうがなしに、人差し指だけをたてた手首をぶんぶん振り回し、こんなことを言い——すると。

「ごめんな」

真面目な顔で、太一郎さん、こう言ったのだ。

「その……相手が俺じゃなきゃ、おまえもまともな結婚式ができたのに……」

太一郎さんにこんなことで謝られるだなんて……これはもう、これはもう、これはもう、『愛している』って言われる以上の、驚愕事項だっ！

そして、その上。

「俺はさあ、あゆみが好きだから。あゆみと結婚できて、俺は嬉しかったよ」

太一郎さん、こんなことまで言いだしてしまうのである。わーお、天変地異《てんぺんちい》が起こりませんように。

「……けど、あゆみは、素直ないい子で、だから、あゆみに惚れる奴は世の中に沢山いる筈で……。ま、俺よかいい男なんてまず滅多にいないから、あゆみが俺と結婚したのは正解だとは思うんだが……けど、まあ、客観的に言えば、あゆみには、俺以外の男と結婚する自由があった訳だ」

……太一郎さん。それはその……どーゆー台詞よ。

「そして、俺じゃない男と結婚してれば、〃女の夢〃である結婚式、もっとまともな奴ができたな。……だから、ごめんな」

そんなことどうでもいいのに。あたしは、あなたと一緒にいられるだけで、もう充分幸せなのに。

あたし、そういうことを言おうとして……でも、太一郎さんの台詞が、まだ途中って感じがしたので、とりあえず、その台詞を飲み込む。すると。

「約束するよ」

太一郎さん、ふいに真顔になって、こんなことを言いだすのである。

「その……嫌だけど、キリスト教式の奴だろうが、よー判らないけど仏教式の奴だろうが、想像もできないけどイスラム教式だろうが……ま、あゆみがそういうの信仰してないって判ってるから、現実的には無宗教の奴かな、とにかく……」

ごくん。

太一郎さん、唾《つば》を飲み込んで。

「しょうがないから、この仕事が終わって、火星に帰ったら、あゆみの満足がゆく、〝結婚式〟って奴に、付き合うわ、俺。……だってもう、しょうがねーよなー、〝夢〟とまで言われた結婚式が、俺のせいで仮装行列になっちまったんだ」

……莫迦、ね。

そんなこと、あたしだって同意したんだから、もう、あなたのせいじゃないのに。

莫迦ね、そんなこと、気にしなくたっていいのに。

あなたって、あなたって、ほんっとにこういう時、すんごく莫迦でかわいい人だと思うわ。

その瞬間、あたしの心の中には、そんな台詞が溢《あふ》れ返り……同時にあたし、とてつもない至《し》福《ふく》感に襲われたのだ。そう……何て言うか、〝幸せの発作〟って奴に。

ああ、どうしよう、あたし、あたし、とってもこの人が好きだ。この人って、なあんてかわいいんだろう。

「莫迦ね」

気がつくとあたし、幸せの余り、目尻にぽっちりと涙を浮かべていた。慌てて心持ち上を向き、太一郎さんのパジャマのボタンをとめる。そして、その間も、あたしの心の中は、『莫迦ね』のリフレインが続いている……。

莫迦ね、そんなこと気にしなくていいのに。莫迦ね、あなたってほんっとにかわいい人。莫迦ね、あなたって、ほんっとに莫迦ね……。

太一郎さんのあたしに対する口癖《くちぐせ》、「莫迦」って……あれ、妙に太一郎さん、優しい顔して言うことがあるし……ひょっとして、太一郎さんも、時々、今のあたしみたいな気分になることがあるんだろうか。

……ま、人の気分はあくまで忖度《そんたく》することしかできないし、太一郎さんのことはとりあえずおいといて。

とても幸せな気分になったあたし、心の中で『莫迦』を連発しながらも――辺境で人が悪くなったんだろうな、まるで証文のように、今の太一郎さんの台詞を心の中で反芻《はんすう》したのだ。

うん、火星に帰ったら、まっとうな結婚式を挙げてもらおう。

太一郎さんはきっと、今の台詞なんか忘れちゃうか忘れちゃったふりをするだろうけれど、あたしは絶対に覚えていて、絶対、実現させちゃうんだ。

その時は太一郎さん、もう目一杯抵抗するだろうし、さんざぎゃあぎゃあ言うだろうし、嫌がるだろうけど……でも、やっちゃう。だって、嫌がって抵抗してる時の太一郎さんって、すんごいかわいいんだもん。

……ほんっと、辺境にくると、人が悪くなるよなあ。

一瞬、そんなことを反省しながらも——あたし、心底幸せな気分で、太一郎さんをベッドにおいこみ、上から毛布をかけたのだ——。

☆

折り畳んだ手紙を、封筒にいれる。

かなり長い手紙だったので、手紙をおさめると、封筒、妙にごわごわした手触りになり、もともと封筒についていた糊《のり》だけじゃ、封ができそうにない感じ。

そこで、しょうがないあたし、スティック糊を出すと封の処にそれを塗り、それだけでもちょっと粘着力に不安があったので、封をした手紙の上に、青銅《せいどう》製の重たい灰皿を重しに載せる。

これで数分おさえておけば、多分、封は何とかなるだろう。

そしてあたしは、その数分の間に、便箋セットや羽ペンとインクなんかをしまい（何せ、趣味の手紙なので、優雅に羽ペンとインクで書いているの、あたし、これ）、机の上をきれいにする。

それから。

「いつか火星に帰れますように。これが手紙としての用途を全うしますように」

もう、呪文《じゅもん》となってしまった文句を唱えると、封筒に軽くキス。

そして、封筒を、机の脇に置いてある、かなり大きな木製の箱に落としこむのだ。

そう。

何たって（多分これが最後だろうな、もう、見るのも嫌でしょうが）、銀河連邦最高機密によりここに書くことができない事情で、只今、この惑星にいる人間と、銀河連邦の普通の住人との間には、通信の自由が存在しないのだ。

だから、ここに手紙が来るのは規則違反で（ま、レイディは、あたしの特殊な能力を保証してくれている人間なので、限定的にあたしに対してのみ、多少のお目こぼしをしてもらっているのよ）――αにいるあたし、手紙を受け取ることは勿論、手紙を出すことだって、できないのだ。

故に、今、あたしが書いていたのは、太一郎さんにもあきれられた、〝趣味の手紙〟。

そう、あたし、投函《とうかん》できない手紙の山を、かなり大きな木箱に一杯分、すでに書いているのだ。

……ま、日記だと思えば、害はないし。

でも。

実は、この手紙って、〃祈り〃なのだ。

いつか。

いつか、火星に帰れますように、いつか、麻子さんだの所長だの中谷君だの熊さんだの、おなじみの人達に、再び、会うことができますように。

多分、実際にあたしが火星に帰ることができる日が来たら、あたし、この手紙に書いたことなんかみんな、ぜんぶ自分の口でしゃべっちゃうだろう。そういう意味で、この手紙って、存在価値はまったくない。

でも。

あたしは、あくまで、〃祈り〃として、この手紙を書き続ける。

麻子さん。所長。中谷君。熊さん。れーこさん、そして……。

みんなに、会いたいから。

また。

家出をして地球を後にして、随分たって。

あたし、ようやく、判ったと思う。

地球にいる、お父さんお母さん、お兄ちゃん。

彼ら宛の手紙も、実は沢山ある。

自分の意思で家出して、いつだって帰れるって思っていた時は判らなかった、けど、もう、帰りたくても帰れない事態になって……そしたら、やっと、判った。

家出って……する方も確かに大変だけど、された方だって、ずいぶん苦痛なことなんだよね。

家出少女のあたしを保護した太一郎さんが、まず真っ先に、「家族に手紙を書け」って言った意味が、ようやくあたしにも、頭じゃなくて心で、判ったと思う。

ごめんね。

本当に、ごめんなさい。

今更謝《あやま》ってもしょうがないし、あたしのこの謝罪って、少なくとも惑星αを出るその日まで、家族の誰にも伝わらないものだけど……けど、ごめんなさい。

あたし、火星にいた時、もっとちゃんとした手紙を書けばよかった。あの時は、とりあえず無事だってことさえ判ればいいだろうって気分で、かなり適当な手紙しか書かなかったけれど……今のあたしなら、もっとちゃんとした手紙を書くと思う。

でも、しょうがないよね、これがあたし、これが森村あゆみなんだから。

そして、こんなあたしは――只今、この地で、幸せなのだ。

だから、お父さんお母さんお兄ちゃん、安心して。

それから、火星のみんなも、他の人達も、とにかく、あたしのことを心にかけてくれている人、みんな、みいんな、安心して。

……ことん。

手紙が、木箱に落ちた音がする。

あたし、それを確認すると、のろのろと木箱の蓋《ふた》を閉める。そしてまた、木箱に、キス。

これは、〝祈り〟だ。

『再び火星に帰れますように』

でもこの祈りって実は表層のことで――深層の祈りは、多分、まったく違ったものである筈。

どうか――どうか。

あたしは、幸せです。

生まれてきて、本当によかった。

お父さんとお母さんの子供で、お兄ちゃんの妹で、本当によかった。

元婚約者殿と知り合えてよかった。

家出して、星へ行く船に乗ることができてよかった。火星に来て、本当によかった。

みんなと知り合えて、レイディとめぐりあえて、いろいろあって……一時は悲観した能力だけど、あたしに、変な能力があって、それでも、よかった。

αに来ることができて、よかった。

確かに、辛いことや悲しいことがなかった訳じゃないけれど、人生航路の中で誤った道をとらなかった訳じゃないけれど……でも、今のあたしは、過去の自分の過《あやま》ちも含め、心から今までの自分の人生すべてを肯定できる。

心から、自分が〝森村あゆみ〟であって、本当によかったと思っている。

だから。

これは、〝祈り〟だ。

どうか――どうか。

あたしが幸せであるように、事務所のみんなが、うちの家族が、友達が、知り合いが、そして、あたしがまだ知らないすべての人が、幸せでありますように。

まだ見ぬ、あたしの姪、麻子さんの子供が幸せでありますように。

そして、明日生まれる、明後日生まれる、これからこの世に誕生するすべての命、それが幸せでありますように。

つん、と、背筋を不思議な感触が走ってゆく。

自分の感情が外界へ向かって迸《ほとばし》ってゆくのを感じる。

迸った感情が、あっちこっちで共鳴を起こし、自分の心が幸せ一色で染められてゆくのを感じる。

あんまり幸せで、両の腕に何故かちりちりした感触が走り――気がつくと、見事なとり肌がたっている。

それから、あたしはゆっくりと、優しく木箱の蓋を撫で……そっと、寝室へ向かうのだ。

太一郎さん。

あなたの隣で眠る為に――。


〈Fin〉

バタカップの幸福

バタカップの世界に。

「きゃわわわあっ、わわ、えあっ！　あああ……＃？＊△○！」

素晴らしい声が響きわたった。後半に至っては、何とも表現しがたいような、人間の声だと思うのがむずかしいような声が。

この声を導き出すことに成功した猫、バタカップは、なんだかちょっと胸をはる。

あゆみちゃん。

そういう名前で呼ばれているひとが、自分にとって〝特別〟なひとであることは、バタカップにも判っている。

そういうひとが、自分がやったことのおかげで、こんな特別な声をあげることになった。うん、普段あゆみちゃん、絶対にこんな声をあげることはないんだもの。

これは、もう。自慢しましょう。いくらでも誇っていい。そういう話だと、バタカップは思う。うん、だって。

「＃＆＊＠§☆★○●◎◇◆！」

思いっきり、訳判らないこと言ってるんだもん、〝あゆみちゃん〟。ああ、そんなに嬉しかったんだよね。そんなに感動してくれたんだよね。

だから、胸をはる。

んでもって、それは何故かって言えば、自分がとってきたお土産が、素晴らしかったから。

だから。

これからもずっと、自分はその〝お土産〟を、あゆみちゃんの前に持ってゆくだろう。

★

「あのな」

なんか、もう、あたしの目の前の太一郎さん、疲弊し尽くしたっていう感じだった。

「おりゃ、もう、嫌だよ。俺は、あくまであゆみの亭主であって、あの猫の飼い主じゃないっ！」

「あの、ですね、あゆみさん、是非っ！」

一方、あたしの目の前にいる集団の中のもうひとりのひと――イワンさんは、目を爛々と輝かせてあたしににじりよる。

「あの猫、私に下さいっ」

「やー、もう、イワンにやっちまえあの猫」

って、そんな訳にはいかないでしょうが。

「……いや……その前にもっと重大な問題が」

この時のあたしの前には、実に四人ものひとが群れていて、そのうちのひとり、この惑星α《アルファ》の総責任者であるゴードンさんが重々しくこう言う。

「あの猫を放し飼いにするのは、この星の生態系に対してかなりの問題があるのでは？」

「今更それを言ってもしょうがないんじゃない？」

と、これは、αの生活総責任者であるリサ。

「すでにみんな、この星の生態系を適当に蹂躙《じゅうりん》している訳じゃない。そもそも、この星に基地を作っちゃった段階で、なし崩しにそれ、ぐちゃぐちゃにしている訳だしさ。とりあえず、この惑星の生態系を問題にするのより、エイリアンさんとの意思疎通が最重要課題だってことで、合意はできていた筈じゃないの？」

「いや、それは、そうなんだ。だが、だからと言って、この惑星の生態系を無視していい訳ではない」

「それさあ、なんか、エイリアンさんとの意思疎通が成立しそうになっているから言ってる理屈じゃないの？　アユミが来るまで、意思疎通の可能性が見えなかった頃は、この惑星の生態系のことなんか、ゴードンだってまったく気にしていなかったんじゃ？」

「そのとおりですっ！　今となっては、この惑星の生態系は重要だ！　私は、この惑星の生態系を、是非っ！　是非、調査したいっ」

「って、それはイワンが生物学者だからでしょ？　アユミの〝感情同調〟のおかげで、意思疎通の可能性が見えてきた、だから、生物学者としてのイワンは、暇になっちゃった、あのエイリアンさんを〝生物学的に〟研究する必要性が低くなったから。だから、この星の生態系に興味を持ち出した、そういう話じゃないの？」

「そういう側面があるのは否定しません。ですが、ここの生態系は、凄いっ！　まさか、伝説のドラゴンじゃないですが、本当に火を吐く生物がいるとはっ」

……ああ……ああ……もう……何が何だか。

★

まあ。

話は、非常に単純と言えば単純なことなのだ。

えっと……あの……あんまり思い出したくはないんだが……その……このαに来て以降、あたしの猫であるバタカップは、ほぼ放し飼い状態に近く、んでもって、αの大気組成や何やがかなり地球に近く、とりあえず危険な獣はいない、有害植物もないっていうことで、バタカップは適当にお外をうろつき回っていた。んで……思い出したくない、ちょっと前。

あたしが目をさますと、目の前にバタカップがいて、バタカップは目を覚ましたあたしを確認すると、横になっていたあたしの顔のま脇に、甘噛みをして銜えてきた、まだ生きている

〃生き物〃を放したのだ。

「うわあああああっ、ぎゃあああああっ！」

んで、あたし、思わず叫んでしまった。

だって。だって、寝ているあたしの前に、だよ、ということは、ベッドの枕元に、だよ、あたしの顔の横に、だよ、放されたのは、なんか、四本足で歩いてるなめくじみたいな生き物で、それがまだ生きていて、ばたばた動いていたら、これはもう、「ぎゃあああああっ」。

あたしの悲鳴があんまり凄かったせいでか、隣で寝ていた太一郎さんも起きちゃって、そんでもって彼も、この生き物をみて、「ごうわああああっ」。

……この、あたし達の反応が、いけなかったらしい。どうもなんだか、猫って、獲物をとると、それを飼い主に見せに来る生き物らしくて（昔の地球の小説なんかを読むと、飼い主の枕元に鼠を持ってくる猫って結構いたらしい）、あたしと太一郎さんの反応が、なんか喜んでいるものだってバタカップに誤解を与えたらしく……。

翌日から。

考えたくもないんだが、おそらくは好意で、バタカップはあたしの枕元にひたすらいろんな生き物をとってきては放してくれた。

「きょわあああっ、やーめーてー」

「ぐわあっ！　ひゃあ、ぎゃあっ」

言葉になっていたのは、ほんの二日か三日。

やがて。

「#&＊@§☆★○●◎◇◆□■△▲▽▼※〒！」

なんて事態に、話はなってゆく。

なんかなあ、この惑星αの生態系って、小動物、土中生物に関しては、かなり地球と違うらしくて、見るからに、うらん、見たからこそ、悲鳴をあげたくなるものがてんこ盛りで……。

とどめは、数日前、バタカップがとってきた、何だかよく判らないものだった。

いや、その……海牛《うみうし》？　形状は、それに、近い？

なのに、そいつは、あろうことかあるまいことか、あたしの枕元で、ほんのライターくらいのものだったんだけれど、ほんのかすかなものだったんだけれど、あきらかに、火を吐いたのだ。あたしの髪が、ちょっとちりちり燃えた。

あんまり驚いたんで、あたしはその話を他のひとにして、そうしたら、生物学者のイワンさんがいきなりやってきた。んで、そのイワンさんの目の前で、バタカップが、またまた別種のとても気味の悪い不思議な生き物を捕らえてきて、そいつが、けほっていうのと同時に、ちょっと喉の奥の方で火花が散って……。

さあ、イワンさんの目が、まんまるになった。

ここで話が、惑星αを統括している責任者のゴードンさんの処《ところ》にまで行ってしまって、そんでもって、只今現在の状況になっているのだが……。

★

「いや、あきらかに、この生き物の喉の奥には発火器官がありますね？　それは私も確認しました。とはいえ、発火器官があったとしても、この星の大気組成からして、発火したからといってすぐに引火する気体はない。とすると、何故、発火するのか。発火してそのあと自然状態ではどうなるのか。これは、是非っ！　何が何でも研究するに値する事態ではないのかと」

「だから、その前に、この猫を放し飼いにして、この惑星の生物とり放題にするのはいかがなものかと」

「その前にっ！　俺は断固として主張するぞっ！　あゆみのベッドサイドに変な生き物を持ってくる猫は、〝不可〟だ！　俺が眠れん。故に、この猫、どっかやっちまえっ」

「それは駄目え。いくら太一郎さんでもその台詞は許せない。この子は本当に大切な猫なんだから」

「だから、それなら、あゆみさんと山崎さんの処に置いておけないのなら、この猫、私に下さいってば」

「あのねえ、イワン？　あたし聞いたことあるんだけれど、猫って、褒めて貰いたくって、飼い主の処にいろんな生き物とってくるっていう話があるんじゃないかと……。その場合、バタカップの所有者がイワンになってても、バタカップがあくまでアユミを飼い主だって認識している以上、それ、意味がないんじゃないかと」

「その前にあたしに話を聞いてー。あたしは、バタカップを、誰にも譲りませんっ！」

「俺は譲りたい」

「あ、じゃ、その猫の飼い主は、あゆみさんのままでいいです。あゆみさん、今日から僕と一緒に寝てください」

「って、おい、イワン、おまえ亭主の前でよくそんなこと言えるな」

「あ、いえ、山崎さん、僕は、あの猫さえ、この星の生き物を銜えて枕元に持ってきてくれるのなら、それで、いいんです。あの猫が生き物銜えて枕元に来るのにあゆみさんが必要ならば、とりあえずあゆみさんと寝たいと」

「んなの、おまえが自分でやれよっ！　本当にこの星の地中生物を研究したいのなら、自分で地面を掘り返せよっ！」

「それができるのならっ！　あったり前ですけれど、自分でやってますよっ！　けど、それが、できないからっ！　この星の生物は異常に警戒心が強くて、この猫以外、この星の土中生物を捕獲できたものはまだいないんですよっ。ある意味、これは、天才猫です。どうやってこの猫が、土中生物を捕らえてくることができるのか、しかも毎回いろんな生き物を銜えてくることができるのか、そこがそもそも謎ですっ！」

……ぜいぜいぜい。

もう、何十分になるのだか。

あたし達、〝議論〟というよりは、すでに〝怒鳴り合い〟を声が嗄《か》れるまでやり尽くし……。

結果、太一郎さんの意見で、一件落着となった。

「俺達の寝室に鍵をかける。この猫は、寝室にいれない。あゆみが、他の処で寝るのも不可。いっかー、じゃないと、だな、この〝αプロジェクト〟の最重要人物・あゆみが寝不足になる。毎朝、訳判らん生き物見ては悲鳴あげてるんじゃな。これは、みんな、了解だな？」

……まあ……あたしがこのプロジェクトの最重要人物かどうかはおいといても、只今の状況だと、あたしが寝不足になるのはまずいっていうのは、全員の了解事項だったので、ここまではみんなＯＫ。

「俺達の寝室の前に、イワンが陣取ったって何だってそれはいい。なんか気分悪いけど、それは許す。全然、許したくはないんだが、そのくらいは許さんと、イワンの方で不満が爆発するよな？　……それでいいだろ？」

「……まあ……寝室の前にいれば……猫が何か銜えて来た時……その確認は、できるでしょうから……」

なんか、ちょっと、残念だ。

バタカップは、そんなことを思う。この間っから、不思議なことに、〝面白い生き物〟を捕らえることができても、それを〝あゆみちゃん〟の処まで、持ってゆくことができなくなったのだ。

なんだかよく判らないけれど、間に、ドアがあって、開かない。

しかも、そのドアの前には、何だか変な人間がいて、いろいろ、バタカップに言うのだ。

「バ……バタカップさん、その、捕らえた生き物を見せてください」

「これはどこにいましたか？ うえ、この形状だと、地中じゃ多分、ないですね？ バタカップさん、まさかあなたは川の中の生き物まで捕まえることができるんですか？」

「バタカップさん、どうやってこれを……」

何言ってるんだか判らない。

その上、あゆみちゃんがいつもいつもやってくれていた、「#&＊@§▷⇦⇨⇧⇩□◆♡♤◇©®♯！」みたいな声を、このひとはあげてくれない。

とってきた生き物……あんまり受けていないのか。〝あゆみちゃん〟はあんなに喜んでくれたのに、この人間はそんなに喜んでくれないのか。

これは。これだけは、バタカップ、なんだかとっても残念。


ま、とはいえ。

この星の環境は、素敵だって、バタカップは思っている。

うん。

土の中にも水の中にも、いろんな生き物がいてくれて、これがもう、バタカップ的にはとり放題。

これ、猫にしてみれば理想の世界じゃないの？

それに。

実はバタカップ、この間とても妙な生き物をみつけたのだ。とにかく穴を掘る生き物。かなり硬い岩でも粉砕して、ひたすら自分の進みたい方向へと穴を掘る生き物。しかも、基本、直進しかしない。

と、いうことは。

この生き物をうまい具合に追い込めば、変な人間が陣取っているドアの前を回避して、直接あゆみちゃんのベッドの下に出ることができるんじゃないかと……。

うわあ、それができたら。

もう何日も、〃お土産〃を見せていないんだ、あゆみちゃん、どんな声をあげてくれるだろう。

この星に来て、本当に幸せだと、バタカップは思う……。

〈Fin〉

あとがき

あとがきであります。


いやあ……「終わったあっ!」って気分で一杯です、今の私。

それも、なんか、満足感が充溢《じゅういつ》している、「終わったあっ!」

力を出し切って燃え尽きて灰になったアスリートじゃないけど(って、前回の、あとがきアスリートの気分をちょっと引きずっています私。あと、昔のまんが、『あしたのジョー』で真っ白に燃え尽きたジョーの気持ちね。って、判らないひとは、親に聞きましょう)、精一杯努力して、やることは全部やって、そんで、満足感一杯。いや、こーゆーのを、自己満足っていうのかも知れませんけれど。(あと、こんな書き方したら『あしたのジョー』のファンの方に怒られるような気もしないでもないけど。)

ただ。本当のアスリートは、〝精一杯努力して、やることは全部やって〟も、それでもきっと、満足はしないと思うの。「勝たなきゃいけない」んだと思うの。うん、何をやったか、どんなに努力したかじゃなくて、勝つか負けるか、そここそが大問題なんでしょう。それこそが、〝アスリート〟でしょう。

けど、作家の場合、どう考えたって、勝ち負けはない。勿論、何とか賞をとった、とれなかったっていう意味では〝勝ち負け〟あるのかも知れませんが、〝もの凄く一杯本が売れた〟〝全然売れなかった〟っていう点で、〝勝ち負け〟はあるのかも知れませんが、それ、問題にする処が、きっと、まったく、違う。

あの、当たり前ですが、大抵の作家は、〝何とか賞をとりたいが為に〟〝ベストセラーをだしたいから〟お話を書いている訳では、きっと、ないと思います。(いや、勿論、賞をとれるに越したことはないんだよ、ベストセラー出すに越したことはないんだよ、でも、それはあくまで〝希望〟であって、〝目標〟じゃない。)

普通の作家は、〝読者に面白がってもらう為に〟〝読者に感動してもらう為に〟〝読者に喜んでもらう為に〟お話を書いている訳でして、こーゆーものに、勝ち負けは、あり得ないでしょう。〝もの凄く多くの方に読んでいただけた〟、そういう本が、ベストセラーになって、んー、この場合、〝勝った〟のかも知れないけれど、〝多くの人に受けなくっても、ほんのちょっとの数かも知れないけれど、心からこのお話に感動してくれたひとがいる〟、これだって作家側の勝ちだよね。〝たったひとりでも、この本を読んで前向きに人生に取り組もうって思ってくれたひとがいる〃、これだって、作家的には、まったくＯＫな訳でして……うーむ、これをどんどん敷衍《ふえん》してゆくと、作家には、〃負け〃は、そもそも、ないぞ。(……あの……すっごく、〃言い訳〃っぽく聞こえるかも知れませんが、これ、〃言い訳〃じゃなくて、本気です。心から私は、そう思っております。)

という訳で、絶対に小説家って、アスリートではありえないんだなあって、今の私は思っております。

また。今回の本には、ちょっと今までと違った感慨がありまして……。

私は今まで、〃ひとり新井素子商店〃っていうお店を経営している気分で、お仕事をしておりました。

えっとですね、今は二月で、ということは、これから確定申告しなきゃいけないので(税金の申告です。どえらくめんどくさいです。これやってくれる、〃経理〃という部署がある、〃会社組織〃ってものが、この時だけは心から羨ましくなります)、だからこんなこと書いちゃうんだけれど、税務署に申告する時、作家はどんな扱いになると思います?

きっぱり、個人商店です。

〃新井素子〃っていうのはペンネームなのですが、これ、税務署的扱いでは、〃屋号〃です。

うん、三河屋さんとか、越後屋さんとかと同じ。私は、〃新井素子屋〃さんの、店主であり、同時に、たったひとりの従業員です。

だから、ほんとに、〝ひとり新井素子商店〟を経営している訳なんですが、今回だけは、ちょっと、違ったの。

何だか……〝チーム『星へ行く船』〟が、できたような気分。

まず、担当編集と校閲がとってもがんばってくれた。この原稿、入稿する前にやたらと直して、私が「校閲、校閲」ってあんまり言うものだから、担当校閲の方が複数になっちゃって、とてもよくみていただけただけじゃなく、初校、二校、三校まで、全部手をいれさせていただいた。その度に、校閲と編集から付箋がついてきちゃった。（あの付箋は、〝愛〟だ！ 愛以外の一体何だっていうんだ！）

装丁だって、大槻香奈さんだけじゃなく、名和田耕平デザイン事務所の方や担当編集までほんとにがんばってくださって、『星へ行く船』『通りすがりのレイディ』で、あゆみちゃんと太一郎さんが向かい合っているレイアウト、とっても素敵なものになった。

んで、そのあとも、イベントだの何だのやたら沢山やらせていただいて、書店さんまわりもやらせていただいて、今度は、担当営業の方がひたすらがんばってくださった。書店さんまで、これに協力してくださり、本当に本当にいろいろやってくださった。もの凄く盛り上げてくださった。

いや、勿論。今までの本だって。

当然、担当編集の方はがんばってくださった、装丁だって、営業だって、みなさまがんばってくださっている、うん、本を出す時には、作家だけじゃなく、みなさまが全力で努力してくださっていること、それ、百も承知なんですが。

でも。

今回の本程、それを実感したものは、今まで、確かに、なかったんです。


ああ。

私は、〃ひとり新井素子商店〃をやっているのではない。

〃チーム『星へ行く船』〃だ。いや、いつだってそうだったんだろうけれど、今まではそれをあんまり実感できなかった私が鈍感だっただけなんだろうけれど……今回は。

心から、そんなことを、思ってしまいました。


ありがとうございました。

いや、私の場合、あとがきで、何か感謝の意を述べるって言ったら、そりゃ、読者の方に、なんですけどね。今回の場合は、ちょっと違って。

まず、担当編集の池田さんに。

それから担当営業の、イラストレーターの、担当校閲の、担当……。

とにかく、みなさまに、感謝の意を。


どうも、ありがとう、ございましたっ。

☆

それからまた。

「決定版って何ですか？」って、聞かれた時、最初は私、どう答えていいのかよく判らなかったのですが……ええっと、ここまで手をいれたのだ、これは、確かにずっとよくなっている。んー、誤字が少ないとか、そういうレベルではなくて（誤字がない、は、多分物理的に無理だと思う）、お話自体もちょっとすっきりしたかなって思うし、矛盾も少なくなった筈だし、絶対よくなっていると思う。そんな実感があります。絶対、よくなっている気がします。

だから、これが、〝決定版〟です。

それにまた。

若書きですけど、古いお話ですけど、昔書いたお話ですけど……でも、『星へ行く船』は、作者本人が断言してはいけないことのような気もしますが、でも、それでも、現時点での私の代表作のひとつです。とても好きな、とても大切な、私の、お話です。

読んでいただけると、とっても嬉しいです。

んで。

代表作のひとつ。

……って、はい、これから先、私は自分のあらたな〝代表作〟を作る気満々ですもん。それに、私の過去の作品には、他にも、おんなじくらいいいお話はあるって自負してるもん。だから、これは、代表作ではない。代表作の、ひとつ。

そんでもって、本当の代表作は、これから、書きます。

それでは。最後に、いつもの言葉を書いて、このあとがき、終わりにしたいと思います。

まず。読んでくださって、どうもありがとうございました。

気にいっていただけたら、ほんとに私は嬉しいのですが。

そんでもって、もし。もし、気にいっていただけたとして。

もしも御縁がありましたなら、いつの日か、また、お目にかかりましょう――。

２０１７年　２月

新井素子

新井素子 ※ あらい・もとこ

1960年東京都生まれ。立教大学ドイツ文学科卒業。
77年、高校在学中に「あたしの中の……」が
第1回奇想天外SF新人賞佳作に入選し、デビュー。
少女作家として注目を集める。「あたし」という女性一人称を用い、
口語体で語る独特の文体で、以後多くのSFの傑作を世に送り出している。
81年「グリーン・レクイエム」で第12回星雲賞、82年「ネプチューン」で第13回星雲賞、
99年『チグリスとユーフラテス』で第20回日本SF大賞をそれぞれ受賞。
『未来へ……』(角川春樹事務所)、『もいちどあなたにあいたいな』(新潮文庫)、
『イン・ザ・ヘブン』(新潮文庫)、『ダイエット物語……ただし猫』(中央公論新社)など、著書多数。

初出 ※ 本書は『そして、星へ行く船』(1987年 集英社文庫 コバルト・シリーズ)を加筆修正し、書き下ろしを加えたものです。

星へ行く船シリーズ★5
そして、星へ行く船

二〇一七年三月三〇日　第一刷発行

著　者　新井素子

発行者　松岡綾

発行所　株式会社 出版芸術社
〒一〇二─〇〇七三
東京都千代田区九段北一─一五─一五 瑞鳥ビル
TEL 〇三─三二六三─〇〇一七
FAX 〇三─三二六三─〇〇一八
URL http://www.spng.jp/

印刷・製本　中央精版印刷株式会社

ISBN 978-4-88293-495-0 C0093